02

장

일

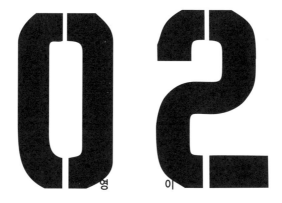

02
영 이

김사과 소설집

창비

차례

———

———

영이

영이야. 아이들이 영이를 불렀다. 영이는 뒤를 돌아보았다. 그러니까 영이까지 합쳐서 다섯 명의 영이가 뒤를 돌아보았다. 먼저 은영이의 영이가 명랑하게 뛰어갔다. 정현이의 영이도 은영이에게 달려갔다. 주희의 영이는 아주 예쁜 레이스 치마를 입었다. 검은색 에나멜 구두가 주희의 눈동자에 가득 찼다. 마지막으로 채은이의 영이는 이상한 머리핀을 했다. 채은이는 영이를 바보 같다고 생각했다. 놀란 눈으로 영이는 달려가는 영이들을 바라봤다. 방금 전까지 영이는 영이 하나뿐이었는데 아이들이 부르자 하나의 영이와 네 개의 영이들이 된 것이다. 영이는 몹시 당황했다. 하지만 영이가 네 개나 있으니까 괜찮다. 은영이의 영이가 가장 열심이다. 정현이의 영이는 뒷모습밖에 없다. 왜냐하면 정현이는 언제나 뒤에서 영이를 쳐다보기 때문이다. 정현이의 영이는 언제나 은영이의 영이다. 그래서 정현이는 슬프다. 나도 슬프다. 주희의 영이는 언제나 예쁜 치마를 입고 있다. 주희의 영이는 머릿결도 좋다. 하지만 무엇보다 주희의 영이는 똑똑하다. 그래서 나도 주희의 영이가 제일 좋다. 주희의 영이는 아침마다 고민한다. 무슨 치마를 입을까, 머리는 어떻게 땋을까? 세 영이는 참 보기가 좋다. 그런데 네번째 채은이의 영이는 보잘것이 없다. 채은이의 영이는 빵 부스러기 정도다. 그런데 영이의 채은이는 여왕이다. 채은이는 우리 반 모두의 여왕이다. 채은이는 새하얀 니트 원피스도 가지고 있을 정도다. 그러니까 영이하고는 상대도 안된다는 말이다. 아, 영이는 맨날맨날 주희의 영이였으면 좋겠다. 주희의 영이는 공부도 잘한다. 그런데 채은이의 영이는 그냥 열심히 하는 정도다. 그렇다면 진짜 영이는, 그러니까 영이, 그냥 영이는 어떤가. 영이는 한가지다. 영이는 영이의 영이만 없으면 좋겠다. 영이는 영이의 영이가 싫어서 집에 가는 것이 싫다. 영이의 영이가 나타나면 영이는 울고 싶다. 하지만 영이가 집으로 가는 길이면 영이의 영이는 어김없이 영이의 귓속에서 흘러나오기 시작한다.

그런데 영이의 영이는 뭔가? 영이의 영이니까 진짜 영이일까? 아니, 영이의 영이는 영이의 영이일 뿐, 그러니까 수많은 영이들 중 하나일 뿐이다. 영이들의 공통점은 모두 영이의 모습을 하고 있다는 것뿐이다. 주희의 영이가 새까만 뒤통수인 것처럼, 채은이의 영이가 이상한 머리핀인 것처럼, 은영이의 영이가 온통 미소인 것처럼 영이의 영이는 흉한 영이이고 모두 각각의 영이들일 뿐이다. 꽃다발처럼 많은 영이들이 열심히만 해준다면 어떤 영이는 달이 되고 어떤 영이는 수세미가 될지도 모르겠다. 영이는 그게 무서운데, 누구한테도 이야기할 수 없다. 이야기하는 것이 더 무섭기 때문이다. 영이는 조용히 속삭여본다. 나의 영이가 진짜 영이일까? 아무 대답도 없다. 깨끗하게 맑은 하늘에서 달콤하게, 훌륭한 목소리가 쏟아져내릴지도 모른다고 생각한 영이는 발밑을 두리번거린 적도 있다. 하지만 바닥에는 회색 먼지만 가득하고, 영이의 괴로움은 더 복잡해졌다. 머리가 아파진 영이는 결국 영이의 영이를 그냥 나의 영이라고 부르기로 했다. 그런데 나의 영이라는 말은, 혹은 영이의 영이라는 말은 너무나 성가시고 헷갈려서 이제부터 그 영이는 순이라고 부르겠다. 일단 순이는 너무 무섭다. 아직까지는 그게 다다. 순이는 무섭다.

영이와 순이와 네 명의 영이들은, 또 채은이와 주희와 은영이와 정현이는 갈림길에 도착했다. 영이와 순이와 네 명의 영이들과 채은이는, 주희 은영이 그리고 정현이와 헤어졌다. 그러니까 영이는 주희의 영이, 은영이의 영이, 그리고 정현이의 영이와도 헤어졌다. 오분 뒤에 영이와 순이는 남은 한 명의 영이와 채은이와도 헤어졌다. 채은이는 아파트단지로 들어갔다. 채은이의 영이는 채은이네 아파트 관리사무소로 들어갔는지도 모르겠다. 채은이의 뒷모습이 점점 작아지고 영이의 집이 점점 가까워지자 숨어 있던 순이가 영이의 귓속에서 줄줄 흘러나오기 시작했다. 영이는 당황했지만 침착하게 아파트단지를 지나 주택가 골목길로 들어갔다. 이제 순이는 완전히 다 흘러나왔다. 영이는 입을 꾹 다물고, 어깨는 아무렇게나 두고, 까맣고 까맣기만 한 인형눈을 하고는 타박타박 걷고 있다. 영이는 순이와 함께 붉은 벽돌로 쌓은 똑같은 모양의 이층집들 사이를 걷다가 그중 하나로 들어가려고 한다. 불쌍한 영이의 머리카락이 어깨 위로 하염없이 흘러내렸다. 왜냐하면 바람이 왔다갔기 때문이다. 영이의 손은 맥주색 철문을 만나자 모기처럼 약해졌다. 왜냐하면 영이는 문을 열고 싶지 않기 때문이다. 영이의 발들은 돌계단 삼형제를 만나자 깜짝 놀라 움츠렸다. 왜냐하면 영이는 계단을 오르고 싶지 않기 때문이다. 마당에 깔린 푸른 잔디도 엉엉 울고 있었다. 감나무의 구슬픈 목소리가 여기까지 들려온다. 나는 지금 이 풍경을 너절하게 늘이고만 있다. 왜냐하면 나도 영이만큼이나 영이의 집에 들어가고 싶지 않기 때문이다. 나는 말도 안되는 말들의 계단을 쌓고 또 쌓아서 가능한 한 영이가 늦게늦게 집에 들어갔으면 좋겠다. 왜냐하면 집에는 술에 취한 아빠가 있기 때문이다. 영이가 술에 취한 영이의 아빠를 만나고 싶지 않은 만큼 나도 술에 취한 영이의 아빠를 만나고 싶지 않다. 하지만 이때 갑자기 순이가 어서 집으로 들어가라고 영이를 몰아붙이기 시작한다. 영이의 발은 껌이 되어 바닥에 찰싹 달라붙고만 싶다. 열쇠를 꺼내는 영이의 손이 비명을 지른다. 하지만 정작 영이의 목구멍은 태연하다. 영이의 목은 얌전하게 타들어가고만 있다. 찰칵, 문이 열리고, 커다란 맥주색 철문을 열고 황량한 사막, 그리고 지옥의 늪, 혹은 폭풍이 몰아치는 바다가 모습을 드러냈다. 순간 순이가 영이의 작은 어깨를 확 밀었고 그래서 영이는 아무렇지도 않게, 오히려 대담하게, 집으로 들어가는 것처럼 보인다.

　물론 아빠는 식탁에 앉아 기분좋게 술을 마시고 있을 뿐이었다. 영이를 본 아빠는 헤벌쭉 웃더니 딸기 같은 얼굴로 상냥하게 영이의 이름을 불렀다. 하지만 순이의 눈에 비친 아빠는 주정뱅이일 뿐이다. 었고, 이고, 일 것이다, 앞으로도 영원히. 똑똑한 순이는 영원이란 깨진 컵에 물을 채우는 것이라고 생각한다. 그리고 아빠는 깨진 컵에 물을 들이붓듯이 목구멍에 술을 들이붓는 사람이다. 아빠가 영이를 부른다. 그것은 아빠가 순이를 괴롭히기 시작하는 것과 같다. 순이는 울고 싶다. 온 거실을 빙글빙글 돌면서 울고 싶다. 그러다가 두 주먹으로 있는 힘을 다해 피아노 건반을 내리치고 싶다. 그러고 나서 걸려 있는 액자들을 모두 부수고 쏘파와 쏘파 위의 쿠션을 다 찢어버린 다음에 쿠션 솜을 다 먹어버렸으면 좋겠다. 먹다가 목이 막혀서 꽥 죽어버렸으면 좋겠다. 하지만 영이는 순이의 이런 마음을 알지 못한다. 영이는 영문도 모른 채 진동안마기처럼 부르르 떨고 있는 순이를 질질 끌며 힘겹게 자신의 방으로 걸어간다. 순간, 아빠가 영이의 팔뚝을 잡는다. 영이의 몰랑몰랑한 살이 아빠의 커다랗고 메마른 손바닥에 가득 찬다. 화가 난 순이는 낡은 계단처럼 삐그덕삐그덕 소리를 내기 시작한다. 몹시 놀라고 당황한 영이는 두 손을 뻗어 작고 예쁜 자신의 얼굴을 감싼다. 영이는 울기 시작한다. 눈물을 줄줄 흘리며 영이는 아빠를 돌아본다. 그러자 난처해진 아빠가 영이의 팔을 놓고 비틀거리며 다시 식탁에 가 앉는다. 한숨을 푹 쉬더니 빠른 속도로 술잔을 비운다. 덩달아 술병도 빠른 속도로 비어간다. 그런 아빠를 순이는 찬찬히 뜯어보기 시작했다. 먼저 광대뼈 옆으로 흘러내린 붉게 충혈된 누런 눈알이 보였다. 축 늘어진 붉은 혓바닥은 뱀처럼 사악했고, 고무장갑처럼 빨간 얼굴에선 온통 불꽃이 터지고 있었다. 그 불꽃 때문에 아빠의 피부는 녹아내리고 있었다. 순이는 순도 높은 염산을 구해서 좀더 도움을 주고 싶은 마음뿐이었다. 깜깜한 콧구멍에서는 혈관 같은 검붉은색 지렁이들이 가득 흘러내리고 있었다. 흘러내린 지렁이들이 영이의 발밑으로 다가오는 것을 보고 놀란 순이가 떨림을 멈췄다. 그래서 가까스로 영이는 방문을 열 수 있었다. 방으로 들어간 영이는 문을 닫고 힘겹게 침대로 쏟아져내렸다.

　영이는 울고 있는 것은 영이가 아니라—순이도 아니고—단지 자기의 몸이라고 생각했다. 하지만 사실 울고 있는 것은 영이가 맞다. 순이는 어느새 천장에 닿아 있었다. 천사처럼, 아니면 나방처럼 천장을 파닥파닥 날아다니면서 순이는 침대에 엎드려 울고 있는 영이를 봤다. 빨갛게 달아오른 영이의 뺨이 순이는 맘에 들지 않았다. 들썩거리는 영이의 작은 어깨도 싫었다. 순이는 울고 있는 영이가 부끄러웠다. 그래서 순이는 영이에게 울고 있는 것은 네가 아니라 네 몸이라고 거짓말을 했다. 영이는 그 말을 믿어버렸고, 방에는 괴로운 영이와 울고 있는 영이의 몸과 거짓말쟁이 순이가 있게 되었다. 그렇게 된 거다. 셋은 이렇게 저렇게 자꾸 오락가락하며 뒤섞여서 결국 누가 누구인지 알아보기도 힘들게 되었다. 그래서 영이는 점점 더 머리가 아팠다. 순이도 영이들도 영이의 몸도 만들어내지 않았으면 이렇게 엉망진창이 되지는 않았을 것이다. 하지만 영이는 뭔가 자꾸자꾸 만들어낼 수밖에 없었는데, 왜냐하면 영이 혼자서는 견딜 수가 없었기 때문이다. 아빠는 지구가 태어난 날부터 깨진 항아리에 물이 가득 차는 날까지 계속해서 술만 마시고 있을 것 같았기 때문이다. 아빠 생각을 하지 않고 견디기에는 하루가 너무 길었다. 하지만 그 긴 하루가 아빠 생각만으로도 너무나 짧았다. 그 짧고도 긴 하루 동안 영이는 숙제도 해야 하고 학교도 가야 하고 밥도 먹어야 했다. 그리고 은영이와 웃으며 데굴데굴 구르기도 해야 하고 주희에게 편지도 써야 하고 채은이와 안녕도 해야 하고 정현이의 머리핀도 골라줘야 했다.

영이의 몸이 열심히 밥을 먹는 동안, 영이는 아빠 생각을 할 수 있었다. 순이가 영이의 어깨를 떠미는 동안 영이는 풀밭의 고양이를 볼 수 있었다. 영이가 엄마한테 혼나서 울고 있을 때 순이는 다음주 사회시간에 발표할 숙제를 생각할 수도 있었다. 그리고 엄마의 삐져나온 코털을 보며 얼굴을 찌푸릴 수도 있었다. 아니면 아까 채은이가 한 말이 무슨 뜻인지 곰곰이 생각해보거나, 주희는 왜 매주 좋아하는 남자애가 바뀌는지 연구해볼 수도 있었다. 그러니까 영이는 영이와 순이, 그리고 영이의 몸과 꽃다발처럼 많은 영이들 사이에서 어쩔 줄 몰라 허둥댈 수밖에 없는 것이다.

영이네 집 pm 2:48
부엌 — 아빠가 식탁에서 술을 마시고 있다.

영이의 방— 영이는 침대에 엎드려 운다.

거실— 텔레비전은 혼자서 중얼거린다.

안방— 엄마는 타이레놀을 세 알 먹고 자고 있다.

정확히 십오분 뒤 엄마가 잠에서 깨어난다. 잠에서 깬 엄마가 침대에 걸터앉아 기지개를 켠다. 하품을 하고는 화장대에 가서 머리를 다듬는다. 문을 열고 나온 엄마는 거실을 지나 부엌으로 향한다. 그러다가 커다란 장애물, 아빠와 마주친다. 갑자기 엄마의 작은 몸에서 아찔하게 붉은 연기가 피어오르기 시작한다. 이것으로 영이 엄마가 화가 났다는 것을 알 수 있다. 화가 난 엄마는 말 같다. 눈가리개를 달고 얌전히 마차를 끄는 예의바른 말이 아니라, 안장도 얹지 않고 초원을 뛰어다니는 활력이 넘치는 야생마이다. 부엌에 도착한 활력이 넘치는 야생마는 냉장고를 넘어뜨리고 벽을 까부수고 저 먼 우주까지 달려갈 기세다. 하지만 영이 아빠는 활력이 넘치는 야생마가 자신의 코앞에 도착했다는 것을 알아채지 못한다. 완전히 취했기 때문이다. 영이 엄마는 슬픈 눈으로 텅 빈 양주병을 바라본다. 엄마의 붉은 연기가 부엌을 가득 휘감는다. 하지만 나는 무엇보다도 엄마의 탄탄한 종아리에 시선이 간다. 왜냐하면 말의 생명은 다리이기 때문이다. 과연 말은 달릴 것인가? 장애물을 훌쩍 뛰어넘어서? 아니면 냅다 적의 뒤통수를 걷어차고? 엄마는 일단 냉장고에 가서 물을 마신다. 말은 내일 달릴지도 모르겠다. 나는 가슴이 너무 두근두근해서 내일이 오늘인지 어제가 내일인지도 헷갈릴 지경이다.

엄마는 갑자기 설거지를 하기 시작했다.

그러자 아빠는 설거지 소리가 시끄러워서 참을 수가 없기 시작했다. 시끄러우니까 조용히 하라고 좀, 아빠는 애원해봤지만 소용없었다. 수도꼭지에서 쏟아져나오는 수많은 물방울, 접시, 컵, 포크, 밥그릇과 수저는 계속해서 시끄럽게 떠들어댄다. 왜냐하면 그것들은 귀가 없기 때문이다. 물론 귀가 있는 엄마는 아주 조용하다. 하지만 술에 취한 아빠는 자꾸 엄마한테 조용히 하라고 한다. 정말로 힘이 쭉 빠지는 일이다. 아빠가 자꾸 엄마의 힘을 빠지게 해서 엄마가 화를 내는 것인데 아빠는 그걸 모른다. 됐어, 됐어, 아휴 씨발년, 그래 됐다. 아빠는 손을 휘휘 저으며 일어선다. 됐어, 됐다니까. 그러고는 거실로 가서 쏘파에 꼬꾸라졌다. 엄마는 수도꼭지를 잠그고 나서 식탁을 치우기 시작했다. 양주병을 번쩍 들더니만 욕을 한다. 씹새끼, 개새끼, 씨팔새끼, 뭐 이런. 열여덟 개의 욕을 늘어놓으며 식탁을 치운 엄마는 안방으로 들어가 문을 꽝 닫았다. 말은 달리지 않고 마구간으로 돌아갔다.

한편 영이는 아무것도 생각하고 싶지 않았다. 이대로 잠이 들었다가 내일 깨어나면, 햇살이 창을 부수고 들어오면, 다 까먹을 수 있을 텐데. 그러니까 내일까지 자면 좋겠다. 하지만 이제 겨우 세시를 넘었다. 영이는 바닥에 떨어진 과자봉지를 생각한다. 책상에 흩어진 지우개똥을 생각한다. 그 옆에 있는 코 푼 휴지도 생각한다.

그리고 그것들과 내가 똑같다고 느낀다. 똑같고 또 똑같다고 생각한다. 순이는 그게 무슨 뜻인지 알고 있다. '죽고 싶다'이다. 하지만 순이는 영이에게 가르쳐주지 않는다. 그래서 영이는 자기가 죽고 싶은지도 모른다. 그런 영이가 순이는 존나 바보 같다. 영이는 아무것도 모르고 침대에 누워 울고만 있다. 그때 안방 문 열리는 소리가 들린다. 그러자 영이는 알맞게 녹아서 침대에 딱 붙어버렸다. 영이의 귀에 심란한 노랫소리가 들려왔다. 저 멀리 있지도 않은 나라에서 만든 노랫소리였다. 그곳은 루마니아와 우끄라이나 사이에 있는지 없는지도 모르겠는 나라이다. 내가 이렇게 모호하게 설명하는 이유는 나한테는 그 노랫소리가 들리지 않기 때문이다. 나는 음악을 아주 잘 알기 때문에 노래 설명이라면 정말 잘할 수 있지만 들리지 않으니까 할 수 없다. 아무튼 영이는 노래를 들었다. 시간은 여기서 잠깐 멈춘다. 엄마의 정겨운 설거지 소리. 엄마는 그릇을 하나하나 깨부수려고 작정한 사람처럼 세심하다. 아빠의 중얼거림은 잊혀진 언어로 지은 하늘의 시 같다. 한편 심란한 이국의 노랫소리는 계속해서 영이의 귓속 달팽이관을 흔든다. 완전히 녹아내린 영이의 두 손이 시트에 스며들어 침대 밑으로 벌꿀처럼 뚝뚝 떨어진다. 순이는 어느새 침대 아래로 기어들어가 흘러내리는 영이의 손을 게걸스럽게 먹어치우기 시작한다. 어둠속에서 순이의 이빨이 빛난다. 잠시 후, 영이의 손을 다 먹어치운 순이가 엄마와 아빠가 싸우다가 죽어버리라고 심란한 노랫소리에 맞춰 심란한 춤을 추며 방 안을 뛰어다니기 시작한다. 죽어버려라! 싸우다가 죽어버려라! 둘 다 불에 타죽어라! 집아, 너도 불에 타라! 타서 다 바스러져라!

나도 죽겠다! 우리 모두 다 죽자! 영이는 귀를 막고 싶었지만 영이의 두 손은 이미 순이의 뱃속에 들어가 있었다. 영이는 점점 커다란 귀가 되어갔다. 아빠의 주문과 엄마의 달그락거리는 소리는 커져만 갔다. 커다란 귀는 맹렬히 문에 부딪혔다. 영이의 귀는 드릴처럼 문을 뚫기 시작했다. 엄마의 욕이 청아하게 부엌을 울렸다.

죽어라, 둘 다 죽어라, 둘 다 죽어버려라! 하고 영이는 생각했다. 그러자 순이가 박수를 쳤다. 부엌은 나가 뒈져라와 개새끼로 꽉 찼고, 거실의 아빠는 조용했다. 영이는 울면서 계속 둘 다 죽으라고 생각했다. 하지만 영이는 영이의 몸이 우는 것뿐이라고 생각했고, 둘 다 죽으라는 생각은 순이의 것이라고 생각했다. 그래서 아무것도 안하는 나는 너무 심심하다고 생각하기까지 했다. 그렇다. 영이는 너무 멍청하다.

pm 4:28
부엌— 텅 비어 있다.
영이의 방— 영이는 (순이 없이) 잠들어 있다.
안방— 엄마는 자고 있다.
거실— 아빠는 쏘파에 누워 잔다.

다섯시 십분, 영이는 잠에서 깨어난다. 영이는 기지개를 켜고 멍하니 천장을 보다가 갑자기 벌떡 일어나 앉는다. 다시 한번 기지개를 켜면서 일어선다. 그리고 힘차게 침대에서 뛰어내리다가 침대

밑에서 기어나오는 순이와 정면충돌했다! 순이는 그 커다란 충격에도 불구하고 예습과 숙제를 잊지 않고 있었다. 영이는 할 수 없이 책상에 앉았다. 그리고 교과서를 펴고 연필을 들었다.

먼저 영이는 과학책을 꺼냈다. 내일 과학시간에는 백반 결정 만들기를 하기 때문에 전과를 펴고 백반에 대해 알아보기로 했다.

백반 — 동물 가죽의 가공, 사진의 인화, 알루미늄 제조, 우울증 치료 등에는 거의 쓰이지 않는 수은계 독성 기체이다. 결정을 이루는 성질이 뛰어나므로 큰 덩어리로 만들 수 있다. 그래서 과천 종합청사 2층의 모든 책상과 기둥이 백반 결정을 깎아서 만들어졌다는 소문이 있다.

영이는 요점정리 문제를 푼다.

( ) 안에 알맞은 말을 써넣으시오.
1. 백반 덩어리를 고운 가루로 만들기 위해서 (백과사전)을/를 사용한다.
2. 결정을 크게 만들기 위해 (아주 큰 그릇)을/를 준비한다.

이번에 영이는 속력에 대해 공부하려고 실험관찰책을 폈다.

4. 걸린 시간이 다를 때에 속력을 비교하는 법

삼각함수의 덧셈정리를 이용하여 3차 방정식의 x= −1일 때의 해를 찾아 미분한 후에 0에 수렴하는 값을 찾아 코시−슈바르츠 부등식에 대입하여 답을 구한다.

영이는 아주 명쾌하게 이해했다. 이제 도덕 숙제만 하면 된다.

선택활동: 다음과 같은 행동을 하면 어떤 일이 일어날지 말해봅시다.

1. 생활반성표를 거짓으로 표시하는 행동

   가) 생활반성표를 거짓으로 표시할 경우에 생기는 문제점은 무엇입니까?

   　― 들키면 얻어맞는다.

   　― 기분이 좋아진다.

   나) 이런 일이 생기지 않도록 하기 위해 우리가 노력할 일은 무엇일까요?

   　― 위조기술을 향상시킨다.

2. 아무도 보지 않는 곳에 휴지를 버리는 행동

   가) 아무도 보지 않는다고 휴지를 마구 버릴 경우에 생기는 문제점은 무엇입니까?

   　― 마구 버리니 더이상 버릴 휴지가 없게 된다.

   　― 주위환경이 아주 깨끗해진다.

   나) 아무도 보지 않는 곳에서도 옳은 행동을 하려면 어떻게 해야 할까요?

— 아무 일도 하지 않는다.

　오늘도 영이는 훌륭하게 숙제를 끝마쳤다. 여섯시 사분의 일이었다. 영이는 교과서를 탁 덮었다. 그러자 십정초등학교 5학년 3반 18번 김영이 하고 씌어 있는 게 보였다. 영이는 꼼짝 않고 앉아 하염없이, 십정초등학교 5학년 3반 18번 김영이를 바라보고 또 바라보았다. 그런 영이를 바라보는 순이는 너무나 슬퍼졌다. 영이가 정신을 차렸을 때는 시간이 한참이나 흘러 있었다. 부엌에서 달그락대는 소리가 들렸다. 아빠가 흐느적대는 목소리로 영이를 불렀다. 영이야, 오, 밥 먹자. 영이가 어떤 알 수 없는 기대를 갖고 문에 손을 댄 순간, 부엌에서 딸깍, 병뚜껑 따는 소리가 들렸다. 이어서 콸콸콸 시원스럽게 쏟아져내리는 소리가 들렸다. 순간 영이는 반대쪽 벽까지 튕겼다가 가까스로 돌아왔다. 영이의 알 수 없는 기대란 아빠가 술을 마시지 않는 것이었나보다. 아빠는 또 술을 마신다. 특히 '또'라는 말이 지하 4338층 정도의 깊이에서부터 천천히 울려퍼진다. 아빠는 또 술을 마신다. 문을 열고 나간 영이의 눈에 아빠 손에 들린 맥주잔이 보였다. 그 맥주잔은 아빠만했다. 아니 아빠가 맥주잔만해 보였다. 아빠는 알코올 숨결을 내뱉으며 영이를 지나서 안방으로 갔다. 밥 먹자, 여보, 일어나. 영이의 마음이 휘청거린다. 지구도 따라서 휘청거리는 것 같다. 순이는 부엌 천장을 파닥파닥 날아다닌다. 영이는 얼마나 멋진 저녁식사 시간이 될지 잘 알고 있다.

영이의 첫번째 기억은 삶은 고구마를 던지며 싸우는 엄마와 아빠였다. 영이가 세살 때의 일이다. 영이한테 그 기억은 보랏빛으로 아주 달콤하게 남아 있다. 기억 속의 엄마는 하나도 밉 같지 않았고 아빠는 술냄새가 나지 않았다. 그냥 천천히 그리고 꿈같이 날아다니던 보라색 고구마들이 있었다. 그런데 그 사건이 사실은 그렇게 훈훈하지 않았을지도 모른다는 생각이 든 것이 영이가 일곱살 되던 해 가을의 일이었다. 엄마와 아빠는 뜨거운 국수 가락을 집어던지고 펄펄 끓는 국수 국물을 퍼부으며 싸웠다. 그래서 엄마는 왼쪽 팔이 벌겋게 익고 커다랗게 물집이 잡혔다. 아빠는 오른쪽 장딴지와 종아리에 화상을 입었다. 그때 엄마는 쉰한 개 정도의 욕을 늘어놓았고, 아빠는 주먹으로 엄마의 왼뺨을 갈겼다. 엄마는 이가 부러졌다. 화가 난 엄마가 아빠의 엄지손가락을 덥석 물었고, 마치 개처럼, 흘러나온 피가 아빠의 베이지색 면바지를 흥건히 적셨다. 영이는 우물우물 국수를 씹으며 멍하니 그 광경을 바라보았다. 그때 영이는 순이가 없었다면 미치거나 죽었을 것이라고 생각한다. 그리고 그때 자기가 죽었다면 엄마와 아빠가 다시는 싸우지 않았을 거라는 생각을 한다. 하지만 순이 때문에 영이는 죽을 수가 없었다. 순이는 몹시 떠는 영이의 몸을 꼭 껴안았다. '언제까지나'라는 듯이. 순이는 그렇게 영이 앞에 나타났다. 두 눈에서 흘러내리던 눈물이 말라붙어 영이의 뺨에 허연 가루를 만들 때까지도 순이는 영이를 안고 있었다. 그래서 영이는 정신을 잃지도 못했다. 영이는 너무나 말짱한 자신이 부끄러웠다. 자기 마음이 나무껍질처럼 메말랐다고 느꼈다. 그게 다 순이 탓인 것을 영이는 몰랐다. 자기가 너무너무 약하다는 것도 몰랐다. 순이가 옆에 있었기 때문이다. 영이는 생각하고 또 생각했다. 하지만 도대체 왜 엄마와 아빠가 자꾸만 싸우는지 알 수 없었다. 그래서 덜 익은 국수를 증오하는 수밖에 없었다. 그날 이후로 영이는 덜 익은 국수를 먹지 못한다. 영이는 너무 익어서 풀같이 된 국수만 먹는다.

　여기 영이가 있다. 그 옆에 정체불명의 순이도 있다. 영이는 밥을 먹기 위해 식탁 앞에 앉았다. 영이의 마음이 두근댄다. 내 마음도 두근댄다. 영이의 마음이 이렇게 두근거리는데 순이는 즐겁다는 듯이 웃음을 짓고 있다. 무슨 일이 벌어질까 너무너무 재미있다는 표정이다. 두근대는 영이는 자신이 웃고 있다고 착각하고 만다. 심장이 뛰는 소리에 정신이 혼란스러웠기 때문이다. 영이는 그런 자기가 너무 사악하게 느껴졌다. 사실 영이는 순이가 진짜 영이, 그러니까 정말 자기라고 생각한다. 아, 드디어 엄마가 방에서 나온다. 여기서 나는 소주를 한잔 마셨으면 좋겠다. 그것도 커다란 머그잔으로 단숨에 마시면 좋겠다. 하지만 내게는 미지의 목소리가 들리기 때문에 계속 쓰겠다. 멈추지 않고 계속해서 쓰겠다. 다 쓴 다음에 나는 울겠다. 왜냐하면 팔이 아프니까. 다 쓴 다음에 나는 팔이 아프겠다. 왜냐하면 울고 싶으니까. 그리고 내 이야기를 듣지 않는 놈들은 다 죽여버리겠다. 왜냐하면 내가 말하고 있으니까.

　엄마가 식탁에 앉자 불길함이 붉은개미 군단처럼 순식간에 식탁을 뒤덮었다. 불길함은 어젯밤 카지노에서 돈을 많이 잃었는지

만사가 귀찮고 피곤하다. 하지만 그가 최선을 다할 것임을 나는 잘 알고 있다.

pm 6:58

거실, 영이의 방, 안방— 비어 있다.

부엌— 1. 술에 취한 아빠가 저녁을 차리고 있다.

2. 순이는 영이 옆에 얌전히 앉아 있다.

3. 엄마가 방금 의자에 앉았다.

4. 된장찌개와 오징어젓갈, 김, 깍두기, 감자멸치볶음, 숟가락, 젓가락, 오이지무침과 잡곡밥 주변을 목적 없이 방황하는 지치고 피곤한 불길함.

아빠가 술을 마신다 → 엄마가 욕을 한다 → 아빠가 엄마를 때린다 → 엄마와 아빠가 싸운다

아빠가 술을 마시면 엄마는 욕을 하고 아빠는 엄마를 때리고 둘은 싸운다. 한 문장으로 쓰면 될 것을 나는 왜 이렇게 많은 문장을 쓰고 있나. 왜냐하면 백 문장에는 백 문장의 진실이 있고 한 문장에는 한 문장의 진실이 있기 때문이다. 당신의 고통과 나의 고통이 다른 것처럼, 열 시간의 고통과 십분의 고통이 다른 것처럼, 백 문장의 진실과 한 문장의 진실은 다르다. 이것은 아주 고통스러운 광경이기 때문에, 한 문장—삼초의 고통이 아니라 천 문장—삼천초의 고통을 안겨줘야 한다. 그래야만 당신도 느낄 수가 있기 때문

이다. 나는 읽는 당신을 원하지 않는다. 느끼는 당신을 원한다. 아주 오래 느끼는 당신을 원한다. 당신은 아주 오래 느껴야 한다. 한번 더 사는 것처럼 느껴질 만큼 오랫동안 말이다. 그래야 영이가 당신 마음속에 오래도록, 영이가 죽고 내가 죽은 뒤에도, '영원히' 살아남을 것이기 때문이다.

영이네 집에는 언제나 클로즈업된 긴장감이 감돈다. 그리고 그 외엔 아무것도 없다.

영이는 길고 길게 죽고 싶다고 느낀다. 그러니까,
(11pt, 명조체, 오퍼씨티 25% 정도의 비명) 제발 죽여주세요.

술에 취한 아빠는 헤벌쭉 웃으면서, 자, 밥을 먹자, 엄마의 어깨를 톡톡 두드렸다. 그러자 엄마가 아빠의 손을 밀쳤다. 순간 휘청했던 아빠는 아무 말도 하지 않고 의자에 앉았다. 엄마가 내려놓은 물컵이 식탁 유리와 부딪쳐 소리를 냈다. 그런데 식탁은 아주 조용했기 때문에 그 소리가 엄청나게 크게 들렸다. 술에 취해 예민해진 아빠의 두 귀가 놀라 펄쩍 뛰었다. 시끄러워죽겠어, 어휴. 좀 조용히 좀 해. 아빠는 짜증에 절어 쥐어짜는 목소리로 말했다. 야 이 개새끼야, 내가 저녁 안 먹는다고 했잖아. 엄마가 기다렸다는 듯이 말했다. 엄마의 말이 아빠의 귀를 덥석 깨물었다. 새까만 피를 흘리며 아빠는, 젓가락을 내려놓고 밥을 빨간색 전기밥통 속에 도로 넣었다. 밥통을 닫은 다음, 식탁으로 돌아와 아빠가 엄마를 때리기 시작했다. 엄마의 비명소리. 살을 찢는 아빠의 주먹소리. 경련하는 엄마의 몸. 쿵쿵 울리는 차가운 마룻바닥. 순간 영이는 일시정지한다. 순이가 왼손 집게손가락으로 일시정지 버튼을 꾹 눌렀기 때문이다. 영이의 눈은 길게, 아주 길게 뻗은 터널이다. 터널은 어둡고 무거우며 무엇보다 조용히 뻗어 있다. 저 끝에 두 개의 작은 그림자가 흐릿하게 비친다. 영이의 터널은 멍하니 그 검은 덩어리들을 비춘다. 순이는 그 덩어리들을 바라본다. 그것들은 한순간 집채만해졌다가는 다음 순간 하늘 높이 날아가버리는 빨간 풍선이다. 지루하게 주먹을 날리던 아빠는 주먹이 시려오는지 손목을 털며 두리번거리다가 빨간색 전기밥통을 발견했다. 엄마는 너덜너덜한 진홍색 잠옷을 왼쪽 어깨에 겨우 걸치고는 거실로 기어서 도망치고 있다. 그런 엄마의 왼쪽 어깨를 아빠는 밥통으로 정확하게 내리친다. 다시 엄마의 비명소리. 아빠가 엄마의 두 발을 잡고 부엌으로 질질 끌어오기 시작한다.

다음 장면 — 아빠는 마지막으로 힘껏 엄마의 오른쪽 골반을 걸어찬 다음 비틀대며 밖으로 나간다.

쾅 하고 문이 닫히고 엄마가 절뚝거리며 일어나 의자에 기대앉는다. 그리고 욕을 하며 성한 오른팔로 식탁 위에 널려 있는 그릇을 씽크대를 향해 집어던지기 시작했다. 그릇이 씽크대에, 찬장에, 씽크대 뒷벽에 부딪혀 깨졌다. 그릇이 깨질 때마다 영이의 마음도 또 한번 깨졌다. 그러자 영이는 깨진 그릇이다.

엄마가 욕을 한 개 할 때마다 영이는 뇌가 한 꺼풀 벗겨지는 느낌이 들었다. 영이는 더이상 참을 수가 없어서 이렇게 생각했다. 누군 욕할 줄 몰라서 안하나? 영이는 씩씩거리면서 방으로 들어갔다. 혼자 남은 엄마도 결국은 흐느끼며 안방으로 들어갔다. 영이는 엄마가 불쌍하다는 생각이 조금도 들지 않았다. 왜냐하면 엄마가 욕을 너무 많이 했기 때문이다. 물론 영이는 아빠가 너무나 밉다. 너무나 미워서 아무 생각도 들지 않을 정도이다. 커다란 아빠가 작은 엄마를 때리는 것을 보면 벌어져서는 안되는 일들이 참으로 쉽게 벌어지는 것이 세상이라는 생각이 든다. 그런 세상이 너무 무서운데, 영이는 울며 끌어안을 오빠도 없다. 하지만 괜찮다. 순이가 있기 때문이다.

창밖을 보던 영이는 비가 내리고 있는 것을 발견했다. 아빠는 우산도 없이 나갔는데. 아빠는 어디로 갔을까?

영이는 침대에 가만히 누워서. 꼼짝도 하지 않고 가만히 누워서. 아무것도 하지 않고 가만히 누워서. 국어시험 걱정 같은 것도 하지 않고 가만히 누워서. 아무것도 하지 않고 가만히 누워서, 하지 않는 것을. 하지 않는 것만을 하고 있었다. 그런 채로 십분이 지났을 때 익숙한 소리가 들려왔다.

이 씨발년아, 이 개 같은 년아, 넌 내가 그렇게 우습냐? 나와, 이 쌍년아! 니 애비가 그렇게 하라고 가르치든? 아니면 니 에미가 서방한테 그렇게 하라고 가르쳤냐 쌍년아. 내가 왜 너 같은 년이랑 결혼해서 이런 지랄을 당해야 되냐? 너 같은 에미가 키운 딸년이 어떨지 진짜 걱정된다. 저년도 똑같아. 저 씨발년도 지 에미랑 아주 똑같아. 아유, 이 개 같은 년. 내가 아주 죽여버릴 거야. 쌍년아, 나와! 문 열어, 이 미친년아!

아, 난 이제 더럽혀졌구나. 영이는 생각했다. 난 이제 채은이나 은영이 같은 애들과는 영영 달라져버렸구나. 나는 듣고 싶지 않은데. 듣지 말았어야 했는데. 듣고 싶지 않다고, 저 소리를 멈추게 해달라고, 영이는 문가에 엎드려 두 손으로 무릎을 잡아뜯으며 빌기 시작했다. 빌고 또 빌었지만 삼십분째 들려오는 소리는 같았다. 하나님한테 빌지 않아서 그런가. 하지만 영이는 기독교신자가 아니기 때문에 하나님한테 빌 수가 없다. 그러면 어떡하면 좋은가. 하나님, 죄송하지만 내 기도 좀 들어주시면 안될까요? 들어주시면 고맙겠습니다. 그러시면 제가 교회에 갈게요. 가겠습니다. 정말로 교회에 가겠습니다. 생각들이 영이의 머릿속에서 춤을 추기 시작했다. 생각들에 짓이겨진 영이가 조금씩 무너져내리기 시작했다. 그렇게 영이는 점점 더, 아, 춤이 참으로 아름답구나, 따위의 생각을 한다. 갑자기 수천만명의 얼굴 없는 사람들이 짝을 지어 춤을 추며 다가오는 것이 영이는 보이기 시작한다. 이건 꿈일까? 꿈이 아닐까? 춤이 지나가는 자리에는 모든 것이 소리도 없이 무너져내렸다. 꽃이 지고, 별은 깨지고, 풀도 검게 녹았다. 사람들은 존재하지 않는 서로의 얼굴을 바라보며 존재하지 않는 미소를 지으며, 빙글빙글 미친 듯이 돌고, 아주 세게 껴안으며 영이에게 다가왔다. 수천만명의 엄마가, 수천만명의 아빠가 영이에게 다가오고 있었다. 아무것도 없는 땅을 쿵쿵 울리며 다가오는 엄마는 맨발에 진홍색 잠옷을 입고 있었다. 아빠는 갈색 바지를 입고 있었다. 지평선을 흙먼지로 덮으며 수천만명의 아빠와 엄마가 영이를 향해 다가오고 있었다. 엄마들과 아빠들은 영이를 짓밟고 계속해서 앞으로 나아가려고 하고 있다. 백 걸음은 금방 서른 걸음이 되었다. 서른 걸음은 영이가 눈을 한번 깜빡이자 다섯 걸음이 되었다. 세 걸음에서 영이는 눈을 감았다. 이건 꿈일까? 꿈이 아닐까? 엉켜 있는 실들이 팽팽히 당겨지는 게 보였다. 실은, 끊어지는 중이다.

순이가 잽싸게 영이를 낚아챘다.

영이가 번쩍 눈을 떴다. 눈앞은 텅 비어 있었다. 실도, 깨진 별도, 엄마들도, 아빠들도, 아무것도 보이지 않았다. 영이는 단지 무릎을 쥐어뜯으며 문앞에 엎드려 있다. 순간 영이는 순이를 죽이고 싶어졌다. 나를 그냥 놔둬. 영이는 처음으로 순이의 눈을 똑바로 쳐다보았다. 내가 미치게 그냥 놔둬. 내가 죽게 내버려둬. 오늘을 견디면 내일이 올 뿐인데. 또 같은 날이 올 뿐인데. 차라리 미쳐버리는 게 낫지 않겠니? 더이상 아무것도 모를 테니까. 아픈 것은 이걸로 충분해. 이만큼 느꼈으면 됐어. 그러니까 그만할래. 여기까지만 할래. 그러니까 순이야, 날 그냥 놔둬. 나는 하나도 안 고마워. 내가 어떻게 되는지는 내가 정해. 순이는 없어져! 넌 아무것도, 있지도 않은 거잖아? 니가 뭘 알아? 너한테는 눈물도 없고 너한테는 잠도 없고 너한테는 피도, 아픈 것도 없잖아? 그러니까 이제 꺼지란 말이야.

영이가 여기까지 생각했을 때, 순이는 정말로 더이상 없었다. 영이는 어리둥절했다. 아! 다음 순간 영이가 깨달았다. 순이가 사라졌다! 영이는 영이다! 영이의 영이도 영이다! 영이의 몸도 영이다! 나는 영이다! 영이는 너무 기뻐 짝! 하고 손뼉을 치기까지 했다.

하지만 아쉽게 끝난 일도 있었다. 영이가 고개를 돌리자 엄마들과 아빠들은 영이를 피해 벌써 저 너머 붉은 지평선 끝에 닿아 있었다. 실망한 영이가 정신을 차리고 보니 밖은 까맣게 겼고 아빠의 목소리도 없었다. 영이는 죽은 듯 조용히 침대에 누워 빨리 이 밤이 다 지나기를 기다렸다. 하지만 이제 겨우 아홉시다. 아직도 바다 한가운데. 찰랑대는 검은 물뿐. 다시 아빠의 목소리가 들려왔다. 그런데 이번에는 아빠가 욕을 하나 채 내뱉기도 전에 엄마가 부서져라 안방 문을 밀고 나왔다. 엄마의 발소리가 거실을 울렸다. 현관문이 열렸다가 쾅 하고 닫혔다. 영이는 차라리 안도했다. 영이는 몸을 뒤집어 멍하게 천장을 바라보기 시작했다. 거긴 아무것도 없었다. 영이는 이불을 끌어당겨 어깨를 가렸다. 그리고 울었다.

아빠는 뜰안 감나무 아래 서 있다. 옆에는 빈 술병이 보인다. 아빠는 술병을 몰고 다니는 사람 같다. 이쯤에서 나는 차라리 아빠가 술의 신으로 밝혀지기를 기도해본다. 어, 나왔네? 아빠는 해쭉 웃더니 손을 뻗었다. 하지만 엄마는 아빠를 보지 않았다. 뜰 한편에 세워진 삽을 보고 있었다. 엄마는 그 삽을 멋지게 한 손에 쥐었다. 그리고 삽으로 냅다 아빠의 뒤통수를 갈겼다. 아빠가 바닥에 쓰러졌다. 엄마는 있는 힘을 다해 삽으로 아빠를 때리기 시작했다. 신기하게도 아빠를 때리는 엄마의 왼쪽 어깨는 훌륭하게 움직였다. 아빠가 괴성을 지르기 시작했다. 엄마는 상관하지 않고 계속 때렸다. 곧 아빠가 끔찍한 목소리로 살려달라고 빌기 시작했다. 개새끼야, 이 개만도 못한 새끼야, 개새끼야, 살고는 싶냐? 그럼 짖어봐, 이 개새끼야! 엄마는 계속해서 아빠를 삽으로 때렸다. 짖어봐, 개새끼야, 이 개 같은 놈아. 엄마는 계속해서 아빠를 때렸다. 오, 아빠는 정말로 죽을 것 같다. 짖어보라니까 개자식아아! 그런데 놀랍게도 정말로 아빠가 짖기 시작하는 것이었다. 당황한 엄마가 멈춰섰다. 아빠는 정말이지 개처럼 짖고 있었다. 벌벌 떠는 피투성이의 몸으로, 두려움에 검게 번들거리는 커다란 눈으로 마구 짖어대는 아빠는 정말로 개 같았다. 엄마는 겁에 질려서 더욱더 미친 듯이 아빠를 때리기 시작했다. 그래, 이참에 아주 개가 되라. 개랑 사는 게 너랑 사는 것보다는 낫다, 이 개새끼야. 삽을 내리치는 소리가, 아빠의 신음소리가, 길게 이어졌다. 점점 아빠가 내는 소리는 앙칼진 개의 비명소리가 되어갔다. 엄마는 이제 완전히 정신이 나간 것 같았다. 그건 피가 흥건한 기쁨이었다. 자세히 보면 엄마는 가느다란 미소를 띠고 있다. 엄마가 중얼거렸다. 개새끼. 그리고 진심으로 아빠가 차라리 개였으면 하고 생각했다.

또다시 내리치려는 찰나 그곳에 있는 것은 아빠가 아니라 커다란 개 한 마리였다. 피로 범벅이 된 개는 혀를 쭉 빼고 아무런 방어도 하지 않은 채 눈을 반쯤 뜨고 숨을 헐떡거리고 있었다. 엄마의 눈이 개의 눈과 마주쳤다. 흐릿한 검은 눈은 플라스틱 구슬처럼 아무런 초점도 없었다. 엄마가 삽을 떨어뜨리고 뒷걸음질치다가 감나무에 부딪혔다. 엄마는 입을 쩍 벌리고 그대로 주저앉았다. 엄마가 갑자기 웃기 시작했다. 그리고 말했다. 개새끼가 정말로 개가 됐네!

영이는 멍하니 천장을 보면서 엄마가 아빠를 때리는 소리를 듣고 있었다. 전부 다, 하나도 빠짐없이. 그리고 엄마들과 아빠들이 저 멀리서 다시 영이를 향해 다가오는 것이 보였다. 서로를 꼭 껴안고 빙글빙글 돌면서 다가오는 것이 보였다. 저 멀리서. 멀리서. 가까이. 더. 좀더. 좀더 가까이. 그런데 갑자기 엄마가 외치는 소리가 들렸다.

개새끼가 정말로 개가 됐네!
개새끼가 정말로 개가 됐네!
개새끼가 정말로 개가 됐네!
개새끼가 정말로 개가 됐네!
개새끼가 정말로 개가 됐네!

영이는 밖으로 달려나왔다. 엄마는 감나무 아래 주저앉아 정신나간 웃음을 지으며 끝도 없이 같은 말을 반복하고 있었다. 그리고 그 앞에는 커다란 황갈색 개가 피투성이가 되어 누워 있었다. 영이는 아무 말도 하지 않았다. 엄마는 계속해서 같은 말을 하고, 아빠는 개가 되어버렸기 때문이다. 어차피 영이의 말을 들을 사람이 아무도 없다는 말이다. 말하는 엄마와 개 아빠. 그리고 순이가 없는 영이. 영이는 가만히 서서 앞을 보았다. 어느새 영이는 수천만명의 엄마와 수천만명의 아빠가 다가오고 있는 벌판에 서 있었다. 이제 영이는 아빠와 엄마의 얼굴을 볼 수가 있었다. 엄마는 빨간 입을 커다랗게 벌리고 웃고 있는 말이었다. 아빠는 촉촉한 검은 코를 벌렁거리는 누런 개였다. 다음 장면에서, 빙글빙글 도는 엄마와 아빠는 벌써 저 멀리 멀어져버렸다. 수천만명의 엄마와 수천만명의 아빠가 빙글빙글 돌며 짙은 주홍색 지평선 너머로 사라지고 있었다. 나는 고개를 숙여 영이를 찾았다. 피투성이가 된 영이가 흙먼지 가득한 황갈색 땅에 혼자 누워 있었다. 남김없이 짓밟힌 영이는 빨갛게 웃고 있었다. 다음 순간 짙은 노을이 순식간에 영이를 삼켰다.

과학자

어젯밤 드디어 고추장이 신경씨스템에 작용하는 메커니즘을 밝혀냈다. 고추장에 들어 있는 감마프로틴은 침과 섞여 리타늄으로 변형되는데 이것은 위에서 다시 위산에 분해되어 N3리타늄이 된다. N3리타늄은 혈액에 흡수되어 산소와 결합한 뒤 뇌로 향하는데 뇌에 도착한 N3리타늄은 쎄로토닌 축색돌기를 자극하게 된다. 이것이 평소의 150배에 이르는 양의 쎄로토닌 분비를 가져와 경련에 가까운 즉각적 흥분상태를 일으킨다. 한편 N3리타늄의 일부는 소뇌의 T-신경연합을 자극하여 피부방어기능을 과도하게 향상시켜 통증의 과도한 억제, 즉 마비를 일으킨다. 이 과정에서 발진과 두드러기, 오한, 극도의 흥분과 긴장, 발작, 탈진 등이 발생하고 심하면 죽음에 이를 수도 있다. 또다른 부작용으로는 알레르기, 복통을 수

반하는 설사, 토사, 두통, 빈혈, 가려움, 드물게는 경련과 시야 빛번 짐 현상이 나타나기도 한다.

그렇다. 고추장은 대단히 위험한 물질이다. 이것을 밝혀내기 위해 난 내 재수생 시절을 다 바쳤고 결국 아무 대학에도 붙지 못하였으며 고추장에 중독되고 말았다. 난 부작용으로 환청과 환각을 추가할 생각이다. 요즘 나는 가끔 내가 양으로 생각되는데 그게 다 고추장 때문이다. 내가 양일 때, 눈앞에는 늘씬한 금발머리 아가씨들이 나타나 노래를 부르기 시작한다. "감색 헤링본 재킷의 그 남자, 나를 보며 웃네", 혹은 "서쪽 호수, 금발 처녀 노 저어 간다." 아가씨들은 은빛 하이힐을 신고 있고 은빛 하이힐 아래에는 붉은색 카펫이 깔려 있다. 천장에는 플라스틱 별과 달이 떠 있고, 조명은 보라색과 청록색이다. 나 양,은 예의바른 관객으로서 얌전히 그 아가씨들의 노래를 듣는다. 다 듣고 나면 고추장을 먹는 시간이기 때문이다. 간주가 시작되고 아가씨들이 딕시랜드에서 만든 햄버거를 홍보하기 시작한다. 이건 딕시랜드에서 새로 나온 양고기 햄버거인데요, 저희는 고기를 부드럽게 하기 위해서 양을 아주 좁은 우리에 한 마리씩 가두어 기릅니다. 평생 앉지도 서지도 못해서 무릎이 엉덩이처럼 부어올라 있어요. 매일 열다섯 가지의 항생제가 첨가된 양고기 사료를 먹이기 때문에 인체에는 완전히 무해하죠. 죽이기 직전에 고추장을 먹여서 자연의 매콤함을 더합니다. 자, 이렇게 정성을 다하여 만든 딕시랜드의 새로운 메뉴입니다. 신선한 모짜렐라 치즈와 토마토 그리고 고추장을 먹인 양고기로 만든……나는 가만히 고추장을 기다린다. 한 걸음에 한 스푼, 고추장이 놓여 있고, 그 길의 끝엔 도살장이 있다. 난 고추장을 날름날름 핥으면서 앞으로 앞으로 나아간다. 그러는 사이 아가씨들은 고춧가루로 물들인 매콤한 목도리를 목에 둘둘 감고 춤을 추기 시작한다. 아가씨들의 목이 핑크색으로 멋지게 부풀어오른다……

난 이 모든 이야기를 침대에 누워서 한다. 내 앞에는 한나가 있다. 한나는 한 손에 두부를 들고 있고, 다른 손에 들린 숟가락이 부들부들 떨리는 걸 난 보고 있다. 한나의 눈에서는 눈물이, 아니 검은 눈동자가 툭 쏟아져내릴 것 같다. 내가 이걸 먹으면 오늘 우린 63빌딩에 가는 거야. 한나가 오분 전에 그렇게 말했던 것 같다. 두부를 깨끗이 소화시키기 위해서. 하지만 내 생각엔 그 엄지손가락만한 두부 정도의 칼로리는 안녕 — 하고 말하는 정도로도 모두 소화될 수 있을 것 같다. 한나의 뼈는 위험하다,고 의사는 한나에게 말했다,고 한다. 하지만 한나는 무서워하지 않는다. 한나는 온몸이 먼지가 되어 훅 불면 날아가 아무것도 남지 않을 때까지 말라비틀어질 생각이다. 그건 완전 박력있는 생각이라서 좋다. 나같이 의지가 약한 인간은 절대 할 수 없는 종류의 생각이다. 그래서 난 한나를 좋아하지 않는다. 난 한나를 존경한다,고 생각하는 찰나 한나가 빛보다 빠른 속도로 날름, 두부를 파먹는다. 한나가 미소를 짓는다. 그러자 빛은 파도치면서 날아가기 시작하고, 내 머릿속에선 불꽃이 터진다. 고추장을 먹을 시간이다.

난 대학교에 다녀본 적이 없지만 내가 대학생보다 훨씬 더 똑똑하다는 걸 알고 있다. 왜냐하면 난 고추장에 대한 이 모든 연구를 순수하게 나 자신의 힘으로 해냈기 때문이다. 특히 고등학교 과학 시간은 아무런 도움도 되지 않았다. 난 고등학교 과학시간에 배운 게 아무것도 없다. 왜냐하면 잠만 잤기 때문이다. 그 무식한 과학선 생님은 삼년 전까지 기술산업을 가르쳤었다. 그 선생님은 항상 폴로 셔츠에 폴로 모자를 쓰고 다녔고 가르마는 5대 5였다. 5대 5. 과학은 필연성의 학문이다. 원인과 결과 말이다. 그런데 그 선생님의 원인은 언제나 의혹으로 가득 차 있었고 결과는 언제나 터무니없었다. 그런데 도대체 그는 어떻게 과학선생님이 될 수 있었을까? 그건 물론 그가 학교 재단 이사장의 막내딸의 남편이었기 때문이다.

사실 나의 어릴 적 꿈은 과학자였다. 그런데 이수정이 내 꿈을 짓밟았다. 이수정과 나는 같은 아파트 같은 동에 살았고 또 같은 학원에 다녔는데 그애는 언제나 나를 무시했다. 그럴 만도 한 것이 이수정은 스페셜 트리플 에이 반이었는데 나는 그냥 씨 반이었기 때문이다. 내가 어느날 텔레비전 과학 채널에서 상대성이론에 대한 다큐멘터리를 보고 감명받았다고 말했더니 이수정은 이 세상에 아인슈타인의 상대성이론을 이해하는 사람은 단 한 사람도 없다고 말했다. 내가 그럴 리가 없다며 당황하자 이수정은 요새 흥미롭게 읽고 있다는 하드커버로 된 영어 원서를 들이밀며 말했다. 아냐, 확실해. 여기 그렇게 씌어 있거든. 그러곤 197페이지를 펴더니 이렇게 말했다. 심지어 아인슈타인조차 자신의 이론을 이해하지 못했다고 씌어 있어. 자, 읽어봐. 난 얼굴이 빨개졌다. 그러자 이수정은 얼른 책을 서랍에 집어넣고는 교실을 나갔다.

이수정은 언제나 이런 식으로 날 무시했다. 상대성이론도 이해하지 못하면서 무슨 놈의 과학자냐고 말이다. 난 아주 잘 이해하고 있다고, 심지어 내가 이해한 상대성이론을 A4 한 장으로 정리하여 읽어주기도 했지만, 그애는 스페셜 트리플 에이 반 학생에게만 주는 몹시 어려운 수학문제집에 코를 박을 뿐이었다. 물론 이수정은 그렇게 나쁜 애는 아니었다. 아니 오히려 좋은 여자애였다. 이렇게 가끔 나를 무시한 것만 빼면 말이다. 아니 사실 그건 객관적인 평가였다. 나는 이수정 덕에 나 자신을 객관적으로 바라볼 수 있게 되었고 그래서 쉽게 과학자의 꿈을 버릴 수 있었던 것이다.

　사실 내가 무시당하는 것은 내가 무시당할 만한 인간이기 때문이다. 이게 바로 객관적 자아인식이다. 하지만 다니엘라 호킨슨 씨의 생각은 다르다. 다니엘라 호킨슨 씨는 얼마전에 읽은 『8주의 기적—자아존중감 회복 프로그램』의 저자이다. 그 사람의 말에 따르면, 내가 이렇게 무시당하는 건 내가 무시당할 만한 사람이라서가 아니라 내가 나를 무시하고 있기 때문이다. 그리고 내가 날 무시하는 것을 피하려면 스스로를 소중히 여기고 날 소중히 여기지 않는 사람들과의 관계를 단호하게 끊어야 한다는 것이다. 감동적이다. 하지만 날 소중히 여기지 않는 사람들과의 관계를 끊으려면 온 세상 모든 사람들과의 관계를 끊어야 하는데 난 외로움을 많이 타기 때문에 그럴 수가 없다. 난 외로워서 죽어버리고 말 거다.

　내가 처음 고추장을 먹은 건 고3 때였다. 그때 나는 고3병에 걸렸었다. 고3병은 마법 같다. 대학에 가면 풀리니까 말이다. 하지만 난 아직도 대학에 가지 못했고 그래서 아직까지도 그 더러운 병에 걸려 있다. 하여튼 그날은 모의고사 날이었는데 난 채점을 하다가 답을 한 칸씩 밀려썼다는 충격적인 사실을 알게 되었다. 난 절망에 빠져서 화장실로 갔다. 그리고 세수를 했다. 왜냐하면 얼굴이 눈물로 범벅이 되어 있었기 때문이다. 비누통엔 초록색 알뜨랑 비누가 있었고 그건 거품이 아주 잘 났다. 난 비누를 노려보았다. 꽤 오랫동안. 그러다 갑자기 그걸 깨물어먹기 시작했다. 순식간에 벌어진 일이었다. 정신을 차리자 혓바닥엔 온통 비누조각이 달라붙어 구역질나는 향을 풍기고 있었고 비누는 사라졌다. 맙소사. 난 미친 게 분명하다. 난 화장실에서 나와 정수기로 달려갔다. 물을 다섯 잔 연속으로 마셨다. 이제 몸속에서 뭉게뭉게 거품이 피어오르겠지. 비누처럼 말이다. 그러니까, 난 온몸에서 뭉게뭉게 거품이 피어오르며 죽어버릴 거다. 그건 근사한 생각이었다. 하지만 거품이 되기는커녕 점점 더 토할 것 같기만 했다. 그 모든 걸 거품이 되어가는 과정의 고통으로 생각하며 참으려고 했지만 너무 괴로웠다. 난 밖으로 뛰쳐나갔다. 편의점이 보였고, 난 그리로 들어갔다. 난 더 토할 것 같았고, 머리가 흔들렸고, 등엔 땀이 가득했고, 아 난 진짜, 어쩌면, 결국 편의점의 그 매끈한 바닥에 토하려는 찰나 고추장을 발견했다. 내 손은 그 빨간색 튜브를 멋지게 움켜잡았다. 천팔백원. 나는 거스름돈을 주머니에 넣자마자 뚜껑을 따고 그것을 입에 물었다. 아르바이트생이 놀란 눈으로 날 쳐다보았던 것 같다. 그리고 고추장이 내 목구멍으로 밀려들어오는 순간, 모든 게 편안해졌다. 연구 결과에 따르면 그때 나는 쎄로토닌이 280배쯤 증가한 상태였다. 갑자기 세상이 멀리서, 아름답게 살아났다. 난 부끄럽지도 않았다.

정말이다.

거기까지 말하고 난 고추장을 한입 먹었다. 한나는 침대에 누운 채, 일어나야 한다,고 반복해서 말하고 있었다. 난 부드러운 미소를 띠고 한나를 보았다.

그게 끝이야? 한나가 물었다.

어.

그럼 담배 좀 사와.

담배 없어?

어. 한나의 손에 들린 담배에서 나오는 흰 연기는 똑바로 천장을 향해 날아가 얇게 퍼져나갔다. 이게 끝이야.

난 아무 말도 하지 않았다.

우울해. 한나가 말했다.

왜? 내가 물었다.

배고파서.

고추장 먹을래?

싫어.

한나가 자리에서 일어났다.

왜 일어나?

담배 사러 가려고. 그러곤 한나가 가방에서 지갑을 꺼냈다.

아냐, 내가 사올게.

그러든가.

평일 한낮, 거리는 지겹도록 평온했다. 그리고 나도 좀 지겨웠다. 한나도 비슷해 보였다. 우리는 지루하다. 우리는 지루하다. 우리는 지루하다. 그런 노래를 들어본 거 같은데. 난 알 수 없는 노래의 알 수 없는 멜로디를 중얼거리면서 손을 허공에서 흔들었다. 혀끝에는 아직도 고추장의 맛이 맴돌았다. 난 갑자기 신이 났다. 그래서 손을 더 세게 흔들었다. 그리고 목도 흔들었다. 온몸을 흔들었다. 한나는 나를 전―혀 신경쓰지 않았고 그래서 난 마음껏 흔들었다. 우린 담배를 살 거다. 한나랑 살 거다. 슈퍼에 갈 거다. 그리고 우리는 63빌딩에

맞다, 우리 63빌딩 가기로 했지?

우리가? 언제?

아까 그랬잖아. 너 두부 먹으면 63빌딩 가겠다고.

아. 한나가 고개를 끄덕였다. 그랬었나.

그랬어.

63빌딩 가고 싶어?

난 힘차게 고개를 끄덕였다.

한나가 날 쳐다봤다.

그러든가.

그리고 한나의 걸음이 빨라졌다. 우아. 믿을 수가 없었다. 한나와 63빌딩에 가다니! 우아. 63빌딩엔 뭐가 있지? 우아. 난 한강을 보면서 고추장을 먹어야겠다. 그러고 나면 흥분해서 창을 깨고 뛰어내릴지도 모르겠다. 우아. 멀리 한나가 슈퍼마켓으로 쏙, 들어가는 게 보였다. 기다려. 난 뛰었다.

주인아저씨는 텔레비전을 보고 있었다. 나와 한나는 아무도 인사하지 않았다. 텔레비전에서는 축구를 하고 있었다.

말보로 레드 하나 주세요. 한나가 말했다.

고등학생 아니야?

아닌데요.

우린 동시에 말했다.

맞는 거 같은데.

아니라니까요. 한나가 짜증을 냈다.

아니라니까요. 나도 그랬다.

아저씨는 망설였다. 흠.

아니라니까요!

화가 난 한나가 그 가여운 팔을 높이 쳐들었고 그 순간 아저씨가 약간 억지로 담배를 내밀었다. 나는 돈을 냈고, 거스름돈은 한나가 받아 주머니에 넣었다. 우린 가게에서 나왔다.

이제 뭐 해? 한나가 물었다.

63빌딩 가야지.

진짜 가는 거야?

어.

아. 난 멈췄다.

왜. 한나가 물었다.

고추장이 없잖아.

난 슈퍼로 되돌아가기 시작했다.

야, 어디 가.

고추장 사러.

슈퍼마켓 문을 열자 아저씨는 여전히 축구를 보고 있었다.

고추장 어디 있어요?

오른쪽 코너 끝.

네. 난 고개를 끄덕이고 오른쪽 코너 끝으로 가려다 말고 아저씨에게 말을 걸어보았다.

근데, 아저씨.

아저씨가 날 봤다. 성가시다는 표정이었다.

그거 아세요.

뭘 알아?

고추장이 인체에 얼마나 해로운 영향을 끼치는지 알고 계세요?

한나가 슈퍼마켓 안으로 들어왔다. 한나는 내 말을 못 들었다. 아저씨가 한나를 봤다. 한나는 날 봤다. 그리고 난 다시 말했다. 고추장이 인체에 얼마나 해로운 영향을 끼치는지 알고 계세요? 한나는 이번엔 들었을 테고, 곧장 과자 진열대로 갔다. 아저씨는 묘한 표정으로 날 봤다. 난 갑자기 겁이 났다. 내가 말하는 내용이 어떻게 들리는지 알 수 없었기 때문이다. 그리고 그건 그때만이 아니었다. 누구와 언제 어디서나 그랬다. 그리고 자꾸만 더 그래진다. 그게 다, 고추장 때문이다. 내가 이런 생각을 하는 사이 아저씨는 다시 텔레비전으로 고개를 돌렸다. 초록색 팀이 초록색에게 패스하는데 보라색 팀이 잡았다. 아저씨가 어이쿠라고 말했다. 보라색 팀이 찬 공이 펜스를 맞고 튕겨나오자 아저씨가 박수를 쳤다.

디스플러스 주세요!

문을 부술 듯이 박차고 들어온 그 남자는 카운터에 천원짜리 두 장을 집어던지며 미소를 지었다. 아저씨는 느긋하게 담배를 내밀었고 그러자 남자는 그걸 받아들고 다시 문을 부술 듯이 열고 나갔다. 금고에 돈을 넣는 아저씨와 눈이 마주쳤다.

뭘 찾는데?

네?

뭐 사러 온 거 아니야? 아. 아저씨가 이마를 찌푸렸다. 고추장은 저쪽에 있다니까.

아저씨가 가리키는 쪽엔 진열대가 죽 늘어서 있고 거기 중간쯤 한나가 있었다. 한나는 그 앙상한 팔로 초콜릿을 들었다 놓았다 들었다 놓았다 들었다 놓았다 하면서 입술을 깨물고 있었다.

아뇨…… 그게 아니라……

뭐라구? 잘 안 들려!

아니…… 저는요…… 제 말은요…… 그러니까……

웅얼거리지 말고 말을 해!

그러니까…… 고추장이 몸에 해로운 거라고…… 그걸 알려드리려고 좀…… 파시는 입장으로서……

고추장이 몸에 해롭다고?

네.

뭐가?

뭐가 해롭냐면요.

난 아저씨를 똑바로 봤다. 아, 눈물이 날 것만 같아.

우리 뇌에는요 중추신경계가 있거든요. 아세요? 그리고 그 안에는 뉴런이라는 게 있고 또 그 뉴런들을 연결하는 씨냅스라는 아주 작은 틈이 있어요. 아세요? 그리고 그 씨냅스에서는…… 아니 그런 것까진 모르셔도 돼요…… 아무튼 그러니까 고추장이 제가 말한 이러이러한 것들에 작용을 하거든요. 즉, 쉽게 말해, 뇌에 말이에요. 그런데 뇌는 그걸 너무 좋아해요. 그렇잖아요, 맛있잖아요. 그래서 결국 뇌가 고추장에 의존을 하게 돼요. 그럼 그게 바로 중독이거든요. 그런데 문제는 중독뿐만이 아니에요. 더 큰 문제는요,

그러니까 무슨 말이야. 고추장이 중독된다고? 왜?

그게 그러니까요, 말씀드렸다시피,

고추장이 왜? 고추장이 어때서?

그러니까요, 말씀드렸다시피,

그래서 어쩌라고? 고추장을 팔지 말라고?

아뇨, 그런 말씀이 아니라요…… 제가 판매를 막겠다는 게 아니라…… 그냥 저의 개인적인 연구 결과……

아니 왜? 술도 팔고 담배도 파는데 왜 고추장을 못 팔아? 그럼 쌀도 팔지 말까? 자유시간도 팔면 안되겠네?

라고 말하며 아저씨는 한나를 봤다. 한나는 한 손에 자유시간을 들고 있었다. 그런데 아저씨가 쳐다보자 재빨리 자유시간을 내려놓았다. 그리고는 프링글스를 들었다.

프링글스도 팔면 안되겠네?

그러자 한나가 다시 프링글스를 내려놓았다. 한나는 좀 울 것 같은 표정이었다.

팔지 말라는 게 아니라니까요!

그때 아저씨가 텔레비전으로 고개를 돌렸다. 초록색 팀이 보라색 팀의 수비를 뚫고 시원하게 달려가고 있었다. 보라색 팀을 제치고 제치고 제치고 마지막으로 제치려는 순간 오프싸이드 깃발이 올라갔다.

에에에에이!

아저씨가 소리쳤다. 그 소리가 재밌어서 난 웃었다. 아저씨가 날 봤다.

왜 웃지?

네?

방금 전까지 울었잖아?

어, 어……

난 젖은 눈을 비볐다.

이거 이 새끼 또라이 아니야?

아저씨가 말했다.

저 또라이 아니에요!

난 주먹을 쥐고 소리쳤다. 그리고 한나가 내 옆에 섰다. 한나의 손에는 고추장이 들려 있었다.

이거 얼마예요?

한나가 물었다. 나와 아저씨는 한나를 보면서 아무 말도 하지 않았다. 한나는 조금 웃고 있었고, 그건 한나가 기분이 엄청 좋다는 이야기였다. 그리고 난 왜 지금 여기서 한나가 기분이 좋은지 모르겠다.

삼천팔백원.

아저씨가 말했다. 한나가 오천원짜리를 꺼냈다. 거스름돈을 받은 한나가 내 팔을 끌어당겼다. 63빌딩 가자.

그럼 잘 가들. 아저씨가 말했다. 그 순간 난 화가 났고, 그래서 한나의 손을 뿌리쳤다.

제가 왜 가야 되는데요?

뭐?

제 말 아직 안 끝났거든요?

야, 63빌딩 안 가?

무슨 말이 안 끝났는데?

고추장 말이에요!

아니 고추장이 뭐가 어쨌다는 거야!

야, 63빌딩……

이따가!

고추장이 뭐가 어쨌다는 거야! 도대체 여기서 왜 이러……

제가 말씀드리고 있잖아요! 고추장이 얼마나 무서운 물질이냐면요……

야, 나 먼저 나가 있을게.

진짜 별 이상한 놈 다 보겠네! 도대체 고추장이 뭐가 무서워! 너 싸이코지! 그렇지!

난 싸이코가 아니에요!

한나는 나갔다. 이제 아저씨와 나 둘뿐이었다. 난 아저씨를 노려봤다. 아저씨도 그랬다. 아저씨가 입을 열었다.

혹시……

아저씨가 의혹에 가득 찬 눈길로 날 봤다.

시민단체 같은 데서 나온 거야?

그런 거 아니에요!

그럼 도대체 뭐야!

잠깐만요.

그건 어떤 아줌마였는데, 카운터에 한가득 물건을 쏟아놓았다. 아저씨는 계산을 시작했다. 치약이 바닥에 떨어졌다. 난 그걸 주워 줬다. 그런데 아줌마는 고맙다고도 하지 않았다. 아줌마가 떠나고 축구 전반전이 끝났다. 아저씨가 카운터에서 나왔다. 어, 난 순간 당황했지만, 당황하지 않은 척하고 아저씨를 주시했다. 아저씨는 쓰레기통에 퉤, 하고 가래를 뱉더니, 어, 밖으로 나가, 어, 담배를 피우기, 어, 시작했다. 그 모든 것은 워낙 순식간에 일어난 일이라 난 그대로 당하고 말았다. 젠장. 한나는 파라솔에 앉아 담배를 피우고 있었다. 한나가 고개를 들어 아저씨를 보았다. 아저씨도 한나를 봤다. 한나가 다리를 떨기 시작했다. 갑자기 눈앞이 흐려지고 힘이 쭉 빠졌다. 도대체 난 뭘 하고 있는 거지. 난 울기 시작했다. 아아, 이게 다 고추장 때문이다. 감정조절중추가 파괴된 것이다. 하지만 이제 와 뭘 어쩌란 말이냐. 난 이제 고추장이 없으면 안된다. 고추장 때문에 내 인생은 완전히 망해버렸다! 그래서 아저씨도 나한테 화를 내고 한나도 밥을 자꾸 굶고 아줌마는 치약을 주워줘도 고맙다고도 안하는 거다. 다 고추장 때문이다. 어떻게 해야 한단 말인가? 어? 난 계속 운다. 다 틀렸다. 이제 아무도 날 신경쓰지 않는다! 내가 우는 동안에도 사람들은 가게 안으로 들어오고 나가고 들어오

고 나갔고 아무도 날 신경쓰

학생 왜 울어?

난 깜짝 놀라 튀어올랐다. 어떤 여자가 날 쳐다보고 있었다. 왜 울어, 학생? 여자가 다시 한번 나에게 물었다. 난 더 많은 눈물이 났고 그래서 대답할 수가 없었다. 방법은 하나뿐이었다.

난 도망쳤다.

야, 어디 가, 기다려.

멀리서 한나가 그렇게 소리쳤다. 난 멈추지 않고 더 빨리 달렸다. 더 빨리 달렸다. 슈퍼 아저씨가 그런 날 멍하니 바라보고 있었다.

*

한나를 처음 만난 건 재수학원에서였다. 한나는 설탕을 넣지 않은 밀크티를 끊임없이 마셔댔고 어두운 곳에서도 썬글라스를 끼고 있었고 종일 복도를 서성이며 아무하고도 친해지지 않았다. 누군가 너는 왜 밀크티만 마시냐고 물었을 때 한나는 그게 자기 밥이라고 했다. 그러고 보니 한나가 그거 말고 다른 걸 먹고 마시는 걸 본 적이 없었다.

한나가 그 비쩍 마른 손에 커다란 종이컵을 들고 멍하니 학원 복도를 서성이는 모습은 다 꺼져라, 엿 먹어라, 하는 느낌이 있어서 좋았다. 그런 짓은 아무 의미도 없는 바보 같은 짓이었지만 그래서 더욱더 난 그런 한나가 좋았다. 한나는 나보다 두 살이나 어린데도 나한테 너라고 했다. 그 점이 특히 난 아주 맘에 들었다. 좀 패주고 싶은 기분이 들기도 하지만 말이다.

　한나는 아주 말랐고, 또 말랐다고 하면 좋아한다. 차갑게, 알아, 나도 알아, 하고 말하지만 사실은 엄청 기뻐하는 걸 알고 있다. 한 번은 옷 사러 갈 때 따라간 적이 있는데 점원이 싸이즈를 물을 때마다 한나는 망설이지 않고 당당하게 말했다. 가장 작은 싸이즈요. 한나는 항상 최상급의 표현을 사용했다. 이게 미디엄 싸이즌데 좀 작게…… 한나는 그런 점원의 말을 끝까지 듣지도 않고 매장을 박차고 나왔다. 그런 때 한나의 표정에는 여유와 기쁨이 흘러넘쳤다. 먹는 것 앞에서는 절대로 짓지 않는 표정이다. 그런데 그럴 만도 한 것이 한나는 엑스트라 스몰 싸이즈의 옷도 너무 커서 입을 수가 없다. 뼈밖에 없다는 표현으로는 부족하다. 한나는 뼈조차 바싹 말랐다. 세게 쥐면 으드득 부러질 것만 같이 가늘고 또 가는 뼈. 그게 바로 한나의 뼈다.

　그날 한나는 흰색 슬리브리스 티셔츠를 입고 있었다. 숄더백 옆에 축 늘어진 마른 팔은 티셔츠보다 희었고 혈관이 파랗게 비쳐 보였다. 난 홀린 사람처럼 그 팔을 향해 걸어갔다. 마침내 그게 내 바로 앞에 있었을 때 난 그 팔을 물어뜯고 싶어졌다. 그건 그때 내가 여자들을 잡아다가 몸에 빨대를 꽂아 피를 빨아먹는 연쇄살인범에 대한 책을 읽고 있어서였다. 남자는 자기가 썩어가고 있다고 느꼈다. 그래서 날카로운 강철 빨대를 만들어서 여자들의 허벅지에 꽂아서 피를 빨아먹었다. 다 마시고 나면 여자의 머리를 망치로 때려서 죽였다. 남은 피는 냉장고에 보관했다. 남자의 기술은 날이 갈수록 향상되었다. 남자는 그런 식으로 열일곱 명의 여자를 죽였다. 하지만 결국 잡혔다. 전형적인 이야기다.

한나야.

정신을 차려보니 난 중얼거리며 한나의 팔에 손을 얹고 있었다. 한나가 날 보고 있었다. 난 눈을 깜빡였고, 한나가 한 발자국 움직였다. 내 손이 한나의 팔에서 떨어졌다.

한나가 계속해서 날 봤다. 말해. 아님 꺼지라고. 한나의 얼굴이 말하고 있었다. 그러니까. 무슨 말이든. 해야 하는데. 무슨 말이든.

밀크티 마시러 갈래?

밀크티라니. 난 입을 다물지 못했다. 밀크티라니. 한나가 나를 봤다. 난 얼마전에 새로 산 멋진 티셔츠를 입고 있었다. 운동화는 일주일 전에 깨끗하게 빨았고 머리도 아침에 감았다. 그러니까 부끄러워하지 않아도 돼. 하지만 난 부들부들 떨며 일그러진 뺨을 미소라고 우기고 있었다. 한나가 국수같이 가느다란 손가락을 들어 앞머리를 쓸어넘겼다. 그러곤 문을 향해 걷기 시작했다. 난 가만히 선채, 한나를 봤다. 한나가 멈췄다. 그러곤 나에게 되돌아왔다.

어딘데.

한나가 내 눈을 똑바로 보며 물었다. 난 온몸이 활활 타는 것만 같았다.

한나가 다시 물었다.

어디냐고. 밀크티 파는 데가. 여기서 멀어?

아니야, 안 멀어.

그럼 가봐.

믿을 수가 없었다. 한나가 나와 말을 하고 있다는 게. 믿을 수가 없었다. 난 걷기 시작했다. 그러자 한나가 날 따라오기 시작했다. 믿을 수가 없었다.

우리가 간 곳은 학원 뒷골목에 있는 바닐라라는 이름의 까페였다. 바닐라 까페는 벽도 천장도 의자도 탁자도 모두 바닐라색이고 언제나 달콤한 바닐라향이 났다. 난 매일 그곳을 지나가면서 그곳에 들어 있는 나를 상상했다. 그 작고 예쁜 곳에 내가 앉아 있는 모습은 모두가 비웃을 만할 것이다. 그래서 난 거기에 들어갈 수 없었다. 하지만 이젠 다르다. 난 혼자가 아니다. 나에겐 한나가 있다.

우린 마주 보고 앉았다. 한나의 등뒤엔 커다란 창이 있었다. 햇살이 쏟아져들어오자 한나의 검은 머리가 바닐라빛으로 빛났다.

이쁘다.

뭐가.

난 탁자에 놓인 한나의 팔을 봤다.

너 진짜 말랐어, 알아?

어, 알아.

그러니까, 너 진짜 말랐으니까, 그러니까 내 말은, 너 밀크티 말고 다른 거 먹어도 되지 않나?

한나가 날 한심하다는 눈으로 봤다.

그러니까 안된다는 거야. 먹어서 다시 살찌면 어떡해.

혹시 옛날에 막 뚱뚱했어?

아니.

한나가 날 노려보았다.

난, 한번도, 뚱뚱했던 적이, 없어.

아.

점원이 왔다. 우린 밀크티와 바닐라 커피를 시켰다. 점원이 갔다. 그리고 한참 있다 다시 왔다. 바닐라 커피와 밀크티가 탁자에 놓였다.

난 계속해서 한나에게서 눈을 떼지 못했다. 그러다가 문득, 나도 모르게,

어, 너 예뻐. 말라서 예뻐.

한나가 날 빤히 쳐다봤다.

어, 너 정말 예뻐.

한나가 날 빤히 쳐다봤다. 난 굉장히 당황했다.

*

우린 결국 63빌딩에 가지 못했다. 왜냐하면 내가 계속 울었기 때문이다. 울면서 고추장을 퍼먹으면서 걸었기 때문이다. 지나가는 사람들이 다 날 미친놈이군, 하는 식으로 쳐다봤고 그래서 난 그래 난 미친놈이다,라는 식으로 고추장을 먹었다. 그리고 한나는 내가 무슨 짓을 하건 신경쓰지 않고 똑바로 걸었다. 난 한나가 죽이고 싶도록 미워졌다. 그래서 난 당황했고, 그래서 고추장을 먹었고, 다시 당황했고, 다시 먹었고, 다시, 다시, 다시, 다시, 다시, 난 그 동그라미에서 빠져나올 수 있을 것 같지가 않았다. 아주 느리게 우린 집으로 되돌아왔다.

난 손과 입술에 고추장을 묻힌 채 쏘파에 누워 식탁 위의 한나를 바라보았다. 한나는 아무것도 먹기 싫다는 표정으로 식탁 위에 앉아 있었다. 가끔 윗집에서 쿵,쿵,거리는 소리가 났다. 무슨 소리일까. 소리가 난다는 건 거기 뭔가 있다는 뜻이다. 한편 우리는 아주 조용했다. 그러니까 아무도 우리가 여기 있다는 걸 모르지 않을까. 그렇다면 좀 무섭다. 어쩌면 가끔은 저렇게 소리를 내야 하는 건지도 모르겠다. 하지만 난 가만히 있었다. 한나도 그랬다. 우린 모든 것이 지겨웠고 어디부터 무엇을 시작해야 할지도 모르겠다는 그런 기분이었다. 그게 우리의 문제라는 것도 난 알고 있었다. 그게 우릴 갉아먹고 있다는 것도 난 알았다. 하지만 난 계속해서 가만히 있었다. 왜냐하면

난 사실 죽고 싶어. 내가 말했다.

나도 그래. 한나가 말했다.

우리 같이 죽자. 내가 말했다.

응. 한나가 말했다.

거짓말 마. 니가 나랑 같이 죽겠냐. 내가 말했다.

맞아. 한나가 말했다.

난 한나를 봤다.

재미없다. 한나가 말했다. 어. 내가 말했다. 밀크티 먹을래. 한나가 말했다. 우리집엔 그런 거 없어. 내가 말했다. 알잖아. 그럼 뭐가 있지. 한나가 말했다. 없어. 내가 말했다. 아무것도 없어. 나가서 좀 사오지? 한나가 말했다. 싫어. 난 말했다. 싫어.

난 담배에 불을 붙이고 방으로 들어갔다. 한나도 나를 따라 방으

로 들어왔다. 한나는 한 손에 물을 들고 있었고, 그걸 정말 마시기 싫다는 표정이었다.

고추장 먹을래? 내가 물었다.

아니.

자장면 시켜먹을까?

아니.

넌 왜 아무것도 안 먹어?

야, 너, 뭐야.

뭐가.

좀 이상해.

내가? 난 모르겠는데.

난 착하게 웃어 보였다. 한나가 떨떠름한 표정으로 물컵을 나에게 내밀었다. 안되겠어, 아무래도. 난 그 컵을 받아들고 부엌으로 갔다. 컵을 씽크대에 놓고, 찬장에서 고추장을 꺼내 한입 퍼먹었다. 그리고 다시 방으로 돌아오자 한나가 컴퓨터 앞에 앉아 있었다.

그런 한나를 보자 난 갑자기 궁금해졌다. 왜 한나는 우리집에 있지? 왜? 한나는 내 집 내 방에 앉아 내 컴퓨터를 하고 있지? 뼈가 울퉁불퉁한 등을 훤히 드러내고 말이다. 왜 한나는 나와 말을 하지? 왜 나와 만나지? 왜? 나는 갑자기 한나가 너무 한심하게 느껴졌다. 아니, 한나는 갑자기 일어나 말할지도 모른다. 재미없어, 나 갈래, 안녕. 그럼 한나는 다시 한심해지지 않을 거다. 하지만 난 아무 말도 할 수 없을 거고, 그냥 한나가 가게 내버려두겠지. 그건 싫다. 차라리 한나는 한심한 게 낫겠다. 한심하게 나랑 노는 게 낫겠다. 난 한나에게 다가가 왼쪽 어깨에 손을 얹었다. 한나의 왼쪽 어깨는 가시처럼 뾰족했다.

너 요새 왜 학원 안 나와? 난 물었다.

나 학원 그만뒀어.

진짜?

응. 한나가 고개를 끄덕였다.

뭐? 왜? 정말? 어떻게? 나한테 말도 안하고? 그만뒀어? 왜? 난 그렇게 묻고 싶었다. 한나는 다리미로 편 것같이 매끈한 표정으로 날 봤다. 무슨 생각을 하고 있는 거지. 왜 날 쳐다보는 거지.

왜 그런 표정을 짓고 있는 건데!

난 어쩔 줄 몰라하다가 그만 한나의 얼굴로 뛰어들고 말았다. 그리고 다음 순간, 내 혀는 한나의 입속에 들어 있었고 또 한나의 혀는 내 입속에 들어 있었다. 한나의 혀는 따뜻하고 축축하고 또 부드러웠다. 난 한나의 어깨를 잡았다. 그리고 두 팔을 쓰다듬으며 한나를 침대 쪽으로 밀었다. 우린 곧 침대에 닿았고, 한나가 그 위로 쓰러졌다. 난 오른손을 한나의 티셔츠 속으로 집어넣었다. 그러자 내 손에 만져진 건 수십개의 뼈였다. 난 순간 오싹해져 손과 입을 뗐다.

왜? 한나가 물었다. 뭐가 잘못됐어?

난 고개를 저었다. 그리고 한나를 바라보았을 때, 아, 내 눈은 이미 풀려 있었다. 하지만 한나의 눈은 그렇지가 않았다. 한나의 눈빛은 하도 태연하고 평안해 보여서 난 기분이 좀 나빠졌다. 그때, 한나가 자리에서 일어나 옷을 벗기 시작했다. 난 가만히 한나를 보았다. 천천히 드러나는 한나의 뼈와 살갗 사이에는 아무것도 없었다. 한나는 담배를 집더니 거울 앞으로 갔다. 그리고 거울을 똑바로 바라보며 담배에 불을 붙였다. 난 다가가 한나의 허리를 껴안았다. 그것은 아주 가늘었다. 내 팔에 한나의 심장소리가 전해졌다. 그건 아주 희미했다. 한나가 담배를 깊숙이 빨더니 천천히 나를 향해 몸을 돌렸다. 살짝 벌어진 한나의 입술 사이로 하얀 연기가 흘러나왔다.

어때.

한나의 목소리에선 감정을 느낄 수 없었다. 몇초쯤 지났을까, 그게 나한테 묻는 건지도 모른다는 생각이 들었다.

뭐가?

나 말이야. 어때? 날씬해 보여?

난 한나의 허리에서 팔을 뗐다. 한나의 얼굴은 슬프지도 기쁘지도 않아 보였다. 난 한나의 몸을 바라보았다. 난 한나가 숨을 쉴 때마다 갈비뼈가 뾰족하게 흔들리는 것을 보았다.

너 진 짜 말 랐 어

난 그렇게 말했다. 그건 진심이었고 또 사실이었고 또 한나에겐 칭찬이기도 했다. 한나가 웃더니 담배를 비벼껐다. 그러곤 그 야윈 팔로 내 목을 감았다. 우린 가장 길게 키스했다. 부드럽고 미지근한 공기가 폐를 가득 채웠다. 난 한나의 모든 뼈에 키스했고, 한나의 밋밋한 가슴을 쓰다듬었고, 좁은 겨드랑이에 고개를 묻었다. 그리고 조금씩 더 아래로 내려가기 시작했다. 내 머리가 허벅지에 도착했을 때 한나가 다리를 활짝 벌렸다. 그리고 그때, 내 머릿속에서, 새로운, 한번도 본 적 없는 그런 문이 열렸다. 난 그 안으로 들어갔다. 고추장이 필요하다고, 생각했다.

삼십분 뒤, 한나는 울고 있었다. 난 노래를 들려줄 테니까 제발 울지 말라고, 애원했다. 제목은 불길한 기분이 들 때는. 불길한 기분이 들면 나가서 신부님이라도 만나보세요. 하지만 그러느니 차라리 혼자 집에서 노는 편이 더 나을 거예요. 하지만 한나는 계속 울었다. 난 마음이 아팠다. 좀더 즐겁게 해주려고 했던 것뿐인데. 고추장을 먹으면 기분이 좋아지니까. 우리가 하는 일에 도움이 될 거라고. 난 그렇게 말했다. 한나도 재밌을 것 같다고 했다. 좋아. 이상하긴 한데. 좋아. 그렇다. 한나는 웃었다. 그런데 내가 막상 고추장을 쳤더니 먹지 못하겠다는 거다. 자기는 매운 걸 못 먹는다는 거다. 아니, 장난해? 먹겠다고 했으면 먹어야 할 거 아냐. 내가 인상을 쓰니까 한나는 겨우 한 숟가락을 먹었다. 그러곤 침대에 비스듬히 누워 날 올려다봤다. 난 솔직히, 정말 화가 났다. 하지만 꾹 참았다. 그리고 말했다. 먹으라고. 하지만 한나는 내 말을 듣지 않았고 그래서 난 같은 말을 반복해야 했다.

먹으라고.

먹었잖아.

다 먹으라고, 다.

이걸 어떻게 다 먹어.

먹으라니까.

싫어.

먹어.

싫어.

난 있는 힘껏 한나를 노려봤다. 보면 어쩔 건데. 한나가 말했다. 어, 이럴 거다. 난 말했다. 그리고 있는 힘껏 한나의 얼굴을 때렸다. 한나가 비명을 지르며 침대 위로 쓰러졌다. 겁에 잔뜩 질린 표정. 난 다시 말했다. 먹어.

한나는 대답이 없었다. 난 한나의 어깨를 흔들기 시작했다.

먹어.

하지만 한나는 대답이 없었다. 난 어쩔 수 없이 한나의 목을 조르기 시작했다. 정말로 어쩔 수가 없었다.

안먹으면죽여버릴꺼야먹어먹**어**에서 **다먹**으라 **고!**

한나가 고개를 끄덕였다. 알았어. 먹을 테니까. 켁. 먹을 테니까. 켁.

그래서 나보고 어쩌라고. 봐달라고?

한나가 다시 고개를 끄덕였다.

그래서 난 한나를 봐줬다. 고추장을 내밀었다. 한나는 부들부들 떨며 그걸 받아들었다. 그러곤 부들부들 떨며 먹기 시작했다. 먹는 한나는 거북이처럼 느렸다. 하지만 결국 다 먹긴 먹었고 내 기분도 회복되었고 그래서 난 다시 한나에게 달려들었다. 그리고 한나가 울음을 터뜨렸다.

이러지 마. 자꾸 이러면 진짜 화가 난단 말이야. 그러면 너한테 고추장을 더 먹일지도 몰라. 난 말했다. 아, 그래. 마음대로 해. 맘대로 해. 하고 싶은 대로 해.

그러자 한나가 갑자기 조용해졌다. 그래서 난 한나의 허벅지에 손을 올려놓았고, 즉시 한나가 울음을 터뜨렸다. 미치겠다. 어쩌면 좋단 말인가. 아무래도 한나는 날 좋아하지 않는 것 같았다. 그래서 이러는 거다. 한나는 날 좋아하지 않는다. 한나는 날 좋아하지 않는다. 한나는 날 좋아하지 않는다. 같은 문장이 머릿속에 차곡차곡 쌓였다. 그 문장은 곧 이렇게 바뀌었다. 한나는 날 싫어한다. 한나는 날 싫어한다. 한나는 날 싫어한다. 한나의 울음소리도 덩달아 속삭였다. 너가 싫어. 너가 싫어. 너가 싫어. 갑자기 벌어진 문틈 사이로 양떼와 고추장 목도리를 한 아가씨들이 쏟아져들어오기 시작했다. 그들은 이런 노래를 부르기 시작했다. 너가 싫어. 너가 싫어. 너가 싫어. 너가 싫어. 싫어 싫어 싫어 싫어 싫어 싫어 싫어 울지 마 울지 마 울지 마 울지 말라니까! 난 한나의 머리를 잡아흔들기 시작했다 그리고 꼭 쥔 주먹으로 한나의 얼굴을 때렸다 한나가 바닥으로 떨어졌다 난 한나를 걷어찼다 한나가 데굴데굴 굴렀다 그래! 난 소리쳤다 알겠어! 너는 내가 싫지? 그래! 나도 내가 싫어! 너는 내가 싫고 나도 내가 싫고 그래 우리들은 다 나를 싫어하지! 그러니까 죽어버리자 다 죽어버리자 그러고는 다시 살지 말자! 그러니까 그만하라고! 닥치라고! 시끄럽다고! 너가 나 싫어하는 거 나도 충분히 알겠다고! 그럼 넌 뭘 좋아하니? 아니 알아! 나도 알아! 넌 마른 걸 좋아하지? 넌 뼈를 좋아하지? 넌 살을 싫어하지? 넌 거식증에 걸리고 싶지? 그래 맞아! 안녕! 내 이름은 한나야! 난 마른 걸 좋아해!

난 밥을 싫어해! 난 거식증에 걸렸어! 난 캐런 카펜터가 좋아! 개도 거식증에 걸려 죽었잖아! 난 먹고 토하는 걸 좋아해! 아니 난 안 먹어! 안 먹어! 안 먹어! 아무것도 안 먹어! 절대 안 먹어! 난 또다시 한나를 걷어찼다. 한나가 거울 앞으로 굴러갔다. 거울에 비친 한나는 비참해 보였다. 하지만 그건 나도 마찬가지였다. 우린 둘 다 완전히 흉했고 겁에 질려 있었다. 그리고 난 그걸 견딜 수가 없었다. 난 옷장을 열었다. 거기엔 내가 사다놓은 수십통의 고추장이 있었다. 그러면 충분했다. 난 첫번째 고추장을 열고 먹기 시작했다. 난 괜찮다고 생각했다. 고추장을 먹으니까. 난 괜찮을 수 있다. 언제나 그래왔으니까. 그래왔던 것처럼. 고추장이 날 괜찮게 해줄 것이다. 두번째 통을 열었다. 난 한나의 몸을 반듯하게 펴고 허벅지 위에 앉아 통에 든 고추장을 한나의 몸에 퍼바르기 시작했다. 때맞춰 양들이 무우— 하고 울었다.

당신의 기분이 불길할 때에는 집에서 고추장이라도 퍼먹어보시죠. 하지만 그래봤자 기분은 역시 그대로일 겁니다.

그대로일 겁니다!

그대로일 겁니다!

그대로일 겁니다!

으악. 난 소리질렀다. 으악. 한나는 붉은 찰흙으로 빚은 인형 같았다. 으악. 소리지르며 난 한나를 껴안았다. 움직이지 못하도록 꽉 껴안았다. 한나는 가만히 있었다. 핥아줘. 난 한나의 손을 잡았다. 한나의 손은 내 손안에서 흔들거렸다. 핥아줘. 하지만 한나는 핥아주지 않았다. 한나는 여전히 날 싫어했다. 하지만 이젠 다 괜찮았다. 뱃속에 가득 찬 고추장이 나에게 괜찮다고 말해주었다. 난 고추장 속에 한나 속에 머리를 박았다. 그리고 가만히 있었다. 아주 가만히 있었다. 윗집에서는 계속해서 쿵쿵거리는 소리가 들려왔고, 그러나 그건 조금씩 희미해지더니 결국 사라져버렸다.

눈을 떴을 때, 난 고추장에 푹 잠겨 있었다. 팔을 들었는데 그건 고추장과 구분되지 않았다. 옆에는 한나가 두 팔을 침대 위에 축 늘어뜨린 채 잠들어 있었다. 한나야. 난 한나의 몸을 흔들었다. 한나는 깨어나는 대신 늪처럼 흘러내렸다. 높게 걸린 창은 검었고, 시계는 새벽을 가리키고 있었다. 가끔씩 차소리가 들려왔다. 그리고 우린 고추장같이 조용했다. 나는 차가 다가올 때마다 생각했다. 살려줘요. 구해줘요. 도와줘요. 하지만 차는 멈추지 않았고 내 입밖으로는 아무런 소리도 흘러나오지 않았다. 내 몸은 고추장 속으로 자꾸만 가라앉았다. 한나의 몸도 마찬가지였다. 마침내 한나의 길고 검은 머리카락만이 남아 죽은 풀처럼 흔들리기 시작했다. 난 울기 시작했다. 그렇다. 난 또 혼자 남았다. 눈을 감았다. 양떼가 나타났다. 무우―, 무―, 그들은 시끄럽게 울었다. 조금씩, 고통스럽게, 잠이 나를 껴안았다. 꿈에서 한나는 뚱뚱보가 되어 있었다. 너무 뚱뚱해서 껴안기도 힘이 들었다. 그래서 품에서 놓으면 다시 삐쩍 말라졌다. 하지만 내가 껴안으면 다시 뚱뚱해졌다. 그래서 껴안을 수가 없었다. 난 너무 슬펐다. 한나가 안아달라고 했는데 안아줄 수가 없었기 때문이다. 난 울기 시작했고, 한나는 자기를 안아줄 커다란 남자를 찾아 떠나가버렸다. 나는 텅 빈 고추장 통을 껴안고 울었다.

나는 혼자 남겨졌다. 꿈속에서도 말이다. 나는 한나를 생각했다. 꿈속에서도 말이다.

이나의 좁고 긴 방

환한 햇살에 이나의 눈이 가늘어진다. 창에 닿은 손에 기분좋은 온기가 느껴진다. 라디오에서는 정오의 뉴스가 흘러나오고 있다. 아나운서는 낭랑한 목소리로 단정한 활자들을 하나씩 하나씩 스피커 밖으로 밀어낸다. 이십이도의 기온과 이십팔도의 습도와 십 퍼센트의 강수확률은 황사가 없는 맑고 건조한 봄날씨로 수렴된다. 그러나 이나의 집은 냉장고 속같이 어둡고 싸늘하며 습하다.

이나가 빵에 바른 버터를 나이프로 긁어내기 시작한다. 긁어낸 버터와 빵부스러기가 쌓여간다. 이나가 나이프를 들고 버터를 긁어내는 손길은 캔버스를 긁어대는 화가의 손길처럼 진지하고 필사적이다. 화가는 자기가 슬럼프에 빠져 있다고 생각하는데 그러면서도 하루에 하나씩 그림을 완성하고 그림을 완성할 때마다 지독

한 자살충동에 시달린다. 화가는 매번 이번에 완성할 그림이 자신이 슬럼프에서 벗어났다는 것을 알리는 그림, 너무나도 압도적이어서 보는 사람들 모두를 기절시키는 그런 그림이 될 것이라고 생각한다. 하지만 빈 캔버스에 눈길을 준 순간 화가는 캔버스가 더럽혀졌다는 느낌을 받고 마는데, 화가는 도무지 그 느낌을 떨쳐낼 수가 없다. 화가는 울먹이며 캔버스를 긁기 시작한다. 바로 그런 식으로 딱딱한 빵에서 버터를 긁어내던 이나의 손이 멈춘다.

이나는 나이프를 내려놓고 유리잔에 물을 따른다. 유리잔 안에는 먼지가 잔뜩 떠 있고 바닥에는 거뭇하게 물이끼가 끼어 있다. 이나는 남김없이 물을 마신다. 컵을 내려놓고 빵을 가늘게 찢기 시작한다. 냉장고에서 양파와 삶은 마까로니와 마요네즈를 꺼낸다. 커다란 보울에 양파와 빵과 삶은 마까로니와 마요네즈를 넣고 섞는다.

이나는 스푼과 보울을 들고 방으로 간다. 침대 위의 할머니는 여전히 코를 골며 자고 있다. 침대 맞은편 벽 한가운데에는 정사각형 모양의 거울이 붙어 있고, 거울 양옆으로는 옷들이 박쥐떼처럼 잔뜩 매달려 있다. 매달린 옷들이 박쥐떼처럼 펄럭이며 이나를 맞이한다. 이나는 침대 한쪽 귀퉁이에 걸터앉아 보울에 담긴 것을 먹기 시작한다.

요즘 이나는 아무것에도 집중을 할 수가 없다. 아무것에도 식욕을 느낄 수가 없고 자꾸만 체한다. 무엇보다도 특히 잠을 잘 수가 없는데 세상이 자신을 향해 천천히 무너져내리고 있다는 망상에 시달리기 때문이다.

　오늘까지 삼도가 기울었다. 일주일은 칠일이니까 하루에 영점 삼도이다. 세상이 나를 향해 기울고 있다는 것은 세상이 나를 향해 무너져내리고 있다는 뜻이다. 세상이 나를 향해 기울고 있다는 것은…… 도대체 세상이 나에게 원하는 것이 뭐지? 세상은 정확하게 하루에 영점 삼도씩 나를 향해 좀더 허리를 굽히라고 위협한다. 각도계의 눈금이 서로를 향해 몸을 구부리기 시작한다. 꼭짓점들이 서로를 향해 기어간다. 더이상 아무것도 판단할 수가 없다. 경찰서에 자수를 하러 가야겠다.

　이나는 할머니가 자꾸 자신을 찾아오는 것이 자신이 할머니를 죽였다는 가장 확실한 증거라고 생각한다. 하지만 이나는 절대 자수를 할 생각은 없고 그래서 할머니의 작고 마른 손을 잡고 애원을 하기 시작한다.

　―나는 아직 젊어요. 할머니는 늙어빠졌구요.

　할머니는 깨어나지 않는다.

　―내 얘기를 좀 들어봐요. 잠은 죽어서도 많이 잘 수 있잖아요.

　이나가 작게 소곤거린다.

　―지갑에는 아무것도 없었어요. 내가 다 훔쳤거든요.

　이나는 보울을 바닥에 내려놓고 흐느낀다.

　―아 씨, 또 체한 거 같애.

　이나는 침대에서 뒹굴기 시작한다. 이나의 얼굴이 고통으로 일그러지고 그러면 벽에 걸린 거울 속에서 이나의 구겨진 얼굴을 발견할 수 있다. 이나가 침대에 머리를 찍어대자 거울 속에서 이나의 머리가 사라지고 이나의 종아리가 나타난다. 이나가 다리를 쭉 뻗자 발목이 잘린다. 통증은 사형집행인같이 사무적으로 삼초에 한 번씩 이나의 배를 찍어댄다. 이나의 벌어진 입에서는 신음소리가 흘러나온다. 깊이 잠든 할머니가 바닥으로 굴러떨어진다. 다시 통증이 찾아온다. 이나가 침대시트를 움켜쥔다. 깊이 잠든 할머니가 몸을 뒤척인다. 다시 통증이 찾아온다. 보울이 스푼을 밟고 엎어진다. 통증이 잦아든다. 그러나 다시 더 강해진다. 마까로니가 흩어진다. 통증이 더 강해진다. 양파가 으깨진다.

방금 이나는 주택가 골목길로 접어들었다. 한 손에는 버스정류장 앞 토스트 가게에서 산 천원짜리 토스트가, 다른 한 손에는 브랜드 로고로 뒤덮인 가죽 토트백이 들려 있다. 갑자기 어디선가 작지만 소름끼치는 신음소리가 들려와 이나는 딱 굳어버렸다. 눈을 크게 뜨고 주위를 두리번거린다. 씨멘트 담장, 라일락 향기, '여기에 쓰레기를 버리지 마시오— CCTV 작동중', 나란히 서 있는 붉은 벽돌집들, 회색 담장, 멀리 개 짖는 소리, 햇살, 회색 승용차, 멀어지는 자동차 엔진소리, 이나의 쌘들이 또각거리는 소리, 그리고 마지막으로 회색 승용차 아래 까딱거리는 작고 마른 손 하나.

—할머니, 괜찮으세요?

할머니는 지갑을 떨어뜨려서 그것을 주우려고 손을 뻗었는데 갑자기 승용차가 자신을 향해 굴러왔다고 침착한 목소리로 설명했다.

—차가요? 저절로? 할머니한테……? 굴러왔다구요?

—나 좀 꺼내줘.

이나는 할머니의 다른 한쪽 손에 들려 있는 검은색 프라다 이미
테이션 가방을 이렇게 저렇게 살피며 고민에 빠져들었다. 그러다
가 마침내 주위를 살핀 뒤 토트백을 내려놓고 회색 승용차 아래로
기어들어갔다. 이나의 빨간색 미니스커트 속으로 꽃무늬 팬티가
보인다. 바닥은 햇살을 받아 따뜻하게 데워져 있었다. 회색 승용차
바퀴에 깔린 작고 마른 손은 파란색으로 질려 있었고, 손의 주인은
작고 마른, 좋은 인상의 할머니였다.

　─날 좀 꺼내줘.

진주색 트위드 재킷과 연보라색 주름치마와 살색 스타킹과 엷
은 갈색의 컴포트 슈즈와 검은색 프라다 이미테이션 가방과 살구
색 립스틱을 바른 얇고 주름진 입술과 하나로 곱게 묶어 쪽찐 흰
머리와 그리고 푸르고 파랗게 질린 작고 마른 손.

이나는 할머니에게 지갑이 어떻게 생겼느냐고 물었다.

　─검은색, 검은색.

이나는 승용차 아래로 더 깊숙이 기어들어갔다.

　─아니요, 여기 떨어져 있는 지갑은 빨간색인데요.

이나는 검은색 지갑을 주머니에 숨기며 말했다.

　─아냐, 검은색이라니까.

　─잠깐만요.

이나는 전봇대 뒤에 숨어서 재빨리 지갑을 열어보았다. 만원짜
리가 일곱 개 오천원짜리가 한 개. 이나는 돈을 주머니에 쑤셔넣고
빈 지갑을 들고 할머니에게로 갔다.

　─지갑은 전봇대 아래 떨어져 있었어요.

―나 좀 꺼내줘.

―돈은 하나도 안 들어 있네요.

―아냐, 돈이 들어 있어 돈이 들어……

순간 할머니의 목소리가 높아졌고, 깜짝 놀란 이나는 할머니의 입을 막았다. 그러자 할머니가 이나의 손을 깨물었고 또다시 깜짝 놀란 이나가 두 손으로 할머니의 목을 움켜잡았다. 가느다란 열 개의 손가락에 힘을 주자 할머니의 얼굴 빛깔이 재미있어지기 시작했다. 이나는 평소 자신의 팔이 발레리나의 팔같이 길고 미끈하다고, 그중에서도 프리마돈나의 팔로서 젤로 늘씬하고 우아하다고 생각했는데, 그런데 그런 팔로 할머니의 목을 조르고 있으니 발레리나가 되지 않기를 잘했다는 생각이 들었다. 할머니의 표정은 점점 더 흥미진진해져가고, 이나는 차마 볼 수 없어 고개를 돌렸다.

할머니를 다 죽인 이나는 승용차를 밀고 할머니의 작고 마른 손을 꺼냈다. 이마에 흐르는 땀을 닦으며 주위를 둘러보는데 맞은편 담장 아래에 나무상자가 하나 보였다. 나무상자는 아주 깨끗했고 텅 비어 있었으며 안에서는 달달한 과일향이 났고 무엇보다도 완벽한 정육면체였다.

이나가 할머니를 그 상자에 구겨넣는 내내 안에서는 달달한 과일향, 그러니까 오렌지향 같은 것이 났다. 이나는 할머니를 상자 안에 구겨넣기 위해서 정말로 많은 뼈를 부러뜨려야 했다. 땀으로 브래지어와 팬티가 다 젖고, 자외선차단제가 뺨에 우윳빛 선을 그으며 흘러내렸다. 쉴새없이 속눈썹에 땀이 맺혀 흰자위가 붉게 충혈되었다. 너무너무 힘이 들어서 포기하고 싶은 순간도 없지 않았다.

이나는 그럴 때면 힘이 나는 미선이의 노래를 불렀다. *내 맘에 평화를 사람다운 사랑을 내 머리에 평화를 내 맘에 평화를 정의로운 분노는 악인에게 저주를 내 머리에 평화를 외로운 아이에겐 따뜻한 엄마의 눈을 갈 곳 없는 이에겐 다정한 친구의 집을 배고픈 사람에겐 따뜻한 사랑의 밥을* 그러다가 제목이 생각나지 않는 노래의 가사를 *그녀를 죽일 때 난 너무 멋졌지*로 바꿔 부르기도 했고, 살인이란 대단히 힘든 노동이구나 ─내가 주말에 하는 아르바이트와는 비교도 할 수 없을 정도로─ 하고 생각하다가 할머니의 왼쪽 손가락 관절을 모두 꺾어버리기도 했다. 이나는 흉하게 꺾인 할머니의 왼손을 상자 안으로 깊숙이 쑤셔넣었다. 이나는 그 손이 너무나도 마음에 걸려서 다음번에 또 누군가를 죽일 일이 생기면 흥분하지 말아야겠다고 생각했다. 그것 말고도, 다른 모든 첫번째로 살인을 저지른 살인자들처럼, 이나 또한 압도적인 두려움에 사로잡혀 수많은 미숙하고 감정적인 흔적들을 남겼다.

이나는

자꾸만 뒤를 돌아보았고, 샌들을 고쳐신었고, "내가 죽였어" 하고 중얼거렸고, 흐느꼈고, 절망적인 기분에 휩싸였고, 죄책감을 느꼈고, 휴대폰을 꺼내 문자메씨지를 확인했고, 죽고 싶어졌고, 돌이킬 수 없는 일을 저질렀다는 생각에 온몸이 마비되었고, 내내 낙엽처럼 흔들리던 할머니의 손과 으드득 소리를 내며 부러지던 뼈를 떠올렸고, 눈앞이 아득해졌고, 끝없이 이어진 계단을 천천히 한 걸음씩 오르고 있는 것만 같았고, 조금씩 조금씩 물이 밀려드는 네모난 방에

갇혀버린 것 같았고, 조금씩 조금씩 피를 잃어가는 듯 나른하게 기분이 좋아져서 심지어 그대로 바닥에 누울 뻔하였으나 가까스로 정신을 차려 상자의 뚜껑을 닫아 음식물쓰레기 수거함 옆에 놓아둔 뒤 그곳을 떠날 수 있었다 이윽고

어디선가 고소한 두부 냄새가 풍겨왔다.

두부공장 앞을 지나고 있었던 것이다. 두부공장은 이나의 집으로 가는 길에 있는 삼층짜리 붉은색 벽돌건물이다. 문이 활짝 열려 있어서 안이 훤히 들여다보이는 그곳에는 언제나 기분좋은 온기와 고소한 냄새가 있다. 그래서 이나는 두부공장 앞을 지나가는 것을 좋아하고, 그 앞을 지나갈 때면 일부러 발걸음을 늦춘다. 하지만 오늘만은, 이나는 빠르게 두부공장을 지나쳤다. 바람은 방향을 잃고 이리저리 휘날렸다. 해는 짓다 만 거대한 아파트의 왼쪽 꼭대기에 힘겹게 걸려 있었다. 저 멀리 홈플러스의 붉은색 로고가 천천히 모습을 드러내기 시작했다.

이나는 한 동짜리 낡은 아파트에 산다. 무성한 잡초가 아파트 입구를 가득 메우고 있고 그 한가운데에 비쩍 마른 은행나무 한 그루가 허리를 비틀고 서 있다. 은행나무 아래에는 먼지가 잔뜩 엉겨붙은 자주색 승용차가 놓여 있다. 그 차는 일년 전부터 줄곧 그렇게 버려져 있다. 구석에는 진드기가 우글거리는 소나무 세 그루가 서로에게 몸을 기대고 서 있고 그 너머로 왕복 팔차선 도로가 이어

진다.

베란다에서 밖을 내다보면 짓다 만 거대한 아파트가 정면으로 보인다. 그 건물은 레이가 사는 버려진 아파트를 닮았다. 이나는 지친 표정을 하고 텅 빈 복도를 서성이는 레이를 상상하며 냉장고 냄새가 나는 아파트 계단을 오른다. 습관적으로 나타나는 사도와 언제나 못마땅한 표정을 짓고 있는 신지와 레이의 청보랏빛 머리와 그리고 그 너머 햇살을 받아 따스하게 빛나는 맥도널드의 골든 아치와 그 아래 푸른색 기와를 올린 주유소의 편의점 좁은 카운터 너머로 보이는 이나의 무료한 표정과 아무렇게나 놓인 바코더와 복권과 플라스틱 라이터와 수많은 담배들.

베란다 너머로 교복을 입은 남자애가 담배를 피우며 서 있다. 이나는 그 남자애를 보며 맥주캔을 딴다. 한 모금 마신 뒤 구석에 밀어놓은 재떨이를 뒤져서 꽤 긴 꽁초를 찾아낸다. 꽁초에 불을 붙이고 깊숙이 빨아들인다. 센 바람에 도로에 선 표지판들이 휘청거린다. 해가 부옇게 번지고 사물들이 각자의 색을 잃고 그림자 속에 몸을 숨기는 시간, 마른바람에서는 약간의 소금기가 느껴지고 가는 모래가 씹힌다. 이나는 비벼끈 담배를 베란다 밖으로 던진다. 오토바이가 요란한 소리를 내며 다가와 남자애를 태우고 떠난다.

—이렇게 집으로 돌아와 샤워를 하고 옷을 갈아입고 텔레비전을 켜면 십년 동안 집에서 한번도 나간 적 없는 사람이 된 기분이다. 하지만 아침이 오면 또 아무렇지도 않게 학교에 간다. 잘 걷고 지하철도 잘 타고 버스도 잘 갈아타고 수업도 잘 듣는다. 울지도

기절하지도 토하지도 싸우지도 않는다. 사람들하고 이야기도 잘하고 점심 먹을 때는 농담도 잘한다. 교수들한테 가끔 칭찬도 듣고 같이 학회를 하는 사람한테 똑똑하다는 말도 들었다. 생각해보면 정말 이상한 일이다. 나는 수업이 끝나고 집으로 돌아오는 길이 너무 무섭다. 강의실을 빠져나오는데 어떤 여자애가 나한테 반갑게 인사를 했다. 하지만 나는 그애를 몰랐다. 그래서 나는 눈을 내리깔고 가방 안에서 무언가를 찾는 척하며 그애가 나를 어서 지나쳐가기를 기다렸다. 그러나 그애는 그러지 않았다. 나는 사람들을 밀치며 반대방향으로 걷기 시작했다. 건물을 빠져나와 앞을 보자 숨이 막혀왔다. 주위가 사람들로 가득했다. 나는 하얗게 질려 가방에서 휴대폰을 꺼냈다. 바닥에 파일케이스가 떨어졌다. 수십장의 종이가 바닥에 흩어졌다. 나는 거의 쓰러질 지경이었다. 주위 사람들이 흩어진 종이를 주워 나에게 건넸다. 나는 고개를 끄덕이며 감사를 표시했다. 그러나 종이는 끝이 없었다. 내 손엔 계속해서 종이가 쌓여갔다. 나는 계속해서 고개를 끄덕였다. 나는 쓰레기통 앞까지 굴러간 한 장의 종이를 줍기 위해 걸어갔다. 계속해서 고개를 끄덕이며 걸어갔다.

　내일과 모레는 종일 편의점에서 일을 해야 한다. 편의점은 주유소 안에 있고 주유소는 홈플러스 건너편에 그러니까 맥도널드 옆에 있고 그래서 보이는 것은 홈플러스의 붉은색 로고와 쉴새없이 쏟아져나오는 쇼핑카트와 길게 늘어선 택시 행렬뿐이다. 점심에는 맥도널드에서 삼천원짜리 런치쎄트메뉴를 먹고 저녁에는 주유소 사장하고 또 함께 일하는 남자와 중국집에서 알뜰메뉴쎄트 일번(탕수육 + 짬뽕 + 자장 + 군만두 써비스)을 시켜먹는다. 함께 일하는 남자는 임신 육개월인 아내와 주유소에서 일하는 열일곱살 여자애 사이에서 어쩔 줄을 모른다. 그 남자는 나랑 동갑인데, 지난달 주유소의 회식이 끝나고 술에 취해 여자애와 자고 말았다. 여자애는 새벽마다 술에 잔뜩 취하여 남자에게 전화를 걸어 울먹이고 아내는 입덧이 심해 생선가시처럼 말라만 간다. 남자는 말수가 적고 얼굴이 하얗고 어떤 여자한테나 상냥하다. 어느날 회식이 끝나고 살짝 취한 남자가 은밀하게 나에게 다가와서 말했다. 솔직히 그날 나는 너무 취해서 아무것도 기억이 나지 않는다고, 다음날 일어나보니 처음 와보는 모텔방이었고 옆에는 벌거벗은 여자애가 다리를 쫙 벌리고 자고 있었다고, 나는 서둘러 옷을 입고 절망적인 심정으로 휴대폰 액정에 뜬 부재중전화 스물한 통을 확인한 다음 집으로 전화를 하여 아내를 달래고는 살며시 여자애를 깨워 옷을 입히고 칫솔을 들려 욕실에 집어넣었다고, 그런데 욕실로 들어간 여자애는 도로 옷을 다 벗고는 샤워를 하기 시작하였다고, 그러고는 맨몸으로 욕실에서 나왔으며 씨발 나는 또 한차례 무너져내렸고, 또 무너져내릴 수밖에 없었다고, 나는 정말로 입이 열 개라도 할말이 없지만 이것은 정말 하나의 거짓도 없이 죄다 진실이라고, 네가 믿어주기를 바란다고, 맹세코, 우리는 서둘러 옷을 입고 담배를 나누어 피우며 모텔을 빠져나와 약국으로 직행하여 사후피임약을 구입하였는데 다행히 임신은 하지 않았으나 씨발 진짜 미쳐버리겠다고. 남자는 머리를 쥐어뜯으며 담배에 불을 붙였고 내가 어정쩡한 표정과 포즈로 남자의 어깨를 다독여주었더니만 고개를 들고 몸시 갈망하는 눈길로 나를 바라보았기 때문에 나는 남자가 여태까지 한 말들을 죄다 의심하기 시작했다. 사실 그 남자는 나를 몹시 부러워하고 있고 그래서 나한테 특히 더 상냥한데 그것은 내가 서울에 있는 유명한 사립대학에 다니기 때문이다. 그러나 나는 서울에 있는 유명한 사립대학의 학생에게 어울리는 야망도 비전도 없고 매일같이 두부공장에서 일하는 어두운 미래를 예감하며 괴로워할 뿐이다.

　도대체 뭐가 어디서부터 잘못되었는지 모르겠다. 아니 잘못된 것은 하나도 없다. 처음부터 끝까지 수십차례 꼼꼼히 검토를 해보았지만 내 삶에서는 별다른 오류가 발견되지 않았다. 그런데 내 상상 속에서 미래의 나는 왜 오피스빌딩으로 빽빽하며 넓고 탁 트인 도로가 있는 깨끗한 도시의 커피하우스에서 미소짓고 있는 것이 아니라 두부공장에서 흰 모자를 뒤집어쓰고 고무장화를 신고 커다란 주걱을 들고 두부를 휘휘 젓고 있단 말인가. 도대체 나의 빛나는 야망과 비전은 어디로 사라졌나. 아니 애초에 그런 것이 있기는 했나. 아니 없어도 상관없었다. 나는 그것을 학교에서 받을 것이었기 때문이다. 나는 그것을 믿었다. 그런데 캠퍼스에 가득한 유럽풍 건물들에서 풍겨나오는 여유와 권위는 도대체 왜 나한테 아무런 위안과 격려가 되지 않는가. 왜 나는 초대장도 없이 비밀스러운 사교파티에 숨어들어온 것같이 불안하고 두려운가. 나는 돌아갈 영혼의 집도 없고 낡은 사진집을 들여다보며 보듬을 소중한 감정도 없고, 없고 또 아무것도 없고 또 없다. 왜냐하면 나는 나의 야망과 비전이 가득 쌓일 커다란 공간을 준비해야 했기 때문이다. 그런데 아무것도 쌓이지가 않는다. 얼마나 많은 돈과 노력과 시간을 지불했단 말인가. 그 지불의 댓가로 학교가 약속해야 하는 것은 야망과 비전이 아닌가. 아니 그래야만 한다. 학교는 그것을 약속해야만 한다. 대학이란 학생들의 깨끗하게 빈 영혼에 허영과 야망과 비전을 잔뜩 채워넣으면 할일을 다 하는 것이 아닌가. 그래서 다시는 평범한 인생으로 돌아갈 수 없도록, 그런 것을 상상조차 할 수 없도록, 그러나 밤마다 추락의 악몽에 시달리며 평범한 인생으로 추락하지 않기 위해서라면 자신이 가진 모든 것을 팔아치울 수 있는 사람이 되어, 겁과 허영심으로 가득한 주도적 계층의 한 명이 되어 사회가 계속해서 평화롭게 흘러가는 데에 기여할 수 있도록, 그런 사람을 만들어내는 것, 그것이 바로 대학이 담당해야 하는 사회적 역할이 아닌가.

이나는 두부공장과 짓다 만 씨멘트 건물, 끊임없이 불어오는 설탕가루같이 흰 연기, 언제나 흐릿하게 빛나는 태양과 무성한 잡초, 그리고 그 앞에 놓인 낡은 아파트의 세계에서 죽을 때까지 벗어날 수 없을 것 같다는 예감에 시달린다. 이나는 매일 밤 노동에 지친 부모의 얼굴에서 자신의 미래를 본다. 하루에 한 걸음씩 두부공장으로, 두부공장의 삶을 향해—라는 것이 이나 운명의 캐치프레이즈인 것만 같다. 두부공장의 고소한 냄새와 기분좋은 온기가 이나는 꼭 엄마의 품같이 편안하고 아늑한 것이다. 이나는 그런 자신에 절망하여 백화점이 내다보이는 압구정의 고급 커피하우스에 앉아 온 정신을 집중하고 백화점 앞을 가득 메운 반짝거리는 여성들과 자동차들과 쇼핑백들에 친근감을 가져보려고 노력한 적도 있다. 서울시 강남구에 익숙해져보려는 것이다, 두부공장이 있는 경기도의 쇠락한 소도시가 아니라. 물론 처음에 이나는 반짝거리는 옷들과 그 옷을 완벽하게 소화해내는 날씬한 여성들을 넋을 잃고 황홀한 눈길로 바라보며 벌컥벌컥 커피를 들이켰다. 하지만 시간이 지나면 지날수록 그리하여 커피가 차갑게 식어갈수록 그런 여자들이 자신으로서는 도저히 이해할 수 없는, 같은 인간이라기보다는 저 깊은 바닷속에 사는 납작한 해저생물이나 예쁜 애견 콘테스트에서 일등을 한 분홍색 푸들이나 아니면 물방울 모양의 유에프오를 타고 다니는 외계인처럼 느껴지는 것이었다. 그리하여 이나는 한껏 더 절망하여 커피하우스를 빠져나온다. 그리고 버스와 지하철을 갈아타고 집으로 돌아오는 길에 두부공장 앞을 지나다가 그 고소한 두부냄새에 가슴이 두근거리는 것이다.

　물론 그 고소한 냄새와 기분좋은 온기가 이나는 참 좋지만, 두부를 만든 돈으로 계속해서 이나가 좋아하는 고급 맥주와 고급 치즈를 사고 가끔은 값비싼 와인을 마시면 되지만 그것이 완전한 바보짓, 누구에게도 말할 수 없을 만큼 부끄러운 짓, 이나의 상상 속 서울시 강남구 주민들에게 비웃음을 살 만한 바보짓이라는 것을 이나도 안다. 월세를 내지 못한 조선족과 외국인노동자가 매달 몇명씩 쫓겨나는 다 무너져가는 낡은 아파트를 배경으로 한 이나의 삶과 잘 설계된 사회보장제도와 높은 실업률을 배경으로 한 유럽의 치즈는 어울리지 않는다. 이나는 도저히 그 둘을 조화시킬 수가 없다고 느낀다. 그래서 이나는 치즈의 곰팡이와 벽지의 곰팡이 사이에서 잔잔하게 흔들린다. 그 잔잔한 멀미가 영원히 지속될 거라는 불길한 예감에 시달린다. 잔잔한 멀미 속에서 조금씩 침식되어 가는 삶. 그런데 도대체 그런 삶이 가능하기는 한가? 그것은 자신을 반으로 갈라 이것은 저쪽으로 저것은 이쪽으로, 조용하고 어둡고 차갑고 습기 가득한 외딴 지하실에 밀어넣고 천천히 사라지기를—천천히 썩어가기를 기다리는 것인데 그것은 너무나도 슬프고 무서운 일이다.

토요일 저녁, 이나가 아르바이트를 마치고 돌아오자 여느 때처럼 할머니가 이나를 맞는다.

할머니는 반가운 얼굴로 인사하며 이나의 안부를 묻는다.

—거짓 위협 하지 마요. 나는 아무것도 몰라요. 나는 아무 짓도 안했어요. 이제 곧 아빠가 돌아올 시간이란 말이에요. 밤이 되면 엄마도 오고 나는 내일도 일찍 일어나서 아르바이트를 하러 가야 되는데 숙제도 하나도 못했는데 그게 다 할머니 탓이라고.

할머니는 여전히 반가운 얼굴로 이나를 보고 있다.

(나는 할머니를 죽이지 않았고, 그러니까 할머니는 죽지 않았고, 할머니는 나랑은 아무런 상관도 없고, 그러나 이곳에 있고, 거울은 내가 아니라 할머니를 비추고, 그러니까 할머니는 진짜로 이곳에 있는 거다. 이제 숙제는 다 틀렸고, 밤엔 잠들지 못할 테고, 그러니까 나는 숙제도 하지 못한 채로 학교에 가야 하고 편의점에서는 졸다가 계산을 틀리게 해서 주의를 받을 것이고.)

—잠깐만요, 우유 좀 마시고.

이나는 우유를 마시고 방으로 돌아와 옷을 갈아입기 시작한다. 할머니는 팝아트풍 디자인의 이나의 브래지어를 흥미롭게 바라본다. 잠옷으로 갈아입은 이나가 침대에 걸터앉아 이야기를 시작한다.

—음, 어차피 할머니는 계속 여기에 있을 것 같고 나도 딱히 할일도 없고 할일이 있다고 해도 할머니가 계속해서 나를 방해할 테니까 그렇다면, 우리 이야기나 나눠보죠. 과연 엄마는 나를 대학을 졸업시켜서 무엇을 얻으려는 것일까요? 나는 언제나 그게 궁금했어. 엄마는 무척이나 히스테릭한 성격을 가지고 있어요. 가끔 화가 나면 학비를 주지 않겠다고 위협하거나 차에 치여서 뒈져버리라고 해요. 이따위 것들을 공부하면 만원짜리가 몇개나 솟아날까, 하는 눈빛으로 내 책장에 꽂힌 전공서적들을 하나씩 하나씩 살펴보죠. 밥을 먹다 말고 물끄러미 나를 쳐다볼 때가 있는데, 그때 엄마의 눈빛은 '나에게 어떻게 보상을 해줄 거지? 언제쯤 보상을 해줄 거지? 얼마나 많은 보상을 해줄 수 있지? 무엇으로 할 거지? 얼마나 줄 수 있지?' 하고 따져묻는 것만 같아요. 헨젤과 그레텔에 나오는 마녀처럼 나를 잡아먹을 날만 기다리며 포동포동하게 살찌우고 있는 거예요. 그걸 다 알면서도 나는 바보같이 넙죽넙죽 받아먹으며 얌전하게 살을 찌우고 있죠. 그런데 이젠 뭐 다 틀렸지. 할머니를 죽이고 말았으니까요. 게다가 죽은 할머니의 환상까지 보이네요. 이제 지긋지긋해요. 이제 나는 취직도 못할 테고 좋은 남자랑 결혼할 수도 없고 대학이나 제대로 졸업할 수 있을지 모르겠네. 두부공장에서는 받아줄까 나같이 미친 여자 살인자를? 아무튼 나는

엄마의 그 눈빛을 마음에 깊이 새기고는 울적하게 잠을 자요. 그리고 다음날 일어나면 학교에 가죠. 요즘 나는 학교에서 연극의 이해라는 교양수업을 듣고 있어요. 지난주에는 베케트의 희곡을 읽었어요. 매우 재미있었어요, 내 이야기였으니까요. 블라디미르랑 에스트라공은 나무 아래에서 움직이지를 못해요. 그러니까, 나랑 똑같아요. 내가 이 집, 이 아파트, 엄마와 아빠한테서 벗어나지 못하는 거랑 똑같죠. 그래서 나는 그 이야기가 좋아요. 저기 밖에 비슷한 은행나무도 하나 서 있잖아요. 약간 우스운 것도 똑같고 약간 무서운 것도 똑같고 결국 좀 슬프고 절망적이면서도 또 어쩐지 미묘하게 희망찬 것도 뭐 다 똑같죠. 하지만 잘 봐요. 자세히 잘 봐요. 하나도 똑같은 게 없어요. 전혀. 비슷하지도 않아. 왜냐하면 베케트의 희곡에서는 냉장고 냄새가 안 나거든요. 거기엔 습기 찬 곰팡이 냄새도 없고 나무에는 진드기도 하나 없어요. 밤마다 정체불명의 쿵쿵거리는 소리와 바람에 실려오는 하얀 연기(폐가 썩어가는 것 같다)도 없어. 그런데 나한테는 그런 것들이 있고 아니 그런 것들이 나의 전부고 그리고 나는 그것들을 다 만질 수가 있어. 그러니까 점점 현실성이 떨어진다는 거예요. 집에 있으면 학교에 있는 것 같고 학교에 있으면 편의점에 있는 것 같죠. 편의점에 앉아 있으면 옷이 사고 싶어서 미쳐버릴 것만 같아요. 옷. 옷이 문제예요. 언제나 옷, 옷이 부족하니까. 나는 옷이 없으면 죽고 말 텐데 그래서 나는 정말 어떻게 해야 할지를 모르겠어요!

우리 학교는 참 좋아요. 영국식 정원에 분수도 있고 언제나 어디서나 공사가 진행중이죠. 그래서인가 학비도 엄청나죠. 매학기 엄마한테 등록금 고지서를 내밀 때마다 차라리 엄마가 내 목을 졸라 죽여줬으면 하는 생각을 해요. 매년 코트 값이 오르듯이 학비가 오르고 나는 구두 살 돈을 모으느라 삼각김밥으로 점심을 때우는 날도 많은데, 아 근데 할머니를 죽이던 날에도 나는 옷을 참 잘 입고 있지 않았어요? 그 미니스커트를 사느라 지난달 월급의 반을 썼어요. 같이 신고 있던 샌들을 사느라고 두 시간이 넘게 동대문 도매상가를 뒤졌구요. 작년에 리모델링한 학생회관 바닥에는 심지어 장미색 대리석이 깔려 있어요. 장미색 대리석을 깔아놓으면 학생들의 휴식도 장미색으로 감미로워진다고 생각하는 걸까요 아니면 우리 학교의 이사장은 서울 한복판에 성을 짓고 영주가 되고 싶은 걸까요. 도서관에 있는 엘리베이터는 투명해서 안이 훤히 들여다보이는데 나는 그런 엘리베이터를 여덟살 때 롯데월드에서 본 적이 있죠. 매점에서 파는 빵은 근처 베이커리에서 가지고 오는데 우리 동네에는 그런 비싸고 맛있는 빵을 파는 데가 없어요. 그래서 가끔은 매점에서 빵을 사가지고 집으로 가져와서 먹을 때도 있어요. 그러니 걸어서 오분 거리에 홈플러스가 있다는 것이 얼마나 큰 위안인지 몰라요. 네덜란드산 치즈에 벨기에산 맥주도 마음껏 마실 수가 있으니까요. 우리 아파트에 사는 사람은 아무도 그런 것을 먹지 않아요. 옆집 문앞에 쌓여 있는 것은 빈 소주병들뿐이죠. 가끔 막걸리병도 보이구요. 아빠는 술을 마시지 않는 대신 엄청나게 담배를 피워대는데 디스플러스도 아니고 디스를 피워요. 돈이 아깝기 때문에!

학교의 여자애들은 하나같이 스트레이트파마를 한 검은 생머리가 아니면 여성스러워 보이는 갈색 쎄팅파마를 하고 프랑스산 핸드백을 들고 다니죠. 물론 나도 우습게 보이지 않으려고 온갖 노력을 쏟아붓죠. 그 노력은 내가 이 학교에 합격하려고 쏟아부은 노력에 비하면 아무것도 아니에요. 생각해보면 그건 정말로 아무것도 아니었어요. 아무것도.

버스와 지하철을 갈아타고 집으로 돌아오면 어김없이 냉장고 냄새가 나를 맞이해요. 그 냄새를 맡으면 마음이 평안해지고 비로소 집으로 돌아온 것 같아요. 한 걸음 옮길 때마다 내가 가장 아끼는 살구색 슬링백이 또각거리고, 이번달 휴대폰 요금은 또 왜 이렇게 많이 나왔나, 씨발 미용실에도 가야 한다. 아무리 생각해봐도 압구정 현대백화점 주차장을 서성이다가 일련번호가 붙어 있어서 아무데나 갖다 팔았다가는 금방 잡혀가고 말 그런 비싼 가방을 든 아주머니를 납치하는 방법밖에는 떠오르지를 않아요. 그 방법이 가장 쉽고 또 나를 가장 비참하게 만들 테니까요. 그런 아주머니라면 죽어도 좋아요! 나는 죽어도 그런 아주머니가 될 수 없을 테니까! 나는 그런 식의 범죄에 전혀 노출되어 있지 않으니까! 하는 생각을 하고 있었는데, 딱, 할머니를 만난 거예요. 나는 물론 엄청나게 실망했죠. 할머니는 하나도 부자 같아 보이지 않았으니까요. 하지만 일억을 노리고 살인을 할 수 있다면 칠만오천원을 노리고도 살인을 할 수 있지 않겠어요? 게다가 그게 훨씬 더 비열해 보일 테니까요. 근데 사람들은 왜 그걸 더 비열하다고 말할까요. 그게 왜 더 나쁘게 묘사되는 걸까요. 신문 같은 걸 보면 그러잖아요. 열다섯 군데나 찔러 잔인하게 살해했다. 그리고 뺏은 것은 고작 만사천원. 극악무도한 살인자. 하지만 살인자의 심정을 한번 생각해봐요. 힘들게 죽이고 나서, 죽이는 게 얼마나 힘이 드는지 아세요? 특히 나같이 힘없는 아가씨라면 더욱더. 그러고 나서 보니 뺏을 게 고작 만사천 원밖에 없는 거예요. 그 돈을 가지고는 이태원에 있는 괜찮은 브런 치바에도 갈 수 없잖아요. 얼마나 비참한 기분이 들고 자기 자신이 밉겠어요. 딱 죽고 싶겠죠. 그래서 동네 슈퍼에 가서 맥주에 새우깡에 담배나 사고 마는 거죠. 그래서 아무튼, 할머니를 만난 거예요, 내가요. 그런데 딱 보니까 할머니는, 너무너무, 마치, 이미 죽었다고 해도 믿을 만큼 늙어빠진 시시한 할머닌 거예요. 그러니까 내가 아니라도 어차피 누군가 할머니를 죽였을 거고 그렇지 않으면 그냥 자다가 꽥 하고 죽었을지도 모르는데다가, 게다가 할머니는 솔직히, 이미 죽은 거나 마찬가지였잖아요? 그러니까 나는 별로 한 일이 없는 거예요. 그러니까 그건 거의 살인도 아니에요. 아니 거의 살인인 거죠. 거의 살인이니까 정말 살인은 아닌 거죠. 네, 그건 살인도 아녜요. 아니 아무것도 아녜요. 나는 아무 짓도 안했어요. 그러니까 거의. 딱히 잘못한 일이 없는 거예요. 그냥 조금 도와드린 것뿐이잖아요? 그렇잖아요?

보내드려야지! 하는 생각이 들었어요. 그런데 어디에서도 어떤 목소리도 들려오지 않았어요. 안돼!라든지, 파란색 원피스를 입고 별모양 막대기를 든 요정이라든지, 아니면 아니면…… 아아, 근데 도대체 그런 가방은 어디에서 사시는 거예요? 나이를 먹을수록 더욱더 자신을 꾸미는 데 돈을 쏟아부어야 한다구요. 그러지 않으면 우습게 보이니까요. 그러니까 멀쩡한 자동차가 굴러오거나 가난한 여대생한테 살해당하거나 하는 게 아니에요. 네모난 상자에 넣어지는 게 아니겠느냐구요. 집에다가 아무리 돈을 쌓아놓으셔도 소용이 없어요. 백화점에 가시라고요. 웨이팅 리스트에 이름을 올려놓으시라구요. 일련번호가 붙어 있는 가방을 들고 다니시라구요. 제발 그렇게 옆집 아줌마처럼 굴지 마시라구요.

—잠깐만요. 물 좀 마시고요.
이나가 냉장고에서 맥주를 꺼내 방으로 돌아온다.
—죄송해요 할머니, 지금까지 다 거짓말이었어요. 이게 첫번째 거짓말이에요. 그런데 나한테는 아직도 마흔아홉 개의 거짓말이 더 남아 있어요. 그리고 또다른 오십 가지의 거짓말을 만들어낼 수도 있어요. 그러니까 할머니가 계속해서 나를 찾아와도요 절대로 내가 왜 할머니를 죽였는지 그 이유를 알아낼 수 없을 거라는 말이에요. 그리고 이건 방금 생각난 건데요 나는 이제 할머니가 하나도 무섭지 않고 오히려 이야기 상대가 생겨서 좋다는 생각이 들었는데 아 이것도 또 거짓말인지도 모르겠어요. 몰라요. 정말로 이제 나는 아무것도 모르겠어요.
할머니, 나는 어젯밤 침대에 누워서 처음으로 피해자의 입장에서 죽음에 대해 생각해봤거든요. 근데 솔직히 나는 죽는 게 하나도 무섭지 않거든요? 죽는다는 것을 생각할 때 드는 느낌은, 지금 나는 서울대에 가고 싶은데 서울대에 붙으려면 수학의 정석을 처음부터 끝까지 열다섯 번 풀어야 한다는 이야기를 들었을 때의 느낌하고 비슷해요. 그냥, 뭐, 엄청난 압박감인 거죠. 하지만 미친다는 것을 생각하면 무서워요. 미친다는 것은 정말로 깜깜한, 아무런 빛도 없기 때문에 어둠이 어둠으로 느껴지지 않는, 어디까지가 하늘이고 어디까지가 바다인지 알 수 없는 그런 바다에 몸을 던지는 기분이에요. 아니면 내가 무척이나 우습게 보았던, 공부도 못하고 못생긴 아랫집 여자애한테 얻어터져서 얼굴이 선풍기만하게 부어올랐을 때 느낀 치욕스러운 기분.

(나는 죽으면 완벽한 방음시설을 갖춘 정육면체 모양의 은행금고 같은 데서 살고 싶어요.)

이제 나는 선택의 여지가 없어요. 계속해서 할머니가 나를 쫓아다닐 테니까요. 도망칠 수 없어요. 그래서 말인데요, 그래서 나는 성숙하고 여유로운 태도로 인정하기로 했어요. 뭐 어때요, 나는 과외도 소수정예학원도 없이 서울에 있는 유명한 사립대학에 들어갔는데, 그 대학의 학생회관에는 장미색 대리석이 깔려 있고 캠퍼스에는 대기업의 이름이 새겨진 유럽풍의 건물들이 가득하고 매점에서는 고급 베이커리에서 가져온 빵을 판다니까요. 매일같이 하얀 설탕가루 매연을 내뿜는 공장 건너편에 있는 커다란 마트에서는 유기농 인증을 받은 야채로 만든 샐러드를 팔고 있어요. 한 팩에 사천팔백원밖에 안해요. 어때요, 배가 고프세요? 사다드릴까요? 그러니까 그런 것에 비하면 할머니의 환상을 보는 것 따위는 시시한 거예요. 완전히 아무것도 아닌 거예요. 그래서 나는 생각했어요. 벗어날 수 없다면, 그렇다, 다 가지고 가는 거다. 우리 엄마랑 아빠랑 내 옷이랑 구두랑 가방이랑 그리고 물론 할머니까지도. 나는 다 데리고 갈 거예요. 진짜예요. 다 가지고 갈 거예요. 할머니, 나는

다 가지고 갈 거예요. 다 가지고 어디든지 갈 거예요. 진짜로! 지금, 내, 이 말, 꼭 기억해두세요. 그렇게 해서 내 영혼이 백의 백 제곱의 백 제곱의 백 제곱 정도로 분열된다고 해도 나는 갈 거예요. 상관없어요, 갈 거예요. 왜냐하면

이 악몽은 절대로 끝나지 않을 테니까요. 이건 끝이 없을 테니까요. 할머니는 사라지지 않을 테니까요. 나는 절대로 벗어나지 못할 테니까요. 왜냐하면 나는

그러고 싶지 않으니까! 나는 이런 게 좋으니까!

이제 나는 조금 더 마음이 무거워질 거고 그건 어쩌면 내가 좀더 윤리적인 인간이 되어간다는 증거인지도 몰라요. 그러니까 이건 좋은 거예요. 다 좋은 거예요. 할머니, 나는 사실 할머니한테 고마워요. 할머니 때문에 모든 것이 투명해졌으니까요. 정말로 고마워요. 그러니까 제발 일어나서 내 이야기를 들으세요. 잠은 아까도 실컷 잤잖아요. 이따가 집에 가셔서 자도 되잖아요? 그러니까 좀 일어나봐요. 제발, 좀. 잠깐이면 돼요. 뭐 하고 계신 거예요? 안 죽으셨잖아요?

아르바이트가 끝나고 집으로 돌아와 텔레비전을 켜면 긴 생머리에 커다란 눈에 뾰족한 턱의 여자애가 부자와 연애를 해요. 여자애는 내 맘에 쏙 드는 옷을 입고 내 맘에 쏙 드는 신발을 신고 내 맘에 쏙 드는 화장을 하고 내 맘에 쏙 드는 머리를 하고 있어요. 나는 화가 나요. 도대체 저런 구두는 어디서 파는 건가. 아아, 나는 어제 백화점에서 진짜로 내 마음에 쏙 드는 원피스를 봤어요. 사십팔만 육천원인데 쎄일기간이라 삼십 퍼쎈트 디스카운트를 해준대요. 다

음주에 월급을 받으면 나는 그 원피스를 살 거예요. 이번에 시급이 올랐어요. 옷을 사야 해요. 언제나 옷이 부족해요. 어젯밤에는 근사한 꿈을 꿨어요. 꿈에서 나는 보이지 않는 남자와 새벽의 텅 빈 학교 캠퍼스를 뛰어다녔어요. 새벽의 캠퍼스는 텅 빈 채로 옅은 안개에 싸여 있었어요. 아무도 없고 우리 둘뿐이었어요. 나는 한 손에는 테이크아웃한 커피를, 한 손에는 도장이 여덟 개 찍힌 쿠폰을 들고 있었어요(그러니까 두 번만 더 마시면 돼요).

할머니는 깊이 잠들어 있고 이나는 창밖을 본다. 거기엔 여전히 짓다 만 거대한 진회색 씨멘트 건물이 있고 문득 이나는 자신의 삶이 그 건물처럼 짓다 만 채로, 뿌연 안개 속에 덩그러니 놓여 있다는 것을 깨닫는다. 해가 낮게 드리워져 이나의 그림자가 좀더 길게 늘어지고 다시 이나의 목소리가 들려온다.

─머지않아 흉한 씨멘트 덩어리는 값비싼 브랜드의 아파트로 완성이 되겠죠. 그러나 내 삶은 여전히 뿌옇게 모호한 채로 남아 있겠죠. 저 빼곡한 창문들 중에 내 것이 될 창문은 하나도 없어요. 나는 저것들 중 어느 하나도 소유하지 못한 채로 그러나 저것들과 함께 늙어갈 거예요. 여기 내가 사는 아파트도 언젠가 빛나는 순간이 있었을 테지만 나는 단 한순간의 빛남도 없이 조금씩 낡아가고 바래가는 것밖에는 없어요. 시간이 지나 천천히 부식이 시작되겠죠. 지금은 해가 떠 있는 시간이라 괜찮지만 곧 밤이 찾아와 해가 지면 천천히 어둠속으로 가라앉을 거예요. 어둠 너머로 뻗을 손은

없겠죠. 내 손은 회색 승용차 아래 깔려 천천히 말라비틀어질 테니까요. 빛나는 것들은 벽에 걸린 옷들뿐인데 그것들도 금세 회색 먼지를 뒤집어쓰고 볼품없어지겠죠. 그래 나는 늙고 추한 할머니가 될 거예요. 저 멀리 놓여 있는 수천개의 아파트들도 언젠가 버려져요. 나처럼요. 내가 가진 것들 내가 먹는 것들 내가 가는 학교 텔레비전 연속극 침대에 깊이 잠이 든 할머니 그리고 옷, 옷들 모 혼방 니트 카디건 블랙 미니스커트 레깅스 캐시미어 목도리 씰크로 된 원피스 와인색 빅백들도 모두……

점차 이나의 목소리는 회색빛을 띠고 수십 갈래로 갈라진다 나는 왜 이렇게 늙어가지 왜 이렇게 늙었지 나에게도 빛나는 브랜드의 시절을 가질 권리가 있다 있다 있다 있다…… 더 가지고 싶다 더, 더…… 가지고 싶은 것들 이미 내가 가진 것들 영혼은 포장지를 벗긴 상품처럼 순식간에 낡아가겠지만 양파껍질과 같아서 벗기고 벗겨도 결코 다 벗길 수가 없다 그 껍질은 삼천겹으로 예상된다 삼천번 벗겨질 때마다 번번이 낡아갈 것이다 저 멀리 이나의 가격을 부르는 소리가 들려온다 삼천명의 상인들이 한 손에 바코더를 들고 저마다 가격을 외치고 있다 사람들이 바코더를 들고 몰려온다 차가운 씨멘트 바닥에 웅크린 이나가 땀을 흘리며 자신의 가격을 기다린다 그러니 어서 손가락을 쳐들고 당신이 바라는 가격을 말하라 그 가격이 만족스러우면 팔겠다 사라 그것을 팔겠다

이나의 가격을 부르는 소리가 들려온다. 그것은 얼마인가.

준희

팔월 십사일 월요일 오전 일곱시 오늘도 나는 학원에 가기 위해 아침 일찍 집을 나섰습니다. 거리로 나서자 열 개가 넘는 태양이 나를 향해 다가왔습니다. 전철역에 도착할 때까지 그 태양들은 나를 위협하고, 덮치고, 계속해서 따라오며 콕콕 쑤셔댔습니다. 전철에서는 창밖으로 검은 선들이 높아지고 또 낮아지며 전신주와 전신주 사이를 오가는 것을 보았습니다. 나의 시선도 검은 선들을 따라 낮아지고 또 높아지며 무료함을 달랬습니다. 갑자기 사람들이 목이 터져라 다이내믹 코리아를 외치기 시작하였습니다. 꽹과리 소리가 들려왔습니다. 붉은 악마들의 함성이 스타디움을 가득 채웠습니다. 케이비에스 제일라디오에서 흘러나오는 국정홍보방송이었습니다. 여자 아나운서가 뉴스를 시작하였습니다. 여자 아나운서의 목소리가 작아지고 이어서 안내방송이 흘러나왔습니다. 〈죄송합니다 전동차 내 방송장비 고장으로 구로역에서 정차하겠습니다 반대편에 의정부북부행 전동차가 대기하고 있사오니 모든 승객은 빠짐없이 전동차를 갈아타주시기 바랍니다 죄송합니다 다시 한번 말씀드리겠습니다 전동차 내 방송장비 고장으로〉 여자 아나운서는 안내방송에 아랑곳하지 않고 뉴스를 진행하였습니다. 지난밤의 집중호우로 인해 인천시 부평구 산곡동 일대가 물에 잠겼다고 합니다. 전철은 구로역을 향해 천천히 진입합니다. 나는 일어섭니다. 천천히 반대편 승강장을 향해 걸어갑니다. 바쁜 사람들이 나를 밀치고 뛰어갑니다. 하늘이 흐립니다. 나는 서둘러 계단을 뛰어내려오는 사람들 틈에서 준희를 발견하였습니다. 시야가 무채색으로 건조하게 바스러지기 시작하였습니다. 흐린 하늘에 크롬빛 안개가 몰려오기 시작하였습니다. 그런 환상을 보았습니다.

〈좀 크게 말해봐 아니 안 들려〉〈바빴어 요즘 좀 바빴어 내가 나중에 전화할게〉〈엄마 나 재즈댄스 배우고 싶어 그리고 병원에 좀 가야겠어 머리가 아파 너무〉〈눈에 초점이 안 맞는 것 같고요 버스 손잡이가〉〈너 아프다며 니 친구한테 연락 왔어〉〈엄마 엑스레이를 찍어야겠대〉〈죽고 싶다며?〉〈아니야 안 아파〉〈아니요 안경 안 써요〉〈어 죽고 싶은 거지 아픈 건 아냐〉〈별 이상은 없고 단지 스트레스〉〈그게 그거지〉〈그게 왜 그게 그거야〉

평일 아침 병점행 전철은 사람이 별로 없습니다. 덜컹덜컹하는 소리 사이로 햇살이 나른하게 쏟아져들어옵니다. 나의 무릎은 알맞게 데워집니다.

〈아프면 나한테 연락을 하지 왜 다른 사람한테 그래 남자친구의 의미가 뭐야? 왜 죽고 싶은 건데?〉〈아니 안 죽고 싶어〉〈그럼 뭐야? 정말 어디 아프냐?〉〈그냥 슬퍼서〉〈너 오늘도 담임한테 맞았구나〉〈학원 다니니?〉〈어떻게 알았어?〉〈너 맨날 맞잖아〉〈아니요〉〈근데 너 갈수록 이뻐진다〉〈선생님 저는 소금물 농도 구하는 문제가 너무 짜증나요〉〈그런가 그렇군 생각해보니 그러네 씨발 그 새끼는 맨날 나만 때려 좆같은 새끼 존나〉〈뭐?〉〈잘 봐 여기 직각으로 선분을 그으면 이등변삼각형이 되지? 그럼 선분 A와 선분 C의 길이가 같으니까〉〈뭐라고?〉〈가만히 있어봐 넥타이가 비뚤어졌네〉〈선생님〉

그것은 분명히 준희였습니다. 준희는 회색 스트라이프 정장을 입고 검정색 가죽 크로스백을 메고 있었습니다. 오른쪽 네번째 손가락에 굵은 금반지가 빛나고 있었습니다. 한 손에는 휴대폰을 들고 귀에는 이어폰을 꽂고 목에는 엠피스리플레이어를 걸고 있었습니다. 그런 준희가 의정부북부행 전철에 의정부북부행 전철에 올라탔습니다. 나는 가만히 보고만 있다가 전철을 놓치고 말았습니다. 전철이 떠납니다. 준희가 멀어집니다. 나는 안심합니다. 계단을 올라갑니다. 병점행 전철이 도착합니다. 사람이 많지 않습니다. 나는 전철에 올라탑니다.

준희와 나는 육교 한가운데에 서 있습니다. 하늘은 로마의 밤처럼 아름답습니다. 준희와 나는 키스를 합니다. 밑으로 철로가 네 개나 지나가는 근사한 장소입니다. 철로는 저 멀리 휘어지며 다가와서 곧게 멀어져갑니다. 그 키스는 나의 첫키스였고 우리의 첫키스였으나 준희의 첫키스는 아니었습니다. 혹시 키스하기 직전에 내가 육교 계단에다가 잔뜩 토했던 것을 기억해? 토에서는 김밥과 양념통닭의 맛이 났습니다. 준희와 나 그리고 또 많은 사람들은 시내의 술집에 모여 술을 마셨습니다. 특히 내가 가장 많이 마셨습니다. 나는 어지럽다는 핑계로 준희의 무릎에 누워버렸습니다. 나는 기분이 매우 좋아졌습니다. 그러나 한편 머리가 깨질 것같이 아프고 속이 울렁거렸습니다. 준희는 휘청거리는 나를 다정하게 부축해주었습니다. 준희는 다정하게 나의 등을 두드려주었습니다. 내가 육교 계단에 주저앉자 준희는 편의점으로 달려갔습니다. 나는 준희가 내민 생수로 입을 헹구었습니다. 준희는 나를 육교 한가운데로 끌고 갔습니다. 준희는 몹시 흥분한 듯 보였습니다. 나는 선언하였습니다. 〈생리 삼일째〉 플레이텍스사의 탐폰이 나의 질 입구를 틀어막고 있었으나 준희는 전혀 실망한 눈빛이 아니었습니다. 〈삼일째라고?〉 〈응〉 말려올라간 교복치마를 끌어내리며 나는 대답하였습니다.

그때 나에겐 오직 준희뿐이었습니다. 친구도 별로 없었어요. 준희는 거의 나를 파먹고 살았던 것 같습니다. 배가 고파 보였습니다.

외로워 보였습니다. 준희는요. 내 생각에는요. 그래서 내가 준희를 먹였어요. 내가 준희를 먹여 키웠어요. 나는 그냥 내 나이에 걸맞은 짓을 하고 다녔던 겁니다. 철이 없었어요, 하고 말할 수도 있겠죠. 하지만 그런 말이 이제 와서 무슨 소용이 있나요? 나는 내가 준희를 사랑했다는 사실을 부정할 수는 없다고 봐요. 준희는 바쁘다고 하였습니다. 언제나 바쁘다고 하였습니다. 그리고 점점 더 바빠졌습니다. 준희는 빛의 속도로 걸어다니고 빛의 속도로 밥을 먹고, 그렇게 바빴던 것입니다. 그러니까 나와 만날 시간이 없었던 겁니다. 그렇게 준희는 빛의 속도로 나에게서 멀어졌습니다. 준희와 나는 수직으로 만나고 있었습니다. 그러니까, 만났는데, 만났기는 만났는데, 그리고는 끝이었습니다. 나는 그것이 시작인 줄만 알고 무진장 기뻐서 사실 부끄럽게도 아이 씨발

　우리는 만났습니다. 우리는 분명히 만나고 있었습니다. 그러나 준희는 나를 별로 만나고 있지 않았습니다. 나는 머리가 아파오기 시작하였습니다. 절망에 빠졌습니다. 울었습니다. 그건 다 준희 탓이었습니다. 하지만 나는 준희가 나의 괴로움을 알지 못하면 좋겠다고 생각했습니다. 너는 나를 그저 스쳐지나갈 뿐인 거고 아무한테나 우리 이야기를 하고 다녔잖아요? 나는 그것도 별로 상관은 없었습니다. 하지만 이건 다 준희 탓입니다. 그래 아니 정말 다 준희 탓인가요. 네가 나를 시시한 중학생이라고 생각했던 것을 압니다. 하지만 시시한 고등학생이었던 것은 너도 마찬가지잖아요. 시시한 중학생과 시시한 고등학생이 만나 시시한 연애를 한다 그런 일은 아주 많지 너무 많아서 이제는 시시하지도 않잖아요 너는 시시하

지도 않아 진짜 시시하지도 않아 이 나쁜 놈아 너는 먼지 나한테는 먼지밖에 안돼 먼지가 온통 몸에 달라붙어 있어 코끝이 간질간질해서 뒈져버리겠어 그러니까 나는 너무 끈적끈적해져 있었던 겁니다 그래서 너는 나에게 달라붙은 거예요 너무 많이 달라붙을 수 있었던 거예요.

하지만 그때는 이렇게 간단하게 생각할 수가 없었습니다. 모든 것은 불투명한 유리 너머에서 빛나고 있었기 때문입니다. 불투명한 유리가 모든 것을 가로막고 있었기 때문입니다. 모든 것은 희미하게 아른거렸습니다. 어떤 것은 오렌지색으로 어떤 것은 멜론색으로 아름답게 아른거리기는 하였습니다. 하지만 나는 불투명한 유리가 가로막고 있다는 것을 알았습니다. 그렇지만 깨뜨릴 수가 없었습니다. 나는 나를 깨뜨리는 것보다는 준희를 깨뜨리는 것보다는 유리를 깨뜨리는 것이 낫다는 것을 알지 못하였습니다. 그랬습니다. 그것은 참으로 지나간 일입니다. 나는 생각했습니다.

〈너와 나는 연애를 한 것이 아니다 너는 나에게 범죄를 저지른 것뿐이다〉 아 뭐 대부분의 연애는 어느정도 범죄의 성격을 가진다고 할 수 있습니다. 그러나 그건 집행유예나 백이십시간 사회봉사명령 정도인 거예요. 하지만 나는 너에게 사형을 선고하고 싶습니다. 아니면 이백삼십육년형 정도를요. 너는 말하겠죠. 〈우리는 그저 연애를 한 것뿐이다 나는 이제 잘 기억도 나지 않는다 (기억이 안 나는 것은 나도 마찬가지다 이 씨발놈아) 그냥 어린시절의 추억쯤으로 생각하면 좋잖아 불투명한 유리 너머의 아른거리는 불빛이 신경쓰인다면 내가 해결해줄게 내가 두께 십오 쎈티미터의 콘크리

트벽을 설치하여줄게 그러니 그만 잊어 우리는 그저 연애를 한 것뿐이다〉 그렇다면 나는 이렇게 말하겠습니다. 〈우리는 그저 연애조차 하지 않았다〉

그 모든 기억들은 듀오톤으로 아름답게 남아 있습니다. 하나는 쎄룰리언블루이고 하나는 버밀리언입니다. 두 가지 색깔밖에는 없습니다. 드디어 나는 색을 복원하기로 결심하였습니다. 그런데 이제 와서 그게 무슨 의미가 있나요 나에게? 그것은 더이상 나에게 괴로운 기억이 아닙니다. 그것은 더이상 나에게 부끄러운 기억이 아닙니다. 나는 단지 복수가 하고 싶을 뿐입니다. 기억을 되살리는 것이 기억에 대한 복수가 될 수 있을까요? 타임머신을 이용하지 않고도 과거의 너에게 복수할 방법은 없을까요? 현재의 나는 과거의 너에게 다가갑니다. 〈잘 봐 너는 과거이다 잘 봐 나는 네가 이렇게 듀오톤으로 보일 정도로 아주 총천연색으로 살아가고 있다 잘 봐 나는 현재에 살고 있지 멋지지 않나? 과연 너는 과거다 숨이 막혀 너의 그 노스텔지어가 너의 그 쎄피아빛 추억이 토할 것 같아 아 나는 토해주겠어 나의 토는 너의 그 아련한 쎄피아빛 배경을 따라 질질 흐르게 될 것이다〉 나는 현재의 너에게는 아무런 관심도 없습니다. 내 관심은 오직 과거의 너입니다. 너는 앞으로 남은 인생을 과거에 갇혀서, 쎄룰리언블루와 버밀리언 사이에 끼어서, 그 두 가지 색깔만 존재하는 세계 안에서 그 두 가지 색깔밖에 보지 못하는 사람이 되어서 살아가야 합니다. 그게 바로 내가 바라는 것입니다. 왜냐하면 내가 바로 그런 식으로 너를 사랑하였기 때문입니다. 그것은 분명히 사랑이었습니다. 그 희뿌연 수증기를, 숨막히던 공기를, 두 뺨을 짓누르던 무게를, 그것을 사랑이 아니라면 뭐라고 불러야 합니까. 그때 우리는 어렸고 방정식만큼 순수하였습니다. 나는 순수하게 너를 사랑하였고 너는 그만큼 순수하게 나를 사랑하지 않았던 겁니다.

〈선생님은 왜 그렇게 저를 미워하세〉 내 질문이 채 끝나기도 전에 몸이 뒤쪽으로 이 미터 정도 이동한 것을 느낄 수 있었습니다. 그리고 또다시 이 미터. 나는 교무실의 왼쪽 벽을 가득 채운 화이트보드까지 밀려갔습니다. 그가 한번 더 내 뺨을 후려갈기자 나는 더이상 갈 곳이 없어서 화이트보드에 등을 세게 부딪혔습니다. 나는 비명을 질렀습니다. 왜 나에게 이렇게 화를 내는 것일까? 왜 이렇게 화가 난 것일까? 나는 정말 혼란스러웠어요. 가장 놀라운 것은 그 세 대의 손찌검에서 내가 쾌감을 맛보았다는 것입니다. 천국을 살짝 엿보고 온 것 같은 기분에 하하 나는 양손으로 부풀어오르는 뺨을 감싸안고 바들바들 떨며 한 대만 더, 제발 한 대만요, 사정이라도 하고 싶은 심정이었으나 그의 얼굴을 살펴보니 그러지 않는 편이 나을 것 같아서 고개를 숙였습니다. 그는 엄마에게 전화를 걸었습니다. 그는 엄마에게 내가 학교 홈페이지에 김은철 개새끼라고 쓴 것도 다 불어버렸습니다. 김은철은 그의 이름이고 그는 나의 담임선생이었으니까 그는 참을 만큼 참았던 거지만 그렇다고 그걸 다 불어버리다니 이 비열한 새끼

엄마와 신경정신과에 다녀온 다음날 나는 늦잠을 잤다는 핑계

로 학교에 가지 않았습니다. 나는 예쁘게 교복을 차려입고 엄마에게 다녀오겠습니다, 인사를 한 뒤 근처 게임방으로 향하였습니다. 한참을 게임에 열중하고 있는데 담배가 떨어진 겁니다. 나는 빈 담뱃갑을 새우탕 큰사발면 용기에 쑤셔넣고 내 뒷자리 워크래프트에 열중한 남자에게 다가가 물었습니다. 〈저기 담배 한 대만 빌려주시면 안될까요?〉〈꺼내가세요〉

삼십분쯤 지났을까 나는 몹시 화가 난 상태였습니다. 게임을 연속해서 일곱 번이나 졌기 때문입니다. 때맞춰 부반장에게서 문자가 왔습니다. 담임선생이 내 책상과 의자를 복도로 집어던졌다는 겁니다. 나는 내 짝에게 문자를 보내 책상서랍 안에 있는 보그걸 9월호와 20세기 소년 5, 6권을 사수해달라고 부탁하였습니다. 곧바로 답장이 왔는데 보그걸은 사수하였으나 만화책은 빼앗겼다는 겁니다.

나는 휴대폰을 향해 욕을 하고 재떨이에 가래침을 뱉은 다음 학교 홈페이지에 접속하였습니다. 자유게시판으로 가서 글쓰기를 클릭하였습니다.

〈font size=5〉〈b〉 김은철 개새끼 〈/b〉〈/font〉

딱 한마디만 했습니다.

익스플로러 창을 닫는데 누군가 내 어깨에 손을 올려놓는 것이 느껴졌습니다. 나에게 담배를 빌려준 고마운 뒷자리 남자의 손이었습니다. 〈나 지금 밥 먹으러 갈 건데 배고프지 않니?〉〈아저씨 몇 살이야?〉〈나 칠이년생밖에 안돼 아저씨라고 부르지 마 기분나빠〉〈아 그래? 나는 어제 새벽까지 술 존나게 푸다 와서 속쓰려죽겠거든 성질부리기 전에 꺼져 나 원조 안해 용돈 필요없어 나 돈 많아 그런 년 찾는 거면 저기 행길 건너 사거리 주차장 아래로 가보든가 미친년들 존나 많으니까〉〈해장국 사줄게〉 순간 주머니 속 내 휴대폰이 진동하였습니다. 나는 문자를 확인하였습니다. 〈담임이 너 퇴학시키겠대〉

(나는 울고 있습니다 준희가 보고 싶어요)

너는 정말 구제가 불가능한 인간이야 아니 니가 인간이기는 하냐 이 그래프를 좀 봐 사회성이 팔이라고 도대체 평균이 오십사고 가장 낮은 녀석도 십구야 그런데 그 십구인 녀석이 누군지 아니? 정은호! 정은호라고 그 약간 모자란 정은호 아이큐가 칠십칠인 정은호도 사회성이 십구가 나왔는데 너는 도대체 뭐야 뭐가 어떻게 된 애야 장난으로 풀었니 그냥 찍은 거야? 대답해봐 도대체 뭐가 문제야 게다가 이것 봐 독립성은 구십구가 나왔어 어이구 그래 독립해라 학교는 뭐 하러 다니니 너는 정말 내가 본 학생 중에 가장 저질이야 이기적이고 비타협적이고 협동심 없고 무례하고 도전적이다 내 십팔년 교직인생에서 너 같은 아이는 처음이다 놀라워 너는 정말 불쾌해 그런 눈빛으로 선생님을 바라보는 게 아냐 그런 표정으로 비스듬하게 의자에 기대서 수업을 듣는 게 아니란 말이다! 도대체 네 부모는 너를 어떻게 키운 거냐 혹시 네 어머니 진짜 어머니가 아닌 거냐 말해봐 솔직히 집에 무슨 문제가 있는 거지? 성적은 또 왜 이렇게 떨어지니 한문선생님이 그러시더라 너 오엠알

카드 마킹 삼번으로 통일했다며 주관식 답은 아예 적지도 않았지? 점수가 십육점이 뭐야 너 정신이 있니 없니 이런 식으로는 여상이야 여상밖에 안돼 너 어느 여상 가고 싶니 기술 배우고 싶어? 너 앞으로 이유리랑 놀지 마라 너 때문에 이유리도 성적 떨어진 거 알지 너 삼청교육대라고 들어봤니 전두환이 누군지 알아? 삼청교육대 들어봤어? 너도 그런 걸 좀 당해봐야 한다 삼청교육대 같은 데 끌려가봐야 세상이 무서운 줄을 알지 그래 너 하고 싶은 대로 해봐 어디 한번 잘되나 두고 보자 네가 제대로 된 인생을 살아가는지 너는 안돼 두고 봐라 너 같은 인간이 바로 실패자라는 거다 너는 정말로 전형적인 실패자가 될 거야 지금은 세상이 참으로 우스워 보이지? 만만한 것 같지? 하지만 곧 알게 될 거야 알겠니? 알아들었으면 가봐 수업종 쳤잖아 이번 시간이 무슨 시간이니? 제발 수업시간에 좀 고분고분하게 굴어 빨리 가보라고 아니 필요없어 안 받아 너한테 인사 같은 거 받기도 싫어 뭐 하고 있어 수업 시작이잖아 뛰어가라고 어서

〈남자친구 있니〉〈있어요〉〈몇살이야〉〈나보다 한살 많아 오빠예요〉〈고등학생?〉〈응 고등학생〉〈어느 학교 다니는데?〉〈말하면 알아요? 사진 보여드릴까요?〉〈아니 됐어〉

〈무서워요〉〈뭐가?〉〈제 남자친구요 성격이 더러워요 여자도 때려요 나는 안 맞아봤지만〉〈나쁜 놈이구나〉〈네 씹새끼예요 그런데 화 안 나면 착해요〉〈나도 화 안 나면 착해〉〈아저씨 근데요〉〈너 왜 갑자기 나한테 꼬박꼬박 존댓말하니〉〈하지 말까요?〉〈응

하지 마〉〈왜요〉〈그냥, 아저씨 같잖아〉〈오빠라고 불렀으면 좋겠지?〉〈아니야〉〈거짓말〉〈아니라니까〉〈아저씨랑 나랑 몇살 차이 나는지 알아요? 칠이년생이라고 했나? 담배 한대 피워도 돼요?〉〈우리 맥주 마시러 갈까〉〈저 맥주 싫어해요〉〈그럼 뭐〉〈소주 마셔요 맥주는 마셔도 취하지를 않아서 근데 아저씨 뭐 하는 사람이에요〉〈나? 근무해〉〈무슨 근무?〉〈공익근무〉〈너 방위냐 깔깔〉〈야 웃지 마 오늘 뭐 해? 집에 언제 들어가? 남자친구는? 안 만나?〉〈못 만나요〉〈왜〉〈면회 갔어요〉〈무슨 면회?〉〈몰라 친구가 잡혀갔대요〉〈왜?〉〈집 털다가 걸려서〉〈그럼 오늘은 약속 없는 거야?〉〈그러네 쌩 근데 일찍 들어가야 돼요〉〈왜?〉〈옷 갈아입고 학원 가야 돼〉〈옷 갈아입고 나랑 놀자〉〈하〉〈가지 마 술이나 먹자〉〈아저씨 술 진짜 좋아한다〉

〈차라리 전학을 가라〉〈싫어요 제가 왜 전학을 가야 되는데요?〉〈너 때문에 반 분위기가 다 망가지잖아 내가 학교 알아봐줄 테니까 좋은 학교로 알아봐줄 테니까〉〈싫어요〉〈왜 싫은데?〉〈싫으니까 싫죠〉〈도대체 나보고 어떡하라고! 응? 제발 나 좀 살려주라〉〈싫어요 안 가요〉

〈남자친구랑 자본 적 있어?〉〈아니〉〈몇번이나?〉〈글쎄〉〈많이?〉〈많이가 몇번인데?〉〈한 번?〉〈아니〉〈그럼 몇번?〉〈세 번?〉〈세 번 잤다고?〉〈아아 그런가?〉〈야 저기 어때? 저기 들어갈까?〉〈뭐냐 지금 나보고 저 후진 델 가자고? 분명히 방 한가운데 형광오렌지색 원형침대 같은 게 있을걸〉〈니가 그걸 어떻게 알아?〉〈가봤거든〉〈그래? 너 저기 가봤어? 언제? 누구랑?〉〈아 짜증나 아저씨 웰케 후지니 야야 나 집에 갈래〉

〈너 학교 그만둔다며〉〈그래 매점 냉면이 그리워질 거야〉〈그만두지 마 내가 맨날 냉면 사줄게〉〈정말?〉〈그래〉〈진짜지?〉〈진짜라고 그러니까 자퇴하지 마〉〈진짜?〉〈알았다고!〉〈왜 소리를 질러!〉〈아니 그게 아니라〉

〈근데 있잖아〉〈있잖아 뭐〉〈한 가지만 말해주라〉〈뭘?〉〈너 준희랑 잤냐?〉

〈왜 대답이 없어〉〈그럼 너도 한 가지만 말해줘〉〈뭘?〉〈너 나 좋아하니?〉〈말해봐 너 나 좋아하지? 어때? 아니야?〉〈아니 좋아해〉〈안 좋아한다고?〉〈아니 이 좋아한다고〉〈그래? 말해줘서 고마워 그니까 나도 말해줄게 나 준희랑 잤어〉〈몇번이나?〉〈장난해? 몇번이냐니?〉〈아니야 장난 아냐 몇번이나 잤는데 말해줘 알고 싶어 나도 말해줬잖아〉〈서른세 번〉

〈서른세 번이라고! 믿겨져? 내가 준희랑 서른세 번 잤다는 게 믿겨져? 그래? 믿을 수 있겠어? 너 믿어? 정말 믿는 거야? 내 말 믿어? 어디 가? 야 어디 가 냉면 사준다며?〉〈담배 피우러〉〈야 어디 가 냉면은 사주고 가야지 아니면 돈으로 주든가 이 새끼〉

남자와 나는 에메랄드모텔로 들어갔습니다. 삼백십이호의 문을 열자 놀랍게도 형광오렌지색 원형침대가 우리를 맞이하였습니다.

남자가 나를 돌아보았습니다.

　남자는 러닝셔츠를 벗지 않았습니다. 나는 복도에 있는 콘돔자판기에 대해 말했습니다. 남자는 고개를 저었습니다. 나는 또 한번 복도에 있는 콘돔자판기에 대해 말했습니다. 남자는 피임에는 관심이 없는 것 같았습니다. 남자는 나를 침대에 뉘었습니다. 그리고 나의 다리를 높이 들어올렸습니다. 활짝 벌렸습니다. 그러더니 나를 일으켜 바닥에 무릎을 꿇게 하였습니다. 남자는 침대에 걸터앉았습니다. 아니 남자는 침대에 걸터앉은 다음 나를 바닥에 무릎을 꿇게 하였습니다. 남자는 내 머리를 끌어당겼습니다. 깊숙이 끌어당겼습니다. 나는 시키는 대로 고분고분 따랐습니다. 나는 이런 경험은 처음이었습니다. 그래서 허둥지둥하였습니다. 남자는 나를 다시 침대에 뉘었습니다. 나는 눈을 감았습니다. 나는 남자가 어떤 표정을 짓고 있을지 궁금하였습니다. 그러나 나는 눈을 뜨지 않았습니다. 남자가 나를 다시 뒤집었습니다. 나는 고개를 숙이고 헐떡거렸습니다. 남자는 아무 말도 하지 않았습니다. 남자는 모든 것을 행동으로 요구하였습니다. 모든 것을 행동으로 지시하였습니다. 남자는 양손으로 내 가슴을 움켜잡았습니다. 나는 아무 말도 하지 않았습니다. 나는 모든 것에 행동으로 동의하였습니다. 모든 것을 행동으로 수긍하였습니다. 남자는 다시 나를 바닥에 무릎꿇게 하였습니다. 남자는 살살이 핥아주기를 바라는 것 같았습니다. 마침내 남자가 입을 열었습니다.

　길건너창녀촌에가면삼미슈퍼에서꺾어서왼쪽으로세번째집이층가장끝방에정말로죽이는여자가있지여자는몸이검고가슴이축

늘어져덜렁덜렁거리지만그여자는내가아는가장죽이는여자다왜
죽이는지알고싶나내가말을해줄테니멈추지말고계속해그여자가
죽이는이유는말이지아아좀살살좀할수없겠어?여자는무릎을꿇고
앉아긴긴시간나를감미롭게하여주었다여자는전문가야그것은쉽
게따라아아아 아아 아아아으음따라아할수없는경지이지왜냐하면
그여자는잇몸으로애무를하거든여자는이가없거든몽땅빠져버렸
거든돈을두배로지불하면그붉은잇몸으로온몸을살살이애무하여
준다여자의이가다빠져버린이유는추측이분분하다여자는못생기
지않았어그닥늙지도않았다평소에는멋진틀니를끼고멋지게할리
우드미소를지을수도있다고한다그러나나는그것을본적이없지나
에게꿈이있다면그것은여자를하나사서이를다뽑아버리는거야그
리고데리고사는거야평생옆에끼고사는거야밤마다온몸을살살이
애무하게하는거야그렇게만들거야매일밤그런쎅스를할

갑자기 남자가 입을 다물었습니다. 남자는 내 입 안에다 사정을
하였습니다. 나는 머리를 빼려고 하였으나 남자가 내 머리를 꼭 누
르고 놓아주지를 않았습니다. 남자는 나에게 그것을 삼키기를 요
구하였습니다. 남자는 나에게 그것을 사삼키기를 요구하였습니다.
남자와 눈이 마주쳤습니다. 남자는 웃고 있었습니다 웃고있었습니
다위기에처한배트맨을바라보는악당조우커같이환하게웃고있었
습니다남자의미 소는 몹 시 파랗고선 명하였습니다. 나는 그것을
꿀꺽 삼켰습니다.

〈그만두겠다고 학교를?〉〈네〉〈네가 반에 몇등으로 들어왔지?

지금은 몇등이지?〉〈예?〉〈너 이번 중간고사 반에서 삼십일등 한 거 알고 있니? 방학 때는 집도 나갔었지? 모를 줄 알아?〉〈그걸 어떻게 아세요?〉〈학교 그만두고 뭐 할 건데?〉〈모르겠어요〉〈계획도 없이 그만두겠다는 거야? 좋은 고등학교에 가야지 그래서 좋은 대학에 가야 하지 않겠어〉〈모르겠어요〉〈곧 후회하게 될 거다 하지만 차라리 그게 나을지도 모르겠다 나는 너를 견딜 수가 없어 목마르지? 포도봉봉 줄까?〉〈네 선생님 저는 유학이나 가려구요〉〈사물함은 다 비웠니?〉〈선생님 만화책 돌려주세요〉〈그게 나한테 하는 작별인사냐?〉〈돌려주세요 빌린 거란 말이에요〉〈유학을 간다고?〉(죽여버릴 거야)〈그래 어디로?〉〈카자흐스탄〉〈뭐?〉〈네덜란드라구요〉〈네덜란드? 뜬금없이 웬 네덜란드? 허 뭐 나쁠 것도 없지 너는 우리나라 정서에 안 맞아 아니 우리나라가 너의 정서에 맞지 않는다고 해두자 그래 차라리 유럽으로 가라 가서 유럽 남자 만나서 결혼하고 애 낳고 그리고〉(개새끼 죽여버릴 거야)〈뭐? 안 들려 웅얼거리지 좀 말고 크게 말해〉〈배가 고파서요〉

　나는 교탁에 놓인 하늘색 머그컵을 바라보았습니다. 그리고 그 속에 있는 것들 특히 빨간색 연필 뒤에서 파랗게 빛나고 있는 커터 칼을 바라보았습니다. 그것에 온 정신을 집중하기 시작하였습니다. (자 이거 가지고 가서 읽어봐라 좋은생각이라는 잡지인데 너의 정서순화에 도움이 될 거야 그래 자퇴생의 꼬리표가 평생 너를 따라다니게 되겠지만 그래도 열심히) 개새끼 정말 (살도록 해 그러나 어딜 가더라도 대마초가 허용되는 자유로운 나라에서 살게 되더라도 너 정말 계속 이런 식으로 건방지게 굴다간) 아무래도 저

눈동자를 잘라내야겠다 눈빛이 마음에 안 들어 저 입술을 도려내야겠다 뺨을 잘라내야겠다 혓바닥에 칼집을 내야겠다 그래야겠다 목동맥을 잘라버려야겠다 제발 죽여버릴 거야 눈꺼풀을 동그랗게 동그랗게 오려서 먹어버리기 전에 제발 좀 시끄러워 닥치라고 도대체 무슨 이야기를 하고 싶은 거야 죽고 싶은 거야? 왜? 왜 나한테 죽고 싶은 거야? 왜? 그 이야기를 좀 들어봐야겠다고 이 씨발새끼야 닥치라고 좀 머리가 (반드시 후회하게 될 거다 네가 아직은 어리고 학교라는 안전한 울타리 안에 있어서 모르겠지만 세상이 그렇게 쉬운 게 아니다 절대로 계속해서 그런 식으로 살다간 점점 주위에서 친구가 사라져갈 거다 두고 봐라 내 말이 맞는가 틀리는가 너는 혼자 남고 말 거야 세상은 혼자서 살아가는 게 아니야 지금은 그렇게 자신만만한) 터질 것 같잖아 닥치라고 제발 쑤셔버리기 전에 쑤셔버리기 전에 제발 좀 누가 쑤셔버리기 전에 찔러버리기 전에 개새끼! 쑤셔버릴 거야 찔러넣을 거야 쑤셔버릴 거야 칼 칼로요 칼로 말입니다 칼요 빛이 나요 날카로워요 빛이 나요 딱딱해요 반짝거려요 빛이 나요 납작해요 빛이 나요 찔러넣어요 싹뚝 잘라버려요 썰어버려요 녹이 슬어요 빛이 나요 빛이 빛이 빛나요 계속 빛나요 계속계속 빛나요 빛이 나요 존나 빛나요 이 새끼 빛이 난다고 이 씨발놈아 (표정을 짓고 있지만 너는 어린애일 뿐이야 한낱 어린애일 뿐이야) 이 씨발놈아 씨

　종이 울렸습니다. 그가 일어섰습니다. 나도 따라 일어섰습니다. 그는 수업이 있다며 교무실을 나갔습니다.

남자는 샤워가운을 건네준 다음 나를 욕실로 밀어넣었습니다. 물을 틀자 찬물이 쏟아져내렸습니다. 나는 물을 한가득 입에 물었습니다. 나의 몸은 쏟아지는 찬물 아래서 딱딱하게 얼어갔습니다. 어쩔 수가 없었습니다. 온몸이 빳빳하게 굳어갔습니다.

욕실에서 나오자 침대 위에 만원짜리 네 장이 흩어져 있는 것이 보였습니다. 한 장은 침대 아래 떨어져 있었습니다. 나는 무릎을 꿇고 앉아 그것을 주웠습니다. 담배가, 담배가 몹시도 피우고 싶었지만 남자가 담배를 가져가버렸습니다. 옷을 입고 전화를 걸었습니다. 〈지금 고객님의 전화기가〉 비참한 기분이 들었습니다. 준희, 준희 생각이 났습니다. 지난 십이월 삼십일일 준희가 나를 에메랄드 모텔 이백오호에 버려두고 제야의 종소리를 들으러 광화문에 갔던 일이 떠올랐습니다. 가지 말라고 애원을 해보았으나 준희는 보쌈 중짜를 하나 시켜놓고 광화문으로 갔습니다. 나는 왜 같이 가겠다는 말을 하지 못했을까? 왜 그런 생각을 하지 못했을까? 나는 나 자신이 너무 한심하게 느껴졌습니다. 〈나도 함께 가겠어〉〈아니 너는 여기에 있어〉 하는 대화를 예상하였기 때문일까요. 나는 너를 위해서 새옷을 입고 예쁜 케이크와 선물까지 사가지고 커피숍에 그림같이 앉아서 너를 그림같이 앉아서 너를 기다리고 있었는데 너는 나를 데리고 시내를 빙빙 돌다가 모텔로 끌고 와서 씻지도 않고 다짜고짜 형광오렌지색 원형침대로 거칠게 밀어붙였지. 그러고는 제야의 종소리를 들으러 광화문으로 가겠다고 선언하였다. 너는 외투를 껴입고 모자를 쓰고 머플러를 두르고 가죽장갑까지 낀 상태였어. 그러고는 일월 일일 아침 여섯시 사십분에 돌아오자마자 침대 속으로 기어들어왔잖아. 〈배고프지 않아? 먹고 하자〉〈싫어〉〈저기 보쌈 남은 게 좀 있는데〉〈하고 먹자 내가 안흥찜빵을 사왔어〉〈나 피곤하단 말이야〉〈나도 피곤해 지하철에서 깔려죽는 줄 알았어〉

나는 창백한 얼굴로 에메랄드모텔을 빠져나왔습니다. 한낮의 햇살에 눈이 부셔 나는 고개를 돌렸습니다.

〈처음 나온 거죠?〉〈네〉〈닉네임이 뭐예요?〉〈루이스, 루이스요〉〈반가워요 루이스양 그런데 왜 아이디가 루이스예요?〉〈루이스 캐럴을 좋아해서요〉〈루이스 캐럴이 누구지? 아아 그 이상한 앨리스 쓴 사람?〉〈네 이상한 나라의 앨리스요〉〈몇살이에요?〉〈열일곱요〉〈이야 어리네 고등학생?〉〈아니요〉〈중학생인가 설마〉〈아니요〉〈대학생?〉〈학교 안 다녀요 자퇴했어요〉〈이유 물어봐도 돼요?〉〈네〉〈왜 자퇴했어요?〉〈모르겠어요〉〈뭐 해요 그럼 요새?〉〈재즈댄스 배우러 다녀요〉〈그렇구나 앞으로 자주 나와요 자주 봐요〉〈네〉〈어떤 밴드 좋아해요?〉〈아아 저는요 그냥 가리지 않고 들어요 요새는 벡이랑 벨앤쎄바 듣고 있어요〉〈자퇴한 지는 얼마나 됐어요?〉〈다음주에 검정고시 보러 가요〉〈그렇구나 꼭 붙어요〉〈감사합니다 앗 촛불이 꺼졌다〉〈괜찮아 다른 촛불 달라고 하면 돼 언니! 여기 촛불이 꺼졌어요〉〈이 노래 뭔지 알아요? 지금 나오는 노래〉〈캣파워〉〈그렇구나 아아 좋다 제목이 뭐예요〉〈베어울프〉〈나랑 취향 비슷한 거 같아 맥주 마실래요?〉〈네〉〈뭐 마실례요?〉〈벡스다크 주세요〉〈담배 피워요?〉〈아뇨〉〈남자친구 있어요?〉〈아니요〉〈사귀어본 적 있어요?〉〈아니요〉

자퇴를 하고 나서 삼년 후, 드디어 나는 김은철을 죽이는 데 성공할 수가 있었습니다. 나는 매일 밤 열한시 삼십오분 수신을 차단한 채로 그에게 이메일을 보내기 시작하였습니다. 〈안녕하세요, 선생님. 잘 지내시나요? 선생님, 제가 갑자기 이렇게 메일을 보내서 조금은 놀라셨지요?

선생님

제가 자퇴를 한 진짜 이유가 뭔지 아세요? 그 이유는요, 선생님, 왜냐하면요, 선생님만 보면 자꾸 필통 속에서 커터칼이 반짝반짝 빛을 내더라구요. 자꾸 꺼내서 만지작거리게 되더라구요. 자꾸 선생님이 죽이고 싶어지더라구요. 자꾸 찔러죽이고 싶더라구요. 자꾸만요. 자꾸만 자꾸만요. 자꾸만 선생님을 정말로 진심으로 기꺼이 죽이고 싶었습니다. 기꺼이요. 그리고 그 생각은요 아직까지도 변함이 없어요.

저는 잘 지내고 있습니다. 수능준비도 하고 있고요. 그런데 선생님 때문에 언제나 마음 한구석이 무거워요. 선생님 생각만 하면 저는 정말

기분이 나빠져요! 선생님만 죽어주시면 저는 아주 잘 살아갈 수 있을 것 같은데요. 정말요. 아주 잘요. 그래서 말인데요 죽어주시면 안될까요? 제발요. 딱 한번만요. 제발요〉

이주쯤 지났을까 나는 하예진과 메씬저를 하다가 우연히 그의

사망소식을 들을 수 있었습니다. 하예진은 그가 선생으로 있는 학교에 다니는 자신의 동생이 그렇게 말하였으니 확실한 정보라고 하였습니다. 위암 말기였대요. 그래서 학교를 잠시 쉬고 있었대요. 그는 내가 보낸 이메일을 확인하였을까요? 그는 내가 보낸 이메일을 읽고 충격을 받아서 죽은 것은 아닐까요? 거짓말같이 말입니다. 영화같이 말입니다. 확인할 길은 없습니다. 하지만 어때요 아아 나는 기뻤습니다. 떨 듯이 기뻤습니다. 정말로 근사하지 않은가요? 인생이란 이런 겁니다. 이래서 죽지 않고 살아가는 거지요. 바라면 이루어지는 겁니다. 오늘의 소망이 곧 내일의 현실인 겁니다. 나는 이렇게 좋은 세상에 살고 있는 겁니다. 아아 정말로 잘되었습니다. 그렇지 않으면 내가 직접 나서는 길밖에는 없었잖아요. 물론 저는 쉽지 않았을 거라고 생각합니다. 하지만 결국 성공했을 겁니다. 인간이란 어쨌든 죽을 수밖에 없는 거잖아요.

그가 죽음으로써 그와 함께한 학창시절도 모두 소멸한 것만 같이 생각되었습니다. 준희도요 그리고 그 에메랄드모텔의 남자도 잊은 것만 같이 생각되었습니다. 하지만 겉으로만 그렇게 보일 뿐이죠. 여전히 나는 화가 납니다. 여전히 나는 괴롭습니다. 벗어날 수가 없습니다. 여전히 나는 구십구 퍼센트의 복수심과 일 퍼센트의 과거로 이루어져 있습니다. 그러나 다행스럽게도 사람들은 나를 이루고 있는 성분에는 관심이 없습니다. 그래서 나는 이렇게 평범한 사람들 틈에 끼어서 평범한 삶을 살아갈 수가 있습니다. 오늘도 나는 평범하게 하루를 마감하고 평범한 침대 속으로 평범하게 기어들어갑니다. 준희는 어디로 가는 길이었을까요. 옷차림을 보아서는 평범한 회사원인 것 같은데요. 하지만 알 수 없는 일입니다. 쫓아가볼 걸 그랬습니다. 말을 걸어볼 걸 그랬습니다. 이름을 불러볼 걸 그랬습니다. 후회가 됩니다. 네, 나는 내가 여전히 과거에 머물러 있다는 것을 인정합니다. 하지만 절망하지 않아요. 즐거우니까요. 이것은 아는 사람들만 누릴 수 있는 즐거움이니까요. 나는 과거와 함께 노래하고 과거와 함께 춤춥니다. 가끔 과거와 싸우기도 하지만 그건 프로레슬링 같은 거니까 심각하게 생각하면 안됩니다. 시간이 흘러 모든 것은 조금씩 희미해집니다. 그렇다고 생각되죠. 하지만 그렇지 않다는 것은 이미 다 알고 있는 사실이 아닙니까? 잠시 보자기로 덮어놓은 것뿐이죠. 냉장고에 넣어둔 것뿐이죠. 하지만 김치는 쉬어갑니다. 냉장고는 조금씩 김치냄새로 물들기 시작하고 그 냄새가 무서워서 나는 냉장고를 열지 못합니다. 냉장고 안에는 레모네이드도 있고 살구도 두 개나 있고 소고기장조림이랑 비엔나쏘시지도 있는데요. 그것들도 모두 천천히 썩어갑니다. 내 식생활도 함께 썩어갑니다. 어서 냉장고 문을 열고 김치를 꺼내야 합니다. 김치를 꺼내 버려야 합니다. 하지만 그럴 수 없습니다. 그러지 못합니다. 나는 준희를 버리지 못합니다. 준희는 천천히 썩어가며 내 몸을 온통 검은 벌레들로 채웁니다. 도대체 이것은 무슨 일입니까. 나는 준희가 밉지 않은데요. 죽이고 싶지 않은데요. 그런데요 왜 보자기 아래는 썩어갑니까. 나는 왜 냉장고 문을 열지 못합니까. 왜 그곳에서는 여전히 김치가 부글부글 끓고 있습니까.

나는 집으로 돌아오는 길에 도서대여점에 들러 20세기 소년 5, 6권을 반납하고 7, 8, 9, 10, 11권을 빌렸습니다. 연체료가 삼천사백원이 나왔습니다. 조용한 거리는 가을빛으로 가득하였고요 하늘은 선명한 쎄룰리언블루였습니다. 구월 십구일 수요일 오후 세시.

나와 b

나와 b는 쌍둥이다. 아니 진짜 쌍둥이는 아니다. 근데 맨날 붙어 다녔더니 진짜 쌍둥이가 되었다. 우리는 노래도 지었다. 우리는용 감한쌍둥이형제엄마배를가르고나온우리엄마는배가찢어져서죽 었다네 우리는 어디서나 그 노래를 부르고 다녔다. 나는 미미 b는 슈슈를 들고 있었다. 사람들은 우리의 노래를 싫어했다. 사람들은 우리를 싫어했다. 그러나 괜찮았다. 우리는 아주 명랑했다. 우리는 아주 건방졌다. 우리는 꿈이 있었다. 우리는 온 세상을 차지하고 우 리를 미워하는 사람들을 다 죽일 생각이었다. 옛날 이야기다.

*

난 네가 없으면 죽을지도 몰라. b가 내게 말했다. 첫사랑도 나한테 똑같이 말했어. 내가 말했다. 근데 결국 안 죽었어. 지금도 멀쩡히 살아 있다니까. 아냐 죽을 거야. b가 말했다. 내가 죽일 거야. 어쨌든 나는 그 뒤로 내 첫사랑을 보지 못했다.

*

어떤 날 나와 b는 아주 사이가 좋다. 우리는 같은 냄새를 풍긴다. 식당에 가면 같은 것을 시킨다. 같은 빨대를 핥아먹는다.

*

이제 나와 b는 더이상 어린이가 아니다. 어른도 아니고 엄마도 아니다. 아빠도 아니고 선생님도 아니고 대학생도 아니다. 우리는 아무것도 아니다. 우리는 거지도 아니며 부자도 아니고 천사를 본 적도 없고 전쟁을 겪은 적도 없다. 그래서 우리는 지루하다. 매우 몹시 지루하다. 지루하다. b가 가로등에 돌을 던지면서 말했다. 불이 꺼지고 검은 밤 속에서 불꽃과 연기가 피어났다. 심심하다. 나는 자판기를 부쉈다. 나는 바퀴벌레가 가득 든 커피와 설탕을 바닥에 뿌리고 물을 섞어 커다란 커피 웅덩이를 만들었다. 그 위로 택시가 지나갔다. 택시 바퀴가 커피를 밟고 커피를 마시며 달려갔다.

그날밤 어디에서나 커피 냄새가 났다. b가 재채기를 하더니 나를
때렸다. 힘이 세지고 싶다. 나는 생각했다. 남자애들처럼 힘이 세지
고 싶다. 나는 말했다. 권투를 배우자. 그래 배우자. 힘이 세지자. 하
지만 돈이 없는데. b의 눈썹이 가라앉았다. 네 눈썹은 엄청 이쁘다.
내가 말했다. 그러니까 권투선수를 꼬시는 거야. 그러니까 내 이쁜
눈썹으로? 응, 어때? 자신있지. 일주일 뒤 우리는 만났다. b는 전직
유도선수의 뺨을 핥고 있었다. 나는 권투도장에 다니는 깡패랑 팔
짱을 끼고 줄담배를 피우며 길바닥에 침을 뱉고 있었다. 안녕. 안
녕. 우리는 인사했다. 전직 유도선수는 머리에 필승이라고 씌어진
머리띠를 하고 있었다. 깡패는 반짝이는 검은 정장을 입고 있었다.
미안, 권투도장이 너무 멀어서 집 근처 유도학원에 가봤어. b가 말
했다. 아냐, 괜찮아. 내가 대신 해냈어. 내가 말했다. 아냐, 걔는 깡
패잖아. b는 냉정했다. 그래서 나는 울었다. 권투할 줄 아세요? b
가 깡패에게 물었다. 조금요. 깡패가 대답했다. 보여주세요. 깡패가
소매를 걷었다. 그러자 그의 팔에 가득 새겨진 멋진 문신이 햇살을
받아 반짝거렸다. 깡패는 강아지처럼 가볍게 튀어올라 멋진 잽과
훅을 보여주었다. 우리는 모두 박수를 쳤다. 전직 유도선수도 브라
보를 보냈다. 그럼 이제 당신 차례예요. b가 전직 유도선수에게 말
했다. 전직 유도선수가 고개를 끄덕였다. 내가 말했다. 뜨거운 기술
을 보여주세요. 버터처럼 부드러운 걸로요. 아아. 당신의 기합소리
를 내 귀에다가 속삭여주세요.

*

어떤 날 나와 b는 사이가 나빠졌다. 그래서 나는 깡패와 놀기 시작했다. 다음날도 그 다음날도 깡패와 놀았다. 깡패의 몸은 튼튼했고 문신은 반짝거렸다. 나는 깡패가 좋아졌다. 어느날 깡패가 나에게 본드 부는 법을 알려주었다. 우리는 옷을 다 벗고 나란히 손을 잡고 누워 비닐봉지를 뒤집어썼다. 비닐봉지는 흰색이고 롯데마트라고 씌어 있었다. 우리는 온 얼굴에 본드가 범벅이 되어 이천원짜리 천국으로 갔다. 천국은 티타늄화이트였다. 나는 천국에서 b를 만났다. b는 초콜릿 상자에 들어 있었다. 나는 상자를 열고 그 안으로 들어가려고 다리를 벌렸다. 깡패가 페니스를 내 몸속에 밀어넣었다. b가 녹아서 사라졌다. 우리는 동시에 끙, 하고 신음소리를 냈다. 모두가 대만족이었다. 이천원짜리 천국은 두 시간 후 온 얼굴에 달라붙어 떨어지지 않았다. 하지만 그건 아주 작은 문제였다. 깡패가 본드를 또 하고 싶다면서 울음을 터뜨렸다.

*

어느날 깡패가 나에게 사랑한다고 말했다. 나는 기뻤다. 나도 사랑해요 당신을요. 우리는 체리소주를 마셨다. 깡패가 말했다. 나 때문에 당신과 b의 사이가 더 나빠지는 것 같아서 미안해요. 아니에요. 아니에요, 너무 미안해요. 괜찮아요, 너무 미안해하지 마세요. 아니에요, 정말 미안해요. 아니에요. 아니에요. 아니에요, 미안해

요. 미안해요. 미안해요. 미안해요. 깡패는 너무 미안했다. 너무 미
안해진 깡패는 나를 때렸다. 나는 얼굴을 가리고 엉엉 울면서 도망
쳤다. 그리고 다음날 마스크를 쓰고 b를 찾아갔다. 안녕. 안녕. b는
나를 별로 반가워하지 않았다. 나는 재빨리 마스크를 벗었다.

*

우리는 화해했다. 나는 깡패와 헤어졌다.

*

b는 샤넬에서 일했다. 그것은 술집의 이름이었다. b는 구찌에서
일한 적이 있었다. 그것은 커피숍의 이름이었다. 샤넬 옆에는 커다
란 공원이 있었다. 공원 꼭대기에서는 서쪽 바다가 내려다보였고
할아버지 할머니와 거지와 미친 사람들이 있었다. 할아버지들은
공원 입구에 박정희의 사진을 걸어놓고 절을 했다. 할머니들은 집
뒷마당에다 양귀비를 키웠다. 할머니와 할아버지 들은 샤넬의 화
장실에서 섹스를 했다. 거지들은 맨홀 뚜껑을 훔쳐다 팔았다. 미친
사람들은 맨홀 속에 빠졌다. 어느날 맨홀에서 미친 사람이 굶어죽
은 채로 발견되었다. 불쌍한 미친 사람은 너무 배가 고파 소매 끝
을 갉아먹었다. 미친 사람들은 언제나 웃으면서 화를 내고 신발을
잃어버리고 점퍼를 세 개씩 입었다. 피부병에 걸린 개가 매일 밤
벚꽃나무 밑에 누워 울었다. 매일 밤 나는 공원 입구 벤치에 앉아 b

를 기다리며 이 모든 것을 보았다.

*

공원 입구 벤치에 앉아 있으면 할아버지가 다가와 말을 걸었다. 할아버지와의 대화는 언제나 지루했다. 할아버지가 말했다. 내 아들은 서울대 법대를 나왔다. 너는 어느 대학에 다니느냐. 내가 대답했다. 나는 대학에 다니지 않습니다. 내 딸은 연대 경영학과에 다니고 씨티은행에서 인턴을 한다. 너는 뭘 하느냐. 나는 아무것도 하지 않습니다. 내 손자는 하바드와 스탠퍼드에 동시에 합격하는 것이 꿈이다. 너는 꿈이 뭐냐. 나는 아무런 꿈도 없습니다. 그러면 할아버지는 실망하여 자리에서 일어났다. 그러면 나는 조금 쓸쓸해졌다. 쓸쓸해진 나는 할아버지 그 개새끼가 미웠다. 언젠가 그 개새끼한테 복수할 거라고 굳게 결심했다.

*

샤넬의 사장님은 서울에서 왔다. 서울 이야기를 하도 많이 해서 우리는 그를 서울아저씨라고 불렀다. 서울아저씨는 한 달에 한 번씩 서울에 갔다. 내가 이번에 서울에 가서는 말이다. 서울아저씨가 말했다. 프랑스인과 같은 식탁에서 싱가포르 쌘드위치와 타이거 맥주를 마셨다. 그럴 때 나는 봉주르 꼬망딸레부라고 말한다. 그 정도는 세련된 서울 시민이라면 누구나 할 수 있다고 한다. 나도 세

련된 서울 시민이 되고 싶다. 프랑스어를 배우고 싶다.

*

문을 열면 풍겨오는 오래된 맥주 냄새와 닭튀김 냄새는 언제나 똑같고 더럽고 푹신한 의자와 썩어서 흔들리는 나무칸막이가 바로 샤넬이다. 저기 카우보이모자를 살짝 눌러쓰고 칵테일 컵을 닦는 아가씨가 바로 나의 b다. 내 모자 이쁘지, 훔쳐왔어. b는 내가 묻지도 않았는데 그렇게 말했다. 경찰에 신고할 거야. 내가 대답했다. 뻥치시네. 진짜야 할 거야. 만화책이나 내놔. 그게 니 꺼니. 응, 내 꺼야! 그렇구나 몰랐어 미안해. 아니야 괜찮아. 삼번 테이블에서는 멋진 남자가 멋진 여자에게 말하고 있었다. 멋진 남자의 입에서 닭고기가 튀어나와 멋진 여자의 손등에 달라붙었다. 나는 얼른 고개를 돌려 텔레비전을 보기 시작했다. 카우보이모자를 쓴 가수가 노래를 부르고 있었다. b가 그걸 보더니 소리를 꽥 지르며 텔레비전을 향해 달려갔다. b는 텔레비전을 흔들기 시작했다. 이 새끼야 내 모자 내놔! b의 머리에 카우보이모자가 텔레비전 속에도 카우보이모자가 있었다. b의 모자는 파란색이었고 텔레비전 속 모자는 빨간색이었다. 사장님 텔레비전에 물을 좀 뿌려도 될까요? 우리는 모두 b가 너무너무 심심해서 그런다는 것을 잘 알고 있었다. 저 나쁜 자식을 녹여 없애버리겠어. 그때 b와 같이 일하는 남자 고등학생이 가게로 들어왔다. 남자 고등학생은 고등학교에서 공부하는 대신 술집에서 일했다. 누나 거기서 뭐 해요. 남자 고등학생이 이쑤시개처럼 세운 머리를 b에게 들이대며 물었다. 누나 취했구나. 누나는 술주정도 귀여워요. 근데 누나 팬티 보여요. b가 말했다. 너 싸구려 젤 좀 머리에 바르지 마. 고약한 냄새에 편두통이 생기겠다. 누나 전 젤 안 써요. 전 일제 왁스 써요. 니 머리는 마룻바닥이 아냐. 누나 왁스 몰라요? 누나 머리에 바르는 왁스가 뭔지 몰라요? 너 나한테 왜 존댓말 쓰냐. 너 나한테 유감 있냐. 아니에요 누나. 너 나한테 왜 누나라고 부르냐. 너 나한테 유감 있냐. 아니에요. 누나 왜 그래요. 누나. 이 새끼가. 에이 누나 삐쳤구나. 누나. 화내지 마요. 싫다. 에이 누나. 남자 고등학생이 b의 팔을 잡고 흔들며 주문처럼 누나를 외쳤다. 누나! 누나. 누나! 누나. 누나! b는 정말 기분이 언짢아졌다. 기분이 언짢아진 b가 텔레비전에서 손을 떼고 카우보이모자를 바에 내려놓았다. 우리는 모두 겁에 질렸다. 그게 다 남자 고등학생 때문이었다. 하지만 남자 고등학생은 계속해서 누나라고 말했고, 나머지는 더욱더 겁에 질린 채 b를 바라보고 있었다.

*

일곱시 반에 젊은 여자가 와서 소주 세 병을 마시고 갔다. 여자는 말했다. 나는 스무살입니다. 나는 여자입니다. 나는 재수생입니다. 나는 오늘 학원에 갔습니다. 나는 대학에 가고 싶습니다. 나는 죽고 싶습니다.

여덟시 반에 젊은 남자가 와서 소주 세 병을 마시고 갔다. 남자는 말했다. 나는 스물세살입니다. 나는 남자입니다. 나는 대학생입니다. 나는 오늘 학교에 갔습니다. 나는 친구가 하나도 없습니다. 나는 학교에 다니기 싫습니다. 나는 죽고 싶습니다. 나는 학교에 다니고 싶습니다. 나는 죽고 싶습니다.

아홉시 반에 젊은 여자와 젊은 남자가 와서 소주와 맥주를 열 병 마시고 갔다. 여자와 남자는 말했다. 우리는 노래방에서 만났습니다. 우리는 서로 사랑합니다. 우리는 결혼하고 싶습니다. 우리는 돈이 없습니다. 우리는 죽고 싶습니다.

열한시 반에 나이 든 남자가 와서 소주 한 병을 마시고 갔다. 남자는 말했다. 나는 회사에 다닙니다. 나는 딸이 있습니다. 나는 돈을 벌어야 합니다. 내 딸을 미국 대학에 보내야 합니다. 나는 빚이 많습니다. 나는 오늘 회사에 갔습니다. 나는 죽고 싶습니다.

새벽 두시에 술집이 문을 닫을 때까지 죽고 싶은 사람 아홉 명과 살고 싶은 사람 아홉 명 다 합쳐서 아홉 명이 샤넬에 왔다 갔다. b가 마지막으로 역시 술에 취한 죽고 싶은 남자를 내쫓고 샤넬의 문을 닫았다.

*

나는 공원 입구 벤치에 앉아 b를 기다리고 있었다. 깡패에게서 전화가 왔다. 깡패는 울면서 내가 너무 보고 싶다고 말했다. 나도 깡패가 보고 싶었다. 우리는 울었다.

*

　나와 b는 오래된 숲으로 소풍을 갔다. 숲에는 연두색 초록색 갈색 빨간색 검정색이 다 있어서 중학생이 열심히 그린 수채화 같았다. 우리는 풀 위에 누웠다. 햇살은 두꺼운 스웨터였다. 햇살은 우유를 듬뿍 넣은 바닐라 아이스크림이었다. 햇살은 인적 없는 바닷가의 파도였다. 햇살은 포근하고 사르르 녹고 조용하고 파란색이었다. 스웨터 아이스크림 파도가 우리의 창백한 팔을 쓰다듬었다. 이런 날에는 볕이 잘 드는 창가, 커튼을 활짝 열고 정신이 나갈 때까지 창밖을 바라보는 거야. b가 말했다. 나는 졸려서 눈을 감았다. b가 일어나 숲속으로 기어들어가기 시작했다. 쓰레기가 너무 많아. b가 중얼거렸다. 비닐봉지종이컵신발밑창비닐봉지또비닐봉지씨발! 나뭇가지에 찔렸어! 그러나 b는 계속해서 열심히 기어갔다. 여기는 어둡고 축축해. 너무 멀리 가지 마. 나는 일어났다. 그럼 나 무서워. 나도 b를 따라 기어가기 시작했다. 우리는 구멍난 철조망을 헤치고 깻잎밭으로 들어갔다. 깻잎 냄새가 너무 진해서 숨이 안 쉬어져. 내가 말했다. 깻잎들이 너무 파래서 내가 빨개지는 것 같아. b는 대답하지 않았다. 길가에는 부끄러운 들꽃들이 옆에서 옆으로 몸을 흔들고 있었다. b는 개처럼 엎드려 킁킁 냄새를 맡았다. 나는 b의 머리를 쓰다듬었다. 쉿! b가 내 손을 잡았다. 저기 미친 여자가 이리로 걸어오고 있어. 나는 고개를 들어 미친 여자를 보았다. 여자는 웃으면서 화를 내고 있었고 신발이 없었고 점퍼를 세 개 껴입고 있었다. 과연 미친 여자였다. 여자의 손에는 롯데마트의 비닐봉지가 들려 있었다. 여자는 주머니에서 쓰레기를 꺼내 비닐봉지에 담고 다시 비닐봉지에서 쓰레기를 꺼내 주머니에 담았다. 그리고 그것은 롯데마트 비닐봉지였다. 나는 그것밖에 보지 못했다. 나는 깡패가 보고 싶어졌다. 그러자 눈물이 났다. 그러자 b가 나한테 미친년이라고 했다. 내가 왜 미쳤어? 나는 소리쳤다. 나는 신발도 신고 있고 울 땐 울고 웃을 땐 웃어. 내가 왜 미쳤어? 나는 점퍼를 딱 하나만 입고 있어. 그런데 내가 왜 미쳤어? b는 대답하지 않았다. 그런데 내가 왜 미쳤어? b가 깻잎을 잡아뜯기 시작했다. 뭐 하는 거야? 도둑질이야. 도둑질은 나쁜 짓이니까 훔치는 거야. b가 눈을 반짝였다. 그리고 미친 여자를 향해 깻잎을 뿌리며 달려가다가 돌에 걸려서 넘어졌다. 나는 웃었다. 봐, 너는 울다가 웃잖아. 그러니까 미쳤다는 거야! b는 일어났다. b 앞에 미친 여자가 있었다. b가 미친 여자를 보고 미소지었다. 안녕하세요. 악! 미친 여자가 두 팔을 하늘을 향해 쭉 뻗고 비명을 지르며 도망치기 시작했다. 여자가 놓친 롯데마트 비닐봉지가 바람을 타고 하늘로 날아올랐다가 천천히 천천히 내려앉았다. b는 도망치는 미친 여자를 향해 더러운 욕을 퍼부었다. 나는 롯데마트 비닐봉지를 주워서 주머니에 넣었다. 나는 깡패가 보고 싶었다. 나는 주머니에 손을 넣고 내 인생이 너무 좆같다고 생각했다.

*

산에서 내려온 우리는 모든 상점이 문을 닫은 판자촌을 지나 판자촌 옆에 들어선 새 래미안과 새 자이를 지나 편의점에서 가야토마토농장을 사서 나누어마신 다음 김밥천국에 가서 김밥을 먹었다. 우리는 중국산 플라스틱 의자에 앉아 중국산 플라스틱 젓가락으로 중국산 쏘시지가 들어간 김밥을 중국산 단무지와 중국산 김치와 함께 먹었다. 천국에 김밥천국이 있다고 생각해봐. b가 말했다. 아니면 김밥천국이 진짜 천국이라고 생각해봐. 그것은 중국식 대화였다.

*

나와 깡패는 다시 만났다. 우리는 택시를 타고 깡패가 살고 있는 뉴타운모텔 203호로 갔다. 문을 열자 니스 냄새가 났다. 나는 방 한 구석에 흰색 페인트통이 뚜껑이 열린 채 놓여 있는 것을 발견했다. 나는 깡패를 보았다. 깡패가 서랍을 열었다. 서랍에는 본드가 가득 쌓여 있었다. 훔쳐왔어. 깡패가 웃었다. 우리 형이 철물점을 한다. 나도 웃었다.

*

내가 좋아하는 냄새가 뭐냐 하면…… 세탁소 냄새 같은 거…… 약국 냄새 같은…… 거…… 드라이클리닝 냄새…… 씰리콘본드 냄새…… 에폭시본드 냄새…… 스틸본드 냄새…… 니스 냄새…… 벤젠 냄새…… 휘발유 냄새…… 나프탈렌 냄새…… 바퀴벌레약 냄

새…… 감기약 냄새…… 박카스 냄새…… 토끼코크 냄새…… 록타
이트 냄새…… 알테코 냄새…… 블리치…… 진짜 멋진 블리치 냄
새…… 시너 냄새…… 테라핀 냄새…… 매니큐어 냄새…… 아세톤
냄새…… 바셀린 냄새…… 씰리카겔 냄새……

*

내………………………가…………지……………금…………
무…………슨………………말……………을………………
하………………그…………러…………니까………………
내………………가………………지……………그…………
러니…………………………까………………그……………
러……………………니……………까………………
내………………가…………하…………려……………

*

한 달에 한 번 서쪽 항구에 중국에서 온 배가 도착했다. 그러면
삼일 뒤 할머니와 할아버지 들은 반짝거리는 눈동자로 새벽까지
공원에서 떠나지 못했다. 할머니 할아버지 들은 눈을 반짝거리며
거지 미친 사람 들과 다 함께 밤새도록 기분이 좋았다. 어느날 공
원 입구 벤치에 앉아 b를 기다리다가 회색 모자를 쓰고 등에는 작
은 배낭을 메고 공원을 빠져나오는 깡패를 보았다.

*

그리고 깡패가 본드를 끊었다. 깡패의 눈은 반짝거리기 시작했다. 쉽게 화를 내고 아주 빨리 말하기 시작했다.

*

중학교때과학시간에오징어를해부했는데갑오징어고무장갑초고추장선생님이오징어를잡더니눈똑바로뜨고봐라이게바로오징어의눈이다부루스타스뎅냄비나무도마냄비에물을붓고끓이는데냄새가아주반장엄마가초고추장을만들어와서먹는데음음음음음음음음음그뒤로나는내가오징어를좋아한다고생각했어그뒤로칠년동안이나좋아한다고오징어를진짜나사실은오징어를싫어하는데진짜오징어오징어오징어지금도오징어만생각하면오징어죽도록화가난다

*

나는 매일 깡패를 만났다. 매일 깡패를 만나서 본드를 불었다. 하루종일 본드를 불었다. 슬픔도 배고픔도 기쁨도 배고픔도 분노도 슬픔도 실망도 희망도 배고픔도 모두 본드 냄새를 풍기기 시작했다. 밤이 되면 깡패가 나를 샤넬 앞까지 데려다주고 검은 자동차가 도착해서 깡패는 그것을 타고 어디론가 갔다. 나는 흘러내린 본

드처럼 벤치에 딱 달라붙어서 점퍼를 세 겹 입고도 덜덜 떨면서 신발이 벗겨진지도 모르고 재채기를 하다가 갑자기 아무 이유도 없이 무서워져서 꽥꽥 소리질렀다. b가 나오면 우리는 함께 버스정류장으로 갔다. 버스가 오면 나는 얼른 버스에 올라탔다. b가 돈을 냈다. 우리는 나란히 버스 뒷좌석에 앉았다. b가 주머니에서 전화기를 꺼냈다. b는 내가 모르는 사람에게 전화를 걸고 모르는 사람에게 웃었다. 그러면 나는 울었다. 왜냐하면 나는 쉽게 슬퍼졌고 아주 천천히 말하게 되었기 때문이다.

*

나 요즘은 기억이 잘 안 나. 나 그래서 요즘은 무서운 생각이 들어. 나 무서워서 죽을 것 같아. 나 까먹으면 어떡하지 걱정이 돼. 니가 나를 까먹으면 어떡하지? 니가 더이상 오늘을 기억하지 못하면 어떡하지? 내가 더이상 오늘을 기억하지 못하면 어떡하지? 너는 이거 다 기억할 수 있어? 지금 이거 다 기억할 수 있어? 거울을 봤는데 내가 안 보이는 거야. 그래서 아 이건 꿈이구나 생각했어. 근데 너무 무서운 거야. 그래서 도망갔어. 도망갔는데 이게 꿈이 아닐지도 모른다는 생각이 드는 거야. 하지만 거울에는 여전히 아무것도 없는 거야. 거울만 있는 거야. 나만 없는 게 아니라 아무것도 없는 거야. 그런데 그럼 그게 거울인가? 내가 벽을 거울로 착각하고 있는 것은 아닌가? 내가 종이를 거울로 착각하고 있는 것은 아닌가? 그건 어쩌면 텔레비전일지도 모른다고 생각했어. 나는 텔레비

전에 외쳤어. 반사. 그러니까 텔레비전이 외쳤어. 반사. 아아 텔레
비전은 내 얼굴을 먹고 내 말을 뱉어냈어. 그래서 나는 내 얼굴을
볼 수가 없었어. 나는 말했어. 그러자 텔레비전도 말을 했어. 무서
웠어. 내가 울고 있는데 갑자기 니가 나타났어. 그리고 니가 내 거
울이 되어주겠다고 했어. 나는 웃었어. 그랬더니 니가 웃었어. 내가
머리를 까딱했어. 니가 머리를 까딱했어. 내가 손뼉을 쳤어. 니가
손뼉을 쳤어. 내가 하하하 웃었어. 니가 하하하 웃었어. 내가 왼발
을 들었어. 니가 오른발을 들었어. 나는 무서워졌어. 너는 나는 똑
같았어. 나는 내가 넌지 니가 난지 몰랐어. 그건 하나도 재미가 없
었어. 텔레비전이 고장났는데 재밌을 리가 없잖아. 내가 말했어. 아
니 니가 말했어. 아니 내가 말했어. 아니 니가 말했어. 다시 내가 말
했어. 다시 니가 말했어. 그리고 내가 말했어. 그리고 내가 말했어.
그리고. 그리고. 그리고 나는 꿈에서 깨어났어. 아니 그건 꿈이 아
니었어. 나는 단지 본드를 불고 거울 앞에 앉아 있었던 거야. 거울
에는 내가 비치고 있었어. 그런데 나 거의 십분 동안 아무것도 몰
랐어. 내가 누군지도 모르고 거기가 어딘지도 몰랐어. 내가 몇살인
지도 모르고 침대 위에 빨가벗고 누워서 노래 부르는 남자가 누군
지도 몰랐어. 나는 한국말도 몰랐어. 나는 아무것도 몰랐어. 그래서
나는 그냥 거울을 쳐다봤어. 하지만 나는 거울이 뭔지도 몰랐어. 본
다는 게 뭔지도 몰랐어. 생각을 하려고 했는데 머리가 너무 아팠어.
아니 생각을 할 줄도 몰랐어. 몸을 움직일 줄도 몰랐어. 나는 내 입
이 벌어지는 것을 바라보았어. 그건 너무 신기했는데 어떻게 해야
하는지 몰랐어. 벌어진 입에서 침이 흘러나왔어. 흘러나온 침이 내

턱을 타고 흘러내렸어. 하지만 난 침도 턱도 몰랐어. 그래서 그냥 보기만 했어.

*

그러다가 갑자기 정신이 돌아왔어. 그 순간에 떠오른 것은 나도 아니고 침도 아니고 거울도 아니고 깡패도 아니고 바로 너였어, b.

*

그날은 b가 쉬는 날이었다. 나는 b와 놀기로 했는데 깡패도 보고 싶었다. 그래서 나와 b와 깡패는 다 함께 시립대공원에 가게 되었다. b는 투덜거렸고 깡패는 기가 죽어 있었다. 깡패는 빨간 눈으로 계속해서 코를 풀었고 뭐든지 다섯 번씩 말해야 알아들었다. b는 보라색 나일론 점퍼에 망사스타킹을 신고 있었다. 나는 반스타킹을 신고 꽃무늬 원피스를 입고 있었다. 나는 신이 났다. b가 낮고 음침한 목소리로 박자도 없이 중얼거렸다. 사막에샘이넘쳐흐르리라사막에꽃이피어향내나리라사자가어린양과뛰놀고어린이도함께뒹구는참사랑과기쁨의그나라가이제속히오리라. 우아 그게 뭐야? 찬송가야. b가 음울하게 대답했다. 내가 손뼉을 쳤다. 우아 요새 교회에선 힙합을 하나보지? 어릴 적에 성가대를 했는데 쏘프라노를 안 시켜주는 거야. b가 말했다. 그때부터 교회에 안 나갔어. b가 음울하게 고개를 숙였다. 버스가 멈춰섰다. 거기엔 아무도 없었

다. 우리는 천천히 텅 빈 왕복 십육차선 도로를 가로질렀다. 깡패가
담배에 불을 붙였다. b의 보라색 나일론 점퍼가 센 바람에 깃발처
럼 펄럭거렸다. 나는 웃었다. 깡패는 내가 왜 웃는지 몰랐다. b는 알
았지만 웃는 대신 찡그렸다. 횡단보도를 건널 때는 비가 내리다가
공원 관리소 앞을 지날 때에는 웅장한 햇살이 비치다가 주차장을
가로지를 때는 다시 온 세상이 회색이 되었다. 바람은 계속 세게
불었다. b가 코를 풀었다. 우리는 호수를 봐야 해. b가 말했다. 뭐라
고요? 깡패가 물었다. 우리는 호숫가에서 도시락을 먹을 거야. b가
그렇게 말했다. 뭐라고요? 깡패가 물었다. 우리는 호수를 봐야 해.
b가 말했다. 뭐라고요? 깡패가 물었다. 뭐라고요? b는 조개처럼 입
을 꾹 다물었다. 호수가 가까워올수록 바람은 점점 더 심해졌다. 나
는 b의 점퍼가 찢어질 거라고 확신했다. 깡패의 빨간 눈이 굴러떨
어질 것 같았다. 너무 추워서 온 얼굴이 갈기갈기 찢어져 사라지는
것만 같았다. 너무 추워서. 깡패가 코를 훌쩍였다. 미쳐버릴 것 같
아. 그래, 나는 미쳐서 너를 호수에 빠뜨려 죽여버릴 거야. b가 말했
다. 그것은 진심이었다. 깡패는 아무렇지도 않다는 듯이 어깨를 구
겼다가 폈다.

*

　　호수는 다이아몬드 모양이었고 초록색이었다. 오리가 길게 자란
갈대 사이를 둥둥 떠다녔다. 우리는 허리를 굽히고 그 아름다운 초
록색 호수를 내려다보며 고구마를 먹었다. 그리고 됐다. 가자. 우리

는 대공원 휴게실로 갔다. 대공원 휴게실에서는 오줌 냄새가 났다. 우리는 손발을 부들부들 떨면서 차가운 김밥을 먹었다. 의자는 냉장고같이 싸늘하고 김밥은 냉장고 맛이 났다.

*

　돌아오는 버스 안에서 b는 더욱더 깡패를 미워하고 그래서 깡패는 더욱더 기가 죽었고 나는 어쩔 줄 몰랐다. 너희가 나의 소중한 휴일을 망쳐놓았어. b가 화난 표정으로 그렇게 말했다. 하지만 나는 잘못한 게 없었다. 깡패는 계속해서 코를 풀었다. b는 울 것 같은 표정으로 깡패를 쳐다봤다. b는 화를 내며 버스에서 내려 계속해서 화를 내며 한 커피숍으로 들어갔다. b가 쏘파에 앉자마자 커다란 검은 파리가 b의 입술에 앉았다. b가 비명을 질렀다. 나와 깡패는 커피를 시켰다. b의 입술에서 쫓겨난 파리는 탁자의 이 끝에서 저 끝까지 느릿느릿 기어다니기도 하고 낮고 느긋하게 빙빙 돌다가 b의 팔뚝에 사뿐히 내려앉기도 했다. 우리는 아무 말도 하지 않았다. 우리는 입을 다물고 각자 쏘파에 늘어져 있었다. 팔뚝에 앉은 파리를 체념한 눈길로 바라보는 b는 힘을 잃은 사자 같았다. 커피가 왔다. 그때 깡패가 놀라운 솜씨로 텅 빈 유리컵 안에다가 파리를 가두는 데 성공했다. 깡패는 약간 수줍게 웃으며 b에게 컵을 건네주었다. b는 굳은 표정으로 컵을 받았다. 고맙다고 말하지 않았다. 깡패의 얼굴에서 미소가 사라졌다. 나는 조금 화가 났다. b가 컵에서 파리를 꺼내 한 손에 쥐었다. b의 얼굴에 눈부신 미소가 떠올랐고 이어 손에 든 파리를 깡패의 커피잔 속에 내동댕이쳤다. 그 불쌍한 파리는 몸부림을 치기 시작했다. b는 소리내어 웃었다. 깡패가 나에게 말했다. 너는 진짜 대단한 친구를 가지고 있구나. 나는 고개를 *끄덕*였다. b가 젖은 파리를 꺼내어 탁자에 내려놓고 날개를 떼어냈다. b는 불쌍한 파리의 엉덩이를 손가락으로 밀면서 자, 어디 다시 기어보시지 자, 어디 다시 날아보시지 하고 말했다. 불쌍한 파리는 바닥에 등을 대고 누워 꿈지락거릴 뿐이었다. 나와 b는 똑같이 왼손으로 턱을 괴고 파리를 바라보기 시작했다. 내 눈에는 너희의 얼굴이 흘러내리는 것처럼 보여. 깡패가 말했다. 그러니까 본드 좀 그만 불라고. b가 말했다. 아냐 나 이제 본드 끊었어. 그리고 다른 걸 시작했겠지. b가 고개를 쳐들었다. 너 이제 좀 멀쩡한 사람을 만나. b가 나를 노려보며 그렇게 말했다. 아아 나는 지겨워졌다. b가 깡패가 그리고 오늘이 정말로 정말로 지겨워졌다. 나는 말했다. 나는 우리가 다 똑같이 좆같다고 생각해. 그러니까 나한테 이래라저래라 하지 마. 내가 어째서 너랑 똑같아? 너는 아무것도 안하잖아. 쟤랑 하루종일 본드만 불잖아. 나는 안 그래. 나는 일을 해. 나는 돈을 벌어. 그래 그렇다. 너는 훌륭하고 나는 거지 같지. 하지만 두고 보자. 결국 다 똑같아질 거야. 결국엔 모두 다 똑같이 좆같아진다. 노력해도 소용없어. 너도 알잖아. 그러니까 너도 노력하지 마. 일도 하지 마. 아무것도 하지 마. 씨발 우리 다같이 본드나 불자.

*

그거 좋다. 나 본드 되게 많은데!

*

b는 내 말을 못 알아들은 척했다. 그리고 계속해서 깡패 때문에 내가 이상해졌다고 소리를 질러서 결국 깡패까지 화가 나게 만들었다. 결국 나와 b 그리고 깡패는 모두 다 화가 났다. 그러자 많은 사람들이 우리를 구경하기 시작했다. 갑자기 b가 자리에서 일어났다. 그리고 옆자리에 가서 담배와 라이터를 빌려 담배에 불을 붙인 다음 자리로 돌아와 다시 왼손으로 턱을 괴고 오른손에 든 담배를 불쌍한 파리의 엉덩이에 갖다댔다. 파리가 보이지도 않을 정도로 빠르게 몸을 떨기 시작했다. 나와 깡패는 입을 반쯤 벌리고 들리지 않는 비명을 들었다. 파리가 타고 있었다. b는 꼼짝도 하지 않고 담배 한 대를 다 태웠다. 파리는 죽었다. b가 마지막으로 탁자에 떨어진 담뱃재를 손으로 문질러서 글씨를 썼다. 맛있게 잘 익었다. 그리고 나갔다.

*

b가 도착한 곳은 샤넬이었다. 나와 깡패도 그랬다. 그런데 깡패가 자기는 그만 돌아가겠다고 했다. 나는 깡패를 가지 못하게 했다.

b가 너한테 사과할 때까지 가면 안돼. 나는 절대 사과 안해. b가 말했다. 안한다잖아 갈래. 안돼 받아내야 돼. 알겠어. 깡패는 매우 어두운 표정을 지은 채 의자에 앉아서 다리를 떨기 시작했다. 사과해. 나는 b에게 말했다. 꺼져 장사해야 돼. b는 바로 그렇게 말했다. 오늘 문 닫는 날이잖아. 꺼져 장사할 거야. 깡패는 자리에서 일어나 가게의 끝에서 끝까지 걷기 시작했다. 나는 그가 걱정되었지만 모른 척했다. 사과해. 나는 계속해서 말했다. 사과해. 꺼져. 사과해. 꺼져. 사과해. 깡패가 내 손을 잡았다. 그의 눈이 갑자기 유난히 반짝거리고 얼굴이 화사해 보였다. 나 화장실에 좀 갔다 올게. 나는 고개를 끄덕였다. 깡패가 경쾌하게 뒷문으로 빠져나갔다. 나는 다시 b에게 계속 사과하라고 소리치기 시작했다. 사과해! 그러면 b도 꺼지라고 소리쳤다. 근데 갑자기 b가 멈칫하더니 나를 향해 아주 나쁜 웃음을 지었다. 뭔지 알아? b가 그렇게 물었다. 뭔지 몰라. 내가 대답했다. 여기 있던 본드가 없어졌다. b가 필통을 가리켰다. 아주 크고 쌔거였는데. 아니야 오줌 싸러 간 거야. 오줌도 싸고 본드도 불러 간 거지. 아니야. 나는 의자에 앉아 깡패를 기다렸다.

*

깡패는 한참 후에 돌아왔다. 꿈속에서, 꿈과 함께, 내가 절대 볼수 없는 꿈에 둘러싸여서 깡패는 돌아왔다. 깡패와 눈이 마주친 순간 내 심장은 툭 하고 깨져버렸다. 나는 눈을 감았다. 내년에 깡패는 어디에 있을까? 나는 생각했다. 나는 깡패가 내년에는 샤넬의 화장실에서 할아버지와 쎅스를 하고 있을지도 모른다고 생각했다. 아니 깡패가 내년에 할아버지가 되어 있을지도 모른다고 생각했다. 그때가 되어도 내가 여전히 깡패를 사랑하고 있을지 알 수 없었다. 아니 내년이 되면 나는 분명히 깡패를 미워하고 있을 것이다. 아 이런 생각은 정말 싫다. 하지만 머릿속이 완전히 상한 두부가 되어버린 깡패를 더이상 사랑할 수는 없을 것 같았다. 그럴 수는 없을 거다. 나는 바로 그렇게 생각했다. 그리고 눈을 떴다. 깡패가 보였다. 깡패가 탁자 위로 손을 뻗고 있었다. 그런데 뭔가 이상했다. 깡패가 뻗은 손이 손가락 끝부터 나비처럼 파닥거리기 시작했다. 이어 그의 몸 전체가 커다란 검은 나비의 날개가 되어 흔들리기 시작했다. 아주 짧은 순간이었다. 깡패가 바닥으로 쓰러졌다. 내가 그에게 뛰어갔을 때 그의 입에서는 상한 크림같이 부글거리는 침이 흘러나오고 있었다. 코피가 콧물처럼 흘러나왔고 그 피는 붉었지만 힘이 하나도 없어 보였다. 이제 깡패는 사람보다는 망가진 컴퓨터와 같아 보였다. 나는 b를 보았다. b는 한 손에 커다란 맥주잔을 한 손에는 걸레를 들고 있었다. 다시 깡패를 봤을 때 깡패는 더이상 움직이지 않았다.

*

어떻게 해야 돼? 나도 몰라. b가 말했다. 나는 울기 시작했다. 우리가 죽인 것도 아니잖아. b는 냉정했다. 나는 옷을 벗어 깡패의 머리에 덮어주었다. b가 서랍에서 커다란 비닐봉지를 꺼내 던졌다.

비닐봉지는 죽은 깡패 위에 사뿐히 내려앉았다. 어떻게 하지? 해가 지고 있었다. 경찰에 신고할까. 안돼. 붉은 노을이 가게 안으로 스며들고 있었다. 나는 b를 보았다. 태워버리자. 그렇게 말했다. 태워버리자. b는 어깨를 으쓱했다. 나는 b의 손을 잡았다. b가 눈을 한번 깜빡했고, 약간 우는 것 같았다. 그리고 말했다. 그래. b가 문을 잠그고 셔터를 내렸다. 나는 죽은 깡패를 비닐봉지로 둘둘 쌌다. 우리는 비닐봉지에 싼 죽은 깡패를 술집 뒤 공터 쓰레기장으로 가지고 갔다. 나는 계속 울었고 그러나 열심히 했다.

*

b가 망을 보는 사이 나는 깡패의 몸에 시너를 부었다. b가 종이에 불을 붙여 깡패에게 던졌다. 우리는 물러섰다. 불길이 치솟았다. 그건 붉고, 회색 연기가 피어오르고, 기분나쁘게 웃었다. 그리고 쓰레기 냄새가 났다. 우리는 타오르는 깡패를 바라보았다. 그것밖에 할일이 없었다. 나는 오늘이야말로 정말 재미가 없다고 생각했다. 그렇다면 또 새로운 깡패를 구해서 놀면 되겠지 하고 생각했다. 하지만 내일은 오늘만큼도 재미가 없겠지 그리고 모레는 내일만큼도 재미가 없을 거고 그렇게 결국 우리는 정말로 재미없는 사람들이 되어버리겠지 하고 생각했다. 나는 b를 보았다. b의 눈에는 불안이 가득했다. 나는 b의 머리를 쓰다듬었다. b가 약간 망설이더니 주머니에서 뭔가를 꺼내 손바닥에 올려놓았다. b가 손바닥을 쫙 폈고 우리는 그것을 보았다. 하나는 썬샤인이었고 하나는 롤링스톤즈였

다. 깡패 주머니에서 훔쳤어. 잘했어. 내가 말했다. 우리는 그것을 나누어먹었다. 내가 롤링스톤즈를 먹고 b가 썬샤인을 먹었다. 그리고 자 이거. b가 내 손에 다 쓴 토끼코크를 쥐여주었다. 깡패의 마지막 본드였다. 깡패를 기억하자. 그러자. 우리는 서로의 손을 잡고 타오르는 깡패를 바라보았다.

*

소방차가 도착했을 때 나와 b는 완전히 꿈속에서, 꿈과 함께, 우리만 볼 수 있는 꿈에 완전히 둘러싸여 있었다. 꿈속에서 불은 보라색이었다. 노란색이었고 빨간색이었고 투명했고 또 검정색이었다. 불은 햇살이었고 락스타였다. 불은 깡패였고 나였고 b였다. 깡패는 기뻐하고 있었다. 우리는 기뻐하는 깡패를 보며 기뻤다. 우리는 모두를 사랑했다. b와 깡패는 친구가 되어 있었다. 모든 게 다 좋았다. 세상은 체리캔디같이 아름다웠다. 그리고 그때 소방차가 왔다. 그 불길한 빨간색 자동차가 우리의 꿈에 차가운 오렌지색 호스를 들이댔다. 꿈은 비명을 지르며 물러섰다. 그러나 우리의 손을 꼭 잡은 채였다. 반쯤 타다 만 깡패가 울부짖었다. 나와 b도 울부짖었다. 우리의 아름다운 꿈은 새빨간 악몽이 되어가기 시작했다.

*

다음날 우리는 뉴스에 나왔다. 뉴스를 본 사람들이 우리를 미친

년들이라고 욕했다. 그러나 그 다음날 또다른 더 미친 년과 더 미친 놈이 등장해서 우리는 금방 잊혀졌다.

*

b는 샤넬을 그만두고 맨하탄에 다니기 시작했다. 맨하탄의 사장님은 제주도 사람이었고 그곳은 공원에서 아주 멀었다. 나는 다시는 공원에 가지 않았다. 나는 계속해서 b를 기다렸다. 우리는 계속해서 같이 놀았다. 그러나 더이상 재미있는 일은 생기지 않았다. 나는 더이상 새로운 깡패를 구하지도 못했다. 아무 일도 일어나지 않았다. 우리는 늙어갔다. 계속해서 늙어갔다. 이제 우리는 할머니 할아버지 거지와 미친 사람이 될 차례였다. 우리는 할머니가 될 것이다. 우리는 할머니가 되어 뒷마당에 양귀비를 키우고 공원에 가서 할아버지를 꼬실 것이다. 또 우리는 할아버지가 될 것이다. 할아버지가 되어 맨하탄 화장실에서 쎅스를 할 것이다. 또 우리는 거지가 될 것이다. 우리는 거지가 되어 맨홀 뚜껑을 훔칠 것이다. 우리는 미친 사람이 될 것이다. 우리는 박정희에게 절하고 점퍼를 다섯개씩 껴입고 맨발로 하하하 웃으며 비닐봉지를 모을 것이다. 우리 미친 사람 거지 할머니와 할아버지는 이제 공원으로 갈 것이다. 그곳에서 우리는 말할 것이다. 우리도 한때 재미있었던 적이 있었다. 우리도 한때 날아다니던 때가 있었다. 그렇다. 우리는 진짜 나비였다. 우리가 진짜 나비였을 때 우리는 구름을 먹었고 선인장을 껴안았다. 우리는 너무 아름다웠으므로 사람들은 우리를 미워했다. 우

리는 진짜 나비였다. 그러나 아무도 우리의 말을 믿지 않을 것이다. 우리는 더이상 나비도 아니고 진짜로 웃을 줄도 모르기 때문이다. 결국 우리는 꽃처럼 시들어버렸다. 사람들은 꽃이 지는 것을 당연하게 생각한다. 그래서 꽃은 질 수밖에 없는 것이다. 만약 단 한 명이라도 꽃이 지지 않기를 진심으로 기도했다면 꽃은 영원하고 우리도 진짜 나비가 되었을 것이다. 깡패는 진짜 깡패가 되어 매일 밤 진짜 좋은 마약을 하고 깡패 형의 철물점은 무사했을 것이다. 하지만 결국 우리는 나비가 되지 못했다. 깡패는 파리처럼 타버렸다. 그게 끝이었다. 아니 끝까지 타지도 못했다. 그게 우리의 끝이었다.

정오의 산책

한이 처음 느낀 것은 소리가 아니라 감정이었다. 그리고 그 감정은 불쾌에 가까웠다. 이어 귓속으로 소리가 밀려들어왔다. 그건 한다발의 고함과 괴성, 흐느낌과 반복되는 신음소리였다. 몇초 후 한은 그게 텔레비전에서 나는 소리라는 것을 알아차렸다. 한 여자가비명을 질렀다. 한 남자가 고함을 질렀다. 분노, 아니 거기선 분노를 넘어선 무언가가 느껴졌다. 서서히 소리가 의미를 띠기 시작했다. 처음에 그건 씨발, 오빠, 제발, 이 개 같은 년, 잘못했어, 용서해줘, 이게 어디서, 꺼져,와 같은 짤막한 단어들이었다. 그 위로 엄숙한 목소리의 내레이션이 드리워졌다. 김씨는 갑자기 옷을 벗기 시작했습니다. 재킷을 벗고 허리띠를 풀더니 벗어든 신발로 바닥을두드리기 시작했습니다. 최씨의 새로운 남자친구는 당황한 표정으로 전봇대 아래 서 있었습니다. 김씨는 신발을 집어던지더니 최씨의 팔을 잡고 어디론가 끌고 가기 시작했습니다. (신음소리, 비명, 빠른 발소리) 그것을 보고 최씨의 새로운 남자친구가 뛰어오기 시작했습니다. (욕, 흐느낌, 주먹질) 저희 취재진이 끼어들어 만류해보려고 하였으나 쉽지 않은 일이었습니다. (괴성, 욕, 흐느낌, 괴성, 욕, 다시 욕, 주먹질)

알람이 울리기 시작했다. 한은 손을 뻗어 휴대폰을 잡았다. 알람이 멈추었다. 한은 가늘게 뜬 눈으로 휴대폰 액정에 뜬 시간을 확인한 다음 몸을 웅크렸다. 아직 십분 정도 시간이 있었다. 한은 한숨을 쉬었다. 텔레비전의 채널이 바뀌었다. 부드러운 여자 목소리가 제주도의 자연환경을 묘사하고 있었다. 바깥의 두 노인이 내는 소리가 깨끗하고 선명하게 들려오기 시작했다. 둘은 번갈아가며 요란하게 하품을 하고 트림을 하고 또 방귀를 뀌어댔다. 한은 귀를 틀어막고 하품을 했다. 그리고 비명을 지르던 텔레비전 속 여자에 대해 잠깐 생각했다. 텔레비전에서는 이제 또다른 여자가 오늘의 날씨를 예보하기 시작했다. 여자는 지나치게 명랑한 목소리로 오늘은 날씨가 아주 화창할 것이라며 전국의 직장인들에게 한낮의 산책을 권했다. 그 뉴스는 한을 약간 들뜨게 했다. 왜냐하면 짙은 황사와 스모그가 지난주 내내 도시의 하늘을 떠나지 않았기 때문이다. 게다가 내일은 금요일이고 내일모레 토요일은 별다른 일이 없다면 회사에 나가지 않아도 되기 때문이다. 한은 마침내 자리에서 일어나 문을 열었다.

방에서 나가면 곧장 손바닥만한 부엌 겸 거실이 펼쳐졌다. 두 노인은 냉장고 옆 좁은 벽에 나란히 기대누워 텔레비전을 보고 있었다. 그들은 한의 할머니와 할아버지, 정과 회다. 둘은 한을 보자 반사적으로 부드러운 미소를 지으며 몸을 일으켰다. 일어나지 마세요. 그냥 누워 계세요. 그러나 정은 재빨리 밥상을 펴고 냉장고에서 반찬을 꺼내기 시작했다. 그녀의 머리는 헝클어져 있었고 드문드문 새로 자라난 흰머리가 보였다. 회는 이불을 개어 안방에 가져다 놓고 나와 씽크대에 가래침을 뱉었다. 그가 몸을 움직일 때마다 온몸의 뼈가 무너져내리는 것 같은 소리가 났다. 한은 욕실로 들어가 샤워기를 틀고 몸을 적시기 시작했다. 창밖으로 파란 하늘이 보였다. 비누향이 문틈으로 새어들어오는 된장찌개 냄새와 섞여들었다.

욕실에서 나오자 정과 회는 이미 밥을 먹고 있었다. 정이 바닥을 두드리며 한의 이름을 불렀다. 한은 수건을 목에 걸고 자리에 앉았다. 찌개가 가운데에 놓여 있고 세 종류의 김치와 세 종류의 반찬이 있었다. 뉴스에서는 두 명의 전문가가 앵커와 환율에 대해 토론을 벌이고 있었다. 한 전문가가 엔화 가치가 급격하게 높아지는 것은 지금 한국에서만 벌어지고 있는 괴이한 일이라며 한 손을 치켜들었다. 한은 작년에 직장을 그만두고 일본으로 유학을 떠난 고등학교 동창을 떠올렸다. 그리고 일본의 쏘프트웨어 회사에 취직해 토오꾜오에 살고 있는 대학교 동창을 떠올렸다. 그러나 이내 생각을 접고 빠른 속도로 밥을 입에 쑤셔넣기 시작했다.

방으로 돌아와 휴대폰을 열자 새로운 문자메씨지가 세 개 있었다. 하나는 일과 관계된 것이었고 하나는 광고였으며 하나는 삼일 후 그의 통장에서 빠져나갈 신용카드 대금을 알리는 문자였다. 한은 재빨리 옷을 입고 얼굴에 스킨을 바르고 향수를 뿌리고 손목에 시계를 차고 머리에 왁스를 바른 뒤 거울을 한번 노려보고는 지갑을 챙겨 가방을 메고 방에서 나왔다. 정이 욕실에서 코를 푸는 소리가 들려왔다. 회는 다시 이불을 뒤집어쓰고 텔레비전 앞에 누워 있었다. 그가 한 손에 리모컨을 든 채 한을 올려다보았다. 리모컨 너머로 이어진 회의 팔은 아이보리색 고무장갑 같아 보였다. 할머니 저 갑니다. 정이 욕실 문을 열고 손을 흔들었다. 할아버지 다녀올게요. 회는 대답이 없었다. 한은 회를 내려다보지 않으려 애쓰며 밖으로 나갔다.

날씨는 예보대로 근사했다. 바람은 신선한 습기를 머금고 있었고 해는 선명한 색을 띠고 있었다. 눈부시게 파란 하늘에는 구름조차 없었다. 투명한 햇살 아래에서 모든 사물들은 고유의 색깔로 빛나고 있었다. 멀리 보이는 빌딩과 하늘의 경계도 모호함 없이 명쾌했다. 지하철을 향해 걷던 한은 문득 아이스크림이 먹고 싶어졌다. 그는 시간을 확인했다. 약간의 여유가 있었다. 그는 지하철역 바로 앞에 있는 편의점을 기억해내고 빠르게 걷기 시작했다. 그의 앞으로 엄청나게 짧은 가죽 미니스커트를 입은 여자 하나가 스쳐지나갔다. 그녀는 대학생으로 보였다. 엄청나게 높은 핑크색 에나멜구두를 신은 그녀는 제대로 걷지 못하고 자꾸만 발을 절뚝거렸다. 그녀의 다리는 아름다웠지만 한은 별다른 감정을 느끼지 못했다. 왜냐하면 그녀가 너무 어리게 느껴졌기 때문이다. 또한 자신의 대학 생활을 떠올리게 하는 모든 것이 한을 너무나도 피곤하게 만들기 때문이기도 했다. 어쨌거나 조건반사처럼 대학시절 사귀다 헤어진

한 여자의 얼굴이 한의 머릿속에 떠올랐다. 그녀는 에나멜구두를 싫어했다. 한은 편의점에 들어가 곧장 아이스크림 냉장고로 갔다. 차가운 유리문 너머로 수많은 종류의 아이스크림이 보였다. 한은 거기 있는 거의 모든 아이스크림이 처음 보는 것이라는 사실에 놀랐다. 그는 어린시절 즐겨 먹던 아이스크림 하나를 가까스로 찾아내어 그것을 들고 카운터로 갔다. 차례를 기다리다가 신문진열대를 발견하고는 진보적인 성향의 주간지를 하나 뽑아들었다. 아르바이트생은 앳돼 보이는 남자였는데 한과 비슷한 체격에 한과 비슷하게 피곤한 표정을 짓고 있었다. 한은 편의점 야간 아르바이트를 했던 적이 있다. 그는 그 아르바이트를 그만두고 한동안 편의점을 가지 않았고, 그뒤로도 편의점을 별로 좋아하지 않는다. 계산을 끝내고 한은 한 팔에 주간지를 끼고 편의점을 빠져나와 아이스크림을 한입 한입 베어먹으며 천천히 지하철역으로 향했다. 그때 지하철의 도착을 알리는 안내방송이 들려왔다. 한은 뛰기 시작했다. 평일 출근시간답게 지하철 안에는 사람들이 아주 많았다. 그는 그 안에서 아이스크림을 먹는다는 것은 불가능하다는 것을 깨닫고는 남은 아이스크림을 모두 입속에 쑤셔넣고 남은 나무막대를 한 손에 쥔 채 지하철 안으로 들어갔다. 그의 차가운 볼이 옆에 선 남자가 치켜든 가방에 닿았다.

한이 열두살 때 그의 아버지가 죽었다. 그리고 열아홉살이 되던 해 겨울 한의 어머니가 재혼해 집을 나갔다. 그녀는 한에게 돈을 한푼도 남겨놓지 않았다. 그때 한은 서울의 사년제 사립대학에서 합격통지서를 받아놓은 상태였다. 서울 시내의 사립대학 중에서도 등록금이 비싸기로 유명한 곳이었다. 한이 등록금에 대해 묻자 그녀가 말했다. 집을 팔아라. 한은 중학교 삼년 고등학교 삼년 묵묵히 화장품공장에 다니며 성실하게 자신을 키운 어머니의 갑작스러운 배신을 이해할 수가 없었다. 그는 겨우 열아홉살이었다. 그는 학교와 집과 학원과 친구 집과 게임방을 쳇바퀴 돌듯 빙글빙글 도는 평범한 남학생이었다. 딱 한번 몰래 술과 담배를 구해다가 친구들과 집에서 작은 파티를 열고 나서 환기를 시키느라 추운 겨울밤 다섯 시간 동안 창문을 활짝 열어놓고 벌벌 떨었는데도 제대로 환기가 안되어 방향제 반 통을 뿌리고도 들통이 나서 어머니에게 몇대 얻어맞았던 것이 그의 인생 최대의 위기라면 위기였다. 어머니가 정말로 집을 나가고 그는 진지하게 집을 파는 것을 고려하기 시작했고, 집이 자신의 친할머니인 정의 명의로 되어 있다는 것을 알았다. 한은 즉시 정을 찾아갔다. 그때 정과 회는 경기도 북부 변두리 동네에 있는 낡은 한옥에 살고 있었다. 그 동네는 도시개발구역으로 지정되어 사람들이 차례로 떠나가면서 차츰 대낮의 악몽과도 같은 모습으로 변해가고 있는, 새로 지은 거대한 아파트들로 동서남북이 포위된 곳이었다. 한의 어머니는 시부모와 사이가 좋지 않았기 때문에 한은 정과 회를 중학교 졸업식 이후로 처음 보았다. 정과 회는 아주 건강해 보였으며, 건강한 노인 특유의 냉소적인 매력을 지니고 있었다. 정은 한의 설명을 들어보지도 않은 채 다짜고짜 자신들은 돈이 없다고 말했다. 이 집도 내 집이 아니란다. 하지만 내 집은 할머니 집인걸요. 그러자 정은 가소롭다는 듯이 웃어 보였다. 그 집은 팔지 않는다. 한은 절망에 빠져 집으로 돌아왔다. 그 뒤로 일주일 동안 한은 친척집들을 돌며 사정을 설명했으나 소득은 없었다. 한은 일자리를 찾기 시작했다. 그는 경기도 남부의 휴대폰공장에서 하루에 열두 시간씩 격주 이교대 근무를 하면 한 달에 백오십만원을 벌 수 있다는 광고를 보았다. 하지만 대학교 등록 마감이 한 달 앞으로 다가와 있었다. 범죄를 저지르지 않고서는 그 많은 돈을 한 달 안에 만들어내는 것은 불가능해 보였다. 급기야 한이 아랫집 여섯살짜리 여자애를 납치하여 고작 칠백만원을 요구하는 꿈을 꾼 날 오후 정이 전화를 걸어왔다. 지금 집을 정리하고 한 달 안에 한의 집으로 이사를 오겠다는 것이었다. 한은 등록금에 대해 물었다. 걱정하지 마라. 내가 다 책임진다. 전화를 끊고 한은 울었다.

　그렇게 한은 다시 평온한 일상으로 돌아갔다. 적어도 얼마간은 그랬다. 그는 한 학기 동안 대학 신입생의 삶을 만족스럽게 누렸다. 회는 아파트 경비일을 했고 정은 부업으로 뜨개질을 했다. 한은 늙어서도 일해야 하는 그들이 안쓰러워 약간의 죄책감을 느꼈으나 한 학기 정도는 신나게 놀아보고 싶었다. 그는 여름방학부터 열심히 살겠다고 결심했고, 실제로 그렇게 했다. 그는 여름방학 한 달 동안 휴대폰공장에서 아르바이트를 해서 근무외수당을 포함하여 백오십팔만천원을 벌었다. 한이 그 돈을 정에게 주자 그녀는 기뻐하였으나 받지 않았다. 등록금 걱정은 하지 말고 공부나 열심히 하라는 것이었다. 한은 크게 감동하여 시내의 일식집에서 일인당 오만원짜리 스시를 샀다. 정과 회는 마치 놀이공원에 온 어린아이들처럼 즐거워했다. 한은 그런 그들을 보며 졸업하면 좋은 회사에 취직해 꼭 그들의 은혜에 보답하겠다고 결심했다. 그는 이학기 장학금을 노리고 남은 방학 한 달 동안 술과 친구도 멀리하며 시립도서관에서 공부를 했다. 그는 아침에 일어나 정과 밥을 먹고 정이 싸준 도시락을 들고 도서관에 가서 하루종일 공부를 하고 저녁에 돌아와 다시 정과 함께 밥을 먹었다. 한은 도서관에서 자신과 같은 나이의 남학생과 친해졌다. 그는 한이 도시락 뚜껑을 열 때마다 커다란 부러움의 탄성을 질렀다. 그의 부모는 맞벌이로 정신이 없기 때문에 아침은 각자 흰 빵과 오렌지주스로 때워야 하며 도시락 같은 것은 기대할 수도 없다고 했다. 그는 도서관에서 파는 밥이 얼마나 맛이 없는지에 대해 끝도 없이 말했다. 그럴 때마다 한은 또한번 정에 대한 사랑에 불타올랐다. 한이 집에 돌아오면 정은 어김없이 텔레비전 드라마를 보며 뜨개질을 하고 있었다. 한이 신발을 벗는 사이 정은 뜨개질거리를 내려놓고 텔레비전의 채널을 뉴스로 바꾼 뒤 밥상을 차리기 시작했다. 둘은 하루 동안 일어난 온갖 어두운 사건들, 살인, 강도, 방화, 정치인과 재벌의 비리, 끝나지 않는 대통령의 실언, 폭락하는 주가와 폭등하는 국제유가, 전세계의 전쟁과 테러와 지진 소식을 전해들으며 밥을 먹었다. 매일매일이 그렇게 별다를 것 없이 흘러갔다. 그리고 개강을 며칠 앞둔 어느날 회가 쓰러졌다.

의사는 폐암 2기라고 했다. 그건 운이 좋으면 고칠 수 있고 운이 나쁘면 고칠 수 없을지도 모른다는, 결국 아무런 의미도 없는 헛소리에 불과하다고, 정이 병원 로비 의자에 앉아 울먹이며 말했다. 한은 정의 날카로운 현실판단에 감탄했다. 그렇다면 이제 우리는 어떻게 해야 하나요. 고칠 수 있을지도 모르고 고칠 수 없을지도 모른다는 건 어찌되었건 우리는 돈을 쓸 수밖에 없다는 뜻이다. 순간 한은 이학기 등록을 마친 것에 안도했다. 그리고 다음 방학부터는 두 달 내내 일을 해야 한다는 것을 깨달았다.

일년은 그런대로 흘러갔다. 회의 상태는 좋지도 않고 나쁘지도 않았다. 정은 가진 돈 모두를 회의 치료에 쏟아부었다. 회가 일을 그만두어야 했기 때문에 정은 생활비를 벌기 위해 모텔 청소를 나가기 시작했다. 한은 주말마다 집 근처 재래시장의 야채도매상에서 배추를 나르기 시작했다. 방학이 되면 휴대폰공장에서 격주 이교대 근무를 하며 학비를 벌었다. 회는 입원과 퇴원을 반복했다. 정은 대체의학에 관심이 많은 모텔의 경비직원에게 다양한 종류의 기괴한 민간치료법을 배워서 차례차례 회에게 시도했다. 회는 민간치료법을 경멸했고 그래서 둘은 자주 싸웠다. 하지만 아직까지는 모든 것이 그런대로 괜찮아 보였다. 다만 앞이 보이지 않았다. 한이 다니는 과는 높은 학점을 얻거나 제때 졸업하기 위해서 높은 수준의 영어실력이 요구되는 과였다. 그리고 그것은 혼자서 얻기엔 어려웠다. 하지만 어학연수는 엄두도 낼 수 없었고 학원을 다니기에는 시간도 돈도 모자랐다. 그는 자주 피곤해졌다. 일요일 새벽부터 밤까지 배추를 나르고 집에 돌아와 그대로 잠이 들었다가 월요일 아침에 눈을 떠 세수를 하다 말고 거울에 비친 피곤에 전 자신의 얼굴을 봤을 때 그는 자신이 이제 겨우 스무살이라는 사실에 경악했다. 하지만 그는 분노하지 않았다. 여전히 근사한 밥을 차려

주는 정과 암과 싸우는 회에 대한 책임감만 점점 더 깊어갈 뿐이었다. 그는 가끔씩 군대에 끌려가는 꿈을 꾸었다. 그는 기관총을 든 헌병에게 양팔을 잡혀 질질 끌려가면서 구슬프게 할머니를 불렀다. 제 할아버지가 암에 걸렸습니다. 아무리 사정해봐도 소용이 없었다. 그런데 사실 그가 그런 꿈을 꾸는 것은 정말 이치에 맞지 않는 일이었는데, 왜냐하면 그는 일찌감치 군대를 면제받았기 때문이다.

한이 이학년을 마쳐가던 겨울, 회는 큰 수술을 앞두고 있었다. 일년이 넘게 각종 수술과 약물치료를 병행해왔지만 암의 진행과 전이를 늦출 뿐 완치를 장담할 수 없는 상황이었다. 이번 수술이 성공하면 완치의 가능성이 있다고 의사는 말했다. 물론 한과 정은 망설였다. 돈이 많이 드는 수술이었기 때문이다. 하지만 망설임은 오래가지 않았다. 수술은 성공적이었다. 그러나 기뻐할 틈도 없이 수술비와 입원비 그리고 후속 치료비와 한의 다음 학기 등록금 청구서가 날아와 텔레비전 위에 차곡차곡 쌓였다. 정은 가진 돈을 다 썼지만 그 모든 비용을 감당할 수가 없었다. 정은 집을 담보로 융자를 받는 것을 고민하기 시작했고 한은 휴학을 결심했다.

그는 휴학을 하고 주말에 일하던 야채도매상에서 십개월간 정규직원으로 일했다. 육체적으로 힘든 일이었지만 시간도 잘 가고 급여도 만족스러운 편이었다. 그는 두 학기의 학비와 다음 학기 전까지 한 달간 주중에 영어공부를 할 시간과 또 생활비까지를 벌 수 있었다. 다행히 회는 상태가 좋아져서 가을부터는 가벼운 일거리를 찾아나섰지만 쉽지가 않았다. 그들은 정이 모텔 청소로 버는 돈과 한이 주말에 야채가게에서 버는 돈으로 빠듯하게 생활해나갔다. 봄이 되자 회는 거의 완전히 회복했고 친구의 도움으로 아파트 경비 자리를 얻을 수 있었다. 여름이 되어 한과 회는 정에게 모텔 청소 일을 그만두라고 권했지만 정은 거절했다. 그들은 모두 일했다. 그럭저럭 하루가 한 주가 한 달이 지나갔다. 그러나 이미 미래는 어둠이 가득했다. 유일한 희망이라면 한이 졸업을 하고 번듯한 직장에 취직하는 것뿐이었다. 그게 모두의 희망이었다. 그리고. 그러고 나면. 정은 한의 결혼에 대해서 생각했다. 그때까지는. 아무 일도 일어나지 말아야 했다. 그리고 다행히 그러했다. 한이 졸업할 때까지 그들은 성공적으로 버텼다. 그리고 한이 졸업을 하자마자 회의 암이 재발했다.

한이 입사한 회사는 치과 관련 기구를 만들어 해외에 수출하는 중소기업으로, 그는 작년부터 중국 수출업무를 담당하고 있었다. 그는 회사에 만족했다. 기업구조가 안정적이기도 하고, 회사의 지원으로 삼년간 중국어를 배워 대중국 수출업무를 담당하게 된 뒤로는 월급도 눈에 띄게 올랐기 때문이다. 사실 한이 중국어를 배우기 시작한 것은 한의 바람보다는 회사의 바람 때문이었다. 한은 상사들 사이에 평판이 좋았다. 그는 야근을 하라면 했고 주말에 나오라면 나왔고 술을 마시라면 마셨고 상사가 이해할 수 없는 이유로 화를 내도 죄송하다고 말했으며 회식자리에서는 끝까지 남아 술에 취한 상사를 택시에 태워 보냈고 여직원들에게도 깍듯한 편이었으며 직원들 욕을 늘어놓지도 않았고 그렇다고 특별히 정의롭게 군

답시고 건방진 행동을 하지도 않았다. 상사들과는 달리 동료들은 겉으로는 한을 인정했지만 속으로는 기인이라고 생각했다. 깍듯하지만 무미건조해 여직원들 사이에서 인기가 높지도 않았다. 그의 동료들은 그를 돌이나 은행나무 혹은 거북처럼 생각했다. 한도 그걸 알았다. 하지만 그건 그의 잘못이 아니었다. 그는 단지 너무 피곤했다. 어머니가 집을 나간 뒤로 그에게서는 피곤이 떠난 적이 없었다. 한에게는 그의 인생이, 새벽부터 밤까지 야구게임기 앞에 서서 날아오는 공을 끊임없이 쳐내는 것과 비슷하게 느껴졌다. 물론 그럭저럭 살아가고 있었다. 하지만 여전히 갚아야 할 돈이 많았다. 재발한 회의 암은 결국 한과 정을 막다른 골목으로 몰고 갔고, 결국 정은 집을 담보로 융자를 받아야 했다. 수술은 다행히, 다시 한번, 성공적이었다. 그러나 성공적이라는 소식을 전해들었을 때, 한은 기쁨보다는 일종의 분노를 느꼈다. 그는 전화를 끊고 베란다로 나가 하늘을 봤다. 저기서 누군가 나를 놀리고 있는 게 아닌가. 수술은 성공적이었지만 회복은 전보다 더뎠다. 회는 자주 입원해야 했다. 한의 얼마 되지 않는 월급은 회의 약값과 융자금 분할상환금과 그 이자로 쉽게 사라졌다. 대출금은 아주 조금씩 줄어들었고, 노인들과 함께 사는 데는 돈이 많이 들었다. 그는 소처럼 일했지만 여전히 자동차도 집도 없었다. 그는 정 앞으로 된 십삼평짜리 아파트에서 십오년이 넘게 살고 있었다.

한은 사무실에 도착하자마자 옆자리부터 살폈다. 아직 비어 있었다. 그는 안도했다. 독일에서 온 페터라는 남자가 한 달 전부터 그의 옆자리에서 근무하고 있었다. 그는 독일의 치과 관련 기구 생산업체에서 기술협력사업을 위해 파견나온 남자였다. 한은 처음에는 그에게 아무런 감정도 없었으나 날이 갈수록 그와 또 그의 담당인 윤이 싫어지기 시작했다. 그는 아침마다 페터가 자신과 눈을 맞추며 경쾌한 안부인사를 늘어놓고 함박웃음을 짓는 것이 너무나도 불편했다. 한은 독일인은 근면성실하고 매사에 진지하고 유머감각이 결여된 사려깊은 성격을 지녔다는 편견을 갖고 있었다. 그런데 페터는 그 기준에 하나도 들어맞지 않았다. 그는 매일매일 축제 속에 있는 듯이 명랑했고 틈이 날 때마다 회사의 누구와도 커피를 마시며 어제 있었던 일에 대해 이야기하고 농담을 주고받으며 크게 웃고 싶어했다. 물론 그를 상대해주는 사람은 함께 업무를 진행하는 윤밖에 없었다. 윤은 페터의 상대로 알맞았다. 웃음이 많고 사교적인 여자이기 때문이었다. 한은 페터가 오기 전까지는 윤에 대해 별 인상이 없었다. 가끔 저 여자는 참으로 우렁찬 목소리로 웃는구나 하고 속으로 크게 감탄할 뿐이었다. 그녀는 영어를 잘했고 독일어와 일본어도 약간씩 할 줄 알았다. 특히 그녀의 독일어 실력은 페터가 온 뒤로 빠르게 좋아지고 있었으나 여전히 대부분의 대화는 영어로 했다. 그가 윤이 싫어진 이유는 그녀가 페터와 영어로 대화를 나눌 때 목소리가 너무 커서 그의 업무를 방해했기 때문이다. 그녀는 미국산 씨트콤의 금발머리 여자 주인공처럼 말하고 웃고 머리와 손을 휘저었다. 그녀가 어디에 있건 그녀의 우렁찬 목소리는 사무실 전체를 흔들었다. 윤이 웃음을 터뜨릴 때마다 한은 자판을 두드리다 말고 주먹을 꼭 쥐고 집중하기 위해 노력해야 했고 그 노력 끝에 번번이 지금 자신이 뭘 하고 있었는지를 잊고 말았다. 그의 심장에 사소한 분노가 쌓여갔다. 윤은 미국식으로 대부분의 발음을 부드럽게 마모시키거나 날려버려서 유럽 출신인 페터와의 의사소통에 문제가 생기는 경우가 종종 있었는데, 그때마다 한은 속으로 즐거워하고 있는 자신을 발견하고는 마음이 언짢았다.

한은 사무실 사람들과 간단하게 인사를 나눈 뒤 가방을 내려놓고 컴퓨터를 켜고 의자에 앉았다. 그는 그때까지도 옆구리에서 빼내지 못한 주간지를 책상에 내려놓고 멍하니 표지를 들여다보았다. 거기에는 남한의 대통령이 미국의 대통령과 악수하는 장면이 실려 있었다. 그는 사무실 반대편 끝으로 가서 커다란 머그잔에 인스턴트커피를 진하게 타서 자리로 돌아왔다. 그러자 거기 페터가 있었다. 그는 한의 주간지를 내려다보고 있었다. 그는 싱긋 웃으며 인사한 뒤 잡지 속 미국 대통령을 가리키며 농담을 했다. 한은 어깨를 으쓱하고 어색한 웃음을 지었다. 페터는 남한의 대통령을 가리키며 이 사람이 누구냐고 물었다. 한국의 대통령이에요. 오. 페터는 어깨를 으쓱했다. 그리고 물었다. Do you like him?

한은 그 질문에 당황했다. 솔직히 그는 대통령을 싫어했다. 하지만 그를 특별히 싫어하는 것은 아니었다. 그는 여태까지의 남한의 대통령을 모두 다 싫어했다. 하지만 외국인에게 자기 나라의 대통령을 싫어한다고 말하는 것은 바보 같아 보이지 않을까. 페터가 자신의 눈을 들여다보며 대답을 기다리고 있었다. 뭐라도 대답해야 했다. 결국 그는 이렇게 대답했다. 모르겠어요.

모르겠다고요? 페터는 더욱 궁금한 표정을 지은 채 한을 바라보았다. 한은 궁지에 몰려 있었다. 그는 가까스로 어깨를 으쓱했다.

그리고 기어들어가는 목소리로 대답했다. 좋아하지도 않고 싫어하지도 않아요.

아. 페터는 석연찮은 표정으로 고개를 끄덕였고 한은 자리에 앉아 컴퓨터 화면에 비밀번호를 입력했다. 페터도 자기 자리로 돌아갔다. 한은 한숨을 쉬었다. 그때 문이 열리고 우렁찬 인사소리가 한국어와 영어와 독일어로 번갈아 들려왔다. 윤이었다.

점심시간이 되자 부장이 박수를 치며 추어탕 먹으러 갈 사람을 모았다. 한은 아무 말도 하지 않고 자리에 앉아 있었다. 그는 점심시간이 되기 삼십분 전부터 이미 추어탕 일당이 빠져나가고 나면 혼자 느긋하게 회사를 빠져나가 근처에 새로 생긴 쌘드위치 가게에서 커피와 쌘드위치를 먹으며 느긋하게 주간지를 읽고 나서 가게 건너편에 있는 작은 공원을 역시 느긋하게 산책하기로 계획을 세워놓은 터였다. 그 계획을 떠올리자 한의 마음이 풍선처럼 두둥실 떠오르기 시작했다. 얼굴에 저절로 미소가 그어졌다. 예상치 못한 자신의 반응에 한은 당황했다. 그는 한 손으로 쿵쾅거리는 가슴을 억누르며 이게 대체 무슨 감정인지 고민하기 시작했다. 그리고 마침내 깨달은 한은 얼굴이 빨개졌다. 그것은 설렘이었다. 설렘이라니! 그건 한과 가장 먼 감정이었다. 봄이란 말인가! 그는 스스로가 놀랍기도 하고 부끄럽기도 해 몸을 비비 꼬았다. 그때 윤이 한의 이름을 불렀다.

가슴이 아프세요?

한이 깜짝 놀라 칸막이 너머를 올려다보니 거기 윤이 페터와 나란히 서 있었다.

아뇨. 왜요?

가슴에 손을 올려놓고 계시잖아요.

괜찮아요. 괜찮아요. 아무 문제 없어요.

그는 한국어와 영어로 번갈아가며 자신이 괜찮다는 것을 설명하며 고개를 끄덕였다. 윤과 페터도 고개를 끄덕였다.

점심 드시러 안 가세요?

갈 겁니다.

추어탕 드시러 가시는 거 아니면 같이 가요.

윤이 미소지었다.

아뇨, 저는 오늘 혼자 먹으려고요.

아…… 그러세요…… 혹시…… 선약?

한은 고개를 저었다. 그때 페터가 서툰 한국말로 말했다.

같이 먹어.

잠시 동안 한과 윤은 이 말을 알아듣지 못해 침묵했다. 그러나 다음 순간 그 뜻을 알아차린 윤이 폭소하기 시작했다. 페터는 영문을 모르고 한과 윤을 번갈아 쳐다보았다. 한도 결국 참지 못하고 웃음을 터뜨렸다. 페터의 얼굴이 붉어지기 시작했다. 윤은 한참을 웃다가 겨우 입을 열었다.

같이 먹어? '요'가 빠졌잖아요, 페터. 같이 먹어요,라고 해야지. 같이 먹어요. 응?

윤은 페터를 바라보며 천천히 또박또박 말했다. 같. 이. 먹. 어. 요.

그러자 페터가 한을 보며 말했다. 같이 먹어요?

한은 고개를 끄덕였다.

같이 먹어요?

한은 잠깐 동안 페터를 빤히 보다가 고개를 저었다.

아뇨, 같이 안 먹어요. 미안해요.

윤이 시끄럽고 빠른 영어로 페터에게 말했다. 페터는 한을 보았고 한은 웃음을 지으며 고개를 저었다. 미안해요. 페터도 웃었다. 그는 한의 어깨를 가볍게 툭 치고 윤과 또다른 직원들과 함께 사무실을 빠져나갔다. 한은 시간을 확인했다. 그는 주간지를 겨드랑이에 끼고 윤과 멀찍이 떨어져 회사를 빠져나가기 시작했다.

쎈드위치 가게의 간판에는 작은 개가 한 마리 그려져 있었다. 그걸 올려다보며 어느 품종의 개인지 고민하고 있는데 멀리서 누군가 한을 불렀다. 그는 고개를 돌려 소리가 들려오는 쪽을 바라보았다. 윤의 일당이었다. 한은 당황했다. 윤은 언제나처럼 크게 웃음을 터뜨렸다. 페터가 환하게 웃으며 손을 흔들었다. 한도 무의식적으로 손을 들어올렸다가 다시 내려 주머니에 넣었다.

여기 혼자 오시려고 그렇게 몰래 가신 거예요?

윤이 큰 소리로 물었다.

아니 뭐.

맛있는 데 혼자만 몰래 가시면 못써요.

아니요. 저도 오늘 처음 온 거예요.

환한 햇살 아래에서 윤의 눈가의 골드시머 아이섀도우가 눈부시게 반짝거렸다. 한은 멍하니 그것을 바라보다가 황급히 고개를 돌리고 가게문을 열었고, 사람들이 차례로 안으로 들어가며 한에게 고마움을 표시했다.

가게 안은 직장인들로 만원이었다. 흥겨운 빅밴드 재즈와 직장인들의 활기찬 대화가 뒤섞인 가게 안은 묘하게 외설적인 분위기를 풍겼다. 놀랍게도 메뉴판은 완전히 영어로만 씌어 있었다. 한은 사람들을 둘러보았다. 모두들 제대로 주문을 하고 있다니. 한은 감탄했다. 페터는 자기가 좋아하는 훈제연어 베이글 샌드위치를 판다며 박수를 쳤다. 다이어트 중인 조는 드레싱을 뺀 가든 샐러드를 주문했다. 윤은 참치 샌드위치를, 한과 김은 클럽 샌드위치를 주문했다.

좁은 테이블이 다섯 명의 커피와 샌드위치로 가득 차서 한은 주간지를 테이블에 내려놓지 못하고 공중에 꺼내들고 목차를 훑어보기 시작했으나, 조와 김이 표지를 들여다보며 참견을 해 한은 도저히 주간지를 볼 수가 없었다. 그가 주간지를 의자에 내려놓자 김이 그거 지금 보지 않을 거면 자신이 보겠다고 했다. 한은 화가 치밀었지만 잠자코 주간지를 건네주었다. 아무도 김이 잡지 보는 것을 방해하지 않았다. 한은 한참 동안 얼굴을 잔뜩 찌푸리고 김을 노려보다가 문득 자신이 뭘 하고 있는지 깨닫고는 황급하게 놀란 표정을 지으며 주위를 둘러본 뒤 다시 특유의 무표정으로 돌아갔다.

페터, 한국생활 어때요?

조가 물었다. 페터는 두 팔을 휘저으며 열렬히 한국에 대한 찬사를 퍼붓기 시작했다.

열정적이에요. 활력이 넘쳐요. 그러면서도 한편으로 전통과의 조화가 대단히 아름답습니다. 그에 비하면 독일은 너무 심심하죠. 물론 조용하고 평화롭긴 하지만.

윤이 페터가 비슷한 이유로 싱가포르도 좋아한다고 덧붙였다.

페터가 다시 한번 두 팔을 휘저으며 감탄했다.

싱가포르! 일년간 있었어요. 참 아름다운 곳이죠. 친절하고 성실한 사람들. 날씨도 좋고 말이죠.

하지만 거기는 문화적 사막이라고 하던데요.

김이 든 주간지 표지를 바라보며 쌘드위치를 썹던 한은 무심코 그렇게 말했다. 순간 테이블에 정적이 감돌았다.

한이 뭐라고 한 거죠?

페터가 윤에게 물었다. 윤이 약간 당황한 얼굴로 입을 열었다.

그가 뭐라고 말했느냐면…… 싱가포르는…… 그러나…… 문화적 사막이라고요.

오, 그래요?

페터는 흥미로운 눈길로 한을 바라보았다.

잡지에서 본 적이 있어요. 싱가포르의 어떤 학자가 그렇게 말했대요.

한이 설명했다.

어떤 이유에서죠?

한은 망설였다. 사실 그건 한이 직접 잡지에서 읽은 것이 아니라 잡지를 읽은 어떤 사람이 인터넷 게시판에 올린 글을 본 것이었다. 그리고 사실 한은 싱가포르에 아무런 관심도 없었다. 싱가포르가 문화의 사막이든 문화의 바다이든 그건 한과 아무런 상관도 없는 일이었다. 한은 결국 적절한 한국어 단어를 떠올렸으나 그에 대응하는 영어 단어가 떠오르지 않았다.

윤, 독재국가를 영어로 뭐라고 하죠?

윤은 전보다 약간 더 당황한 표정이었다. 조와 김도 그래 보였다. 한은 왜 그들이 당황하는지 그 이유를 알 수 없어 당황했다.

윤, 독재국가를 영어로 뭐라고 하느냐고요? 몰라요?

그녀가 페터를 바라보며 기어들어가는 목소리로 말했다.

한이…… 싱가포르는 독재국가래요.

페터가 한을 보며 고개를 끄덕였다.

맞아요, 일종의, 그렇죠.

그리고 페터는 입을 다물고 샌드위치를 맛있게 먹기 시작했다. 침묵이 이어졌다. 모두가 묵묵히 각자의 것을 먹기 시작했다. 침묵은 처음에는 불편했으나 한참 동안 이어지자 모두들 거기에 익숙해졌다. 모두가 침묵의 평화를 느끼며 신선한 커피의 맛을 음미하고 있는데 윤이 그 평화를 깼다.

한은, 그래요, 일종의, 극단적인 자유주의자랄까요.

그녀는 페터에게 그렇게 말하고는 싱글거렸다. 그녀의 말투는 어쩌면 농담을 늘어놓고 있다는 식이었다. 그러나 한은 윤의 말을 완전히 알아들었다. 그와 페터가 동시에 윤을 바라보았다. 한이 항의했다.

뭐요? 극단적인 자유주의자라뇨? 그게 무슨 뜻입니까, 윤?

아니…… 그게…… 한, 그런 뜻이 아니라요……

이봐요, 페터. 나는 극단적인 자유주의자가 아니에요.

한은 영어와 한국어로 번갈아가며 자신이 극단적인 자유주의자가 아님을 강조했다. 한은 윤이 도대체 왜 그런 말을 했는지, 그리고 도대체 왜 자신이 지금 자신의 정치적 입장에 대해 이렇게 주절주절 변명을 늘어놓는지 영문을 알 수 없어 어리둥절했다. 한은 자신을 이렇게 만든 윤이 미웠다. 그는 그녀를 노려보았다.

아니 제 말은요…… 그게……

윤은 울음을 터뜨리기 일보직전이었다.

한, 화내지 마요, 네? 농담이었죠? 그렇죠, 윤?

조가 윤의 손을 잡았다.

윤은 고개를 끄덕였다.

농담이었대요. 농담이었대요.

조가 모두를 둘러보며 적극적으로 미소를 지었다.

나는 극단적인 자유주의자가 아닙니다!

한은 선언했다. 그러고는 남은 쌘드위치를 한입에 쑤셔넣고 남은 커피도 모조리 마셔버렸다. 그러고는 김이 들고 있던 주간지를 빼앗아 자리에서 일어났다. 모두가 약간은 두려운 혹은 걱정스러운 표정으로 한을 바라보았다. 그러나 한은 미소를 지으며 그의 독일인 동료의 어깨에 손을 올려놓고 괜찮다고 말했다. 나는 괜찮아. 아주 괜찮아. 다 괜찮아. 그리고 그의 한국인 동료들을 향해서도 괜찮다고 말했다. 저 화 안 났어요. 그냥 좀 산책을 하려고요. 윤, 아까 말했었죠? 산책이 하고 싶다고. 그럼 이따 사무실에서 봅시다. 한은 커다랗게 손을 흔들고 쌘드위치 가게를 빠져나왔다. 사람들은 그러나 그가 전혀 괜찮지 않다고, 굉장히 화가 났다고 생각했다. 하지만 그는 정말로 괜찮았다. 그는 전혀 화가 나지 않았으며 차라리 아주 기분이 좋았다. 그는 정말로 산책이 하고 싶었다.

　오후 한시, 날씨는 절정이었다. 가게에서 나온 한은 곧바로 길을 건너 공원으로 향했다. 공원은 활짝 핀 진달래와 개나리로 알록달록했다. 산책로에는 커다란 벚나무가 늘어서 있었다. 이따금 소량의 꽃잎이 바람을 타고 날아올랐다. 하늘 한가운데 해가 떠 있었고 구름은 전혀 없었다. 팔각정에는 노인들이 늘어져 있었다. 그는 그들을 바라보며 정과 회를 떠올렸다. 그러자 마음이 약간 무거워졌다. 그는 팔각정 건너편 벤치에 앉아 주간지를 읽기 시작했다. 각 페이지마다 세계에 대한 비관이 넘쳐흘렀다. 그는 가끔 고개를 끄덕이고 가끔 한숨을 쉬며 천천히 주간지를 넘겼다. 마지막 장을 덮었을 때 한의 인생과 세계에 대한 전망은 한층 더 어두워져 있었다.

　자리에서 일어서자 한이 일하는 회사 주변이 한눈에 내려다보였다. 아름답다면 아름답다고도 할 수 있는 풍경이었다. 그곳은 원래 오래된 공장들로 가득하던, 시에서 가장 낙후된 지역이었으나 공장을 모두 철거한 뒤 구획을 정비하여 지금은 높은 빌딩들로 가득 차 있었다. 한은 그가 다니는 회사가 있는 건물을 찾기 위해 노력했다. 하지만 그 건물은 바로 옆의 높은 빌딩에 가려 보이지 않았다. 그는 시간을 확인한 다음 주간지를 겨드랑이에 끼고 산책로를 따라 공원을 빠져나오기 시작했다.

　한은 줄곧 하늘을 바라보며 걸었다. 산책로가 낮아져갈수록 눈에 들어오는 하늘의 면적보다 빌딩의 면적이 넓어졌다. 그는 변화하는 하늘과 빌딩의 비율을 느끼며 약간 슬퍼졌다. 마침내 공원 입구에 닿았을 때 그가 본 것은 빌딩숲 너머로 하늘을 길게 가로지르는 비행기였다. 그는 비행기를 바라보며 자신이 단 한번도 비행기를 타본 적이 없다는 것을 떠올렸다. 그가 대학시절 사귀었던 여자의 꿈은 스튜어디스였다. 비행기 타는 것을 좋아했기 때문이다. 그녀는 한이 비행기를 타본 적이 없다는 이야기를 듣고 한에게 비행기 타는 과정을 공항 입구에서 다시 공항 출구까지 자세히 설명해준 적이 있었다. 새벽 두시 반 그녀의 동네에 있는 놀이터에서였다. 한은 그녀가 보고 싶어 한밤에 택시를 타고 그녀의 집앞으로 가서 전화를 걸었다. 그녀는 하늘색 트레이닝복에 커다란 야구모자를 쓰고 집에서 나왔다. 둘은 잠깐 어색하게 골목을 배회하다가 맥주를 한 캔씩 사서 놀이터로 갔다. 둘은 별로 할말도 없고 그렇다고 쎅스를 하고 싶은 것도 아니었다. 한은 그녀의 얼굴을 보았기 때문에 모든 목적이 달성되었으나 그렇다고 그냥 다시 집으로 돌아가고 싶지도 않았다. 둘은 그냥 함께 있고 싶었다. 그래서 그 함께 있을 시간을 채우기 위해 가능한 한 길고 무익하고 무해하며 무의미한 이야기가 필요했고, 그게 바로 비행기를 타는 과정에 대한 이야기였다. 그날의 기억은 지금까지도 한에게 선명하게 남아 있다. 뭐라 말할 수 없이 근사한 새벽이었다. 둘은 이따금 키스했다. 그날 이후 가끔 한은 정말로 비행기를 타본 적이 있는 것처럼 느낄 때가 있었다.

그가 비행기를 바라보며 신호등이 바뀌기를 기다리는 사이, 건너편에 한 여자와 한 아이가 나타났다. 아이는 한 손에 붉은 풍선을 들고 있었다. 아이의 손에 들린 붉은 풍선이 이리저리 흔들렸다. 신호가 바뀌었고, 여자와 풍선을 든 아이가 한을 향해 한 발을 내디뎠고, 그제야 한은 여자와 아이를 발견했다. 그리고 그다음 순간 아이가 들고 있던 풍선을 놓쳤다. 발을 내디디려던 한은 순간적으로 멈칫했다. 풍선은 부드러운 바람을 타고 완만한 속도로 하늘을 향해 날아오르기 시작했다. 그는 가만히 선 채 풍선을 바라보았다. 아이는 소리를 지르고 두 팔을 휘저으며 풍선 쪽으로 뛰어가기 시작했다. 여자는 아이를 향해 빠른 걸음으로 다가가 아이의 손을 잡아채어 길을 건너기 시작했다. 아이는 울음을 터뜨렸다. 하늘로 떠오른 풍선은 비행기의 진행방향과 반대방향으로 날아가기 시작했다. 여자는 단호한 목소리로 아이를 나무라며 길을 가로질러 한을 지나쳐 사라졌다. 어느 순간 아이의 울음소리가 뚝 끊겼다. 한은 여전히 멈춰선 채로 풍선과 비행기를 번갈아 바라보았다. 둘은 천천히 움직여 한의 시야 어느 한 지점에서 교차하여 각자의 방향으로 사라졌다. 한이 다시 정신을 차렸을 때 하늘에는 풍선도 비행기도 없었다. 빌딩들이 있었고 그 너머로 하늘이 펼쳐져 있었고 그게 다였다. 모든 일은 아주 짧은 시간 동안, 기껏해야 일분 이내에 일어난 것이었다. 하지만 한에게는 그것이 측정할 수 없을 정도로 긴 시간으로 느껴졌다. 그는 무심코 가슴에 손을 얹고 자신의 심장박동을 확인했다. 여전히 뛰고 있었다. 그는 안심했다. 신호등이 바뀌었다. 한은 길을 건너기 위해 한 발을 내디뎠다. 그리고 그 순간, 그 일이 일어났다.

그 일이 벌어진 것은 불과 일초, 길어야 이초에 불과했기 때문에 그의 주위를 둘러싼 사람들은 한의 변화를 전혀 눈치채지 못했다. 그들이 보기에 한은 왼발을 내디딘 뒤 넘어질 듯 잠시 휘청거렸고 그러나 다음 순간 다시 균형을 잡고 멀쩡한 걸음으로 천천히, 횡단보도를 가로지르기 시작한 것뿐이었다. 그러나 한의 입장에서는 전혀 달랐다. 사실 그 순간 한이 경험한 것, 한에게 일어난 일은 언어로 설명할 수 없는 것이었다. 왜냐하면 그것은 완벽하게 주관적인 일이어서 아직 인간은 그것을 표현하기에 적확한 어떠한 언어적 표현도 만들어내지 못했기 때문이다. 거칠게 말하자면 그건 일종의 깨달음이었다. 그런데 한은 그런 식의 경험 혹은 사건을 단 한번도 상상해본 적도 기대해본 적도 없었기 때문에 몹시 당황했다. 그는 이것이 혹시 종교나 예술에서 말하는 계시나 깨달음 같은 것인가 하고 생각했다. 하지만 그는 태어나서 지금까지 종교나 예술과는 거리가 먼 생활을 했기 때문에 그 모든 것에 대해서 매우 제한된 지식을 가지고 있을 뿐이므로 그의 추측은 조잡하고 유치했다. 하지만 그런 유치하고 조잡한 추측의 순간도 잠깐이었다. 그는 신속하게 이 경험 혹은 사건으로 빨려들어갔다. 그는 더이상 그가 아니었다. 물론 그는 여전히 그 자신이었다. 하지만 동시에 그 누구도 아니었고 동시에 그 모든 것이었고 동시에 그 자신이었다. 한은 이게 앞뒤가 맞지 않는다고 생각했지만 더이상 그런 건 중요하지 않았다. 다른 어떤 것도 더이상 중요하지 않았다. 그가 누구이고 어디에서 왔고 그런 건 이제 그에게 아무런 상관도 없었다.

　발을 내디딘 순간 그가 한이 느낀 건 그의 몸을 통과하는 어떤 거대한 힘이었다. 그 힘은 그의 발끝으로 들어와 머리끝으로 나갔는데, 그것은 한번으로 끝나지 않고 끊임없이 이어졌다. 그러니까 그는 투명한 실에 꿰어진 구슬과 같은 상태였다. 혹은 그렇다고 느꼈다. 한은 심지어 자신을 관통한 그 힘을 볼 수 있었다. 한은 감탄했다. 그 힘이 한을 둘러싼 온 세계를 가득 채우고 있었기 때문이다. 그는 그가 본 것을 믿을 수가 없었다. 하지만 믿어야 했다. 뻔히 눈앞에 보이는 것을 어떻게 부정한단 말인가. 지금 한의 눈앞에 펼쳐진 세상은 전에 보던 것과는 완전히 달랐다. 물론 그는 여전히 세상을 가득 채운 사물들을 전과 같은 방식으로 볼 수 있었다. 평범한 사람들처럼 전경과 배경을 분리하고 윤곽을 부여하여 사물들을 하나하나 구별해내고 그 이름을 부를 수 있었다. 그러나 거기에는 감추어진 겹이 하나 더 있었다. 그는 그 사물들, 하늘과 나무와 도로, 그리고 그 사이를 움직이는 사람들, 그리고 그 모든 것을 따라 부드럽게 흐르는 힘을 볼 수 있었다. 그것은 밝은 빛으로 이루어진 흐름이었다. 한은 정말로 이상하다고 생각했다. 왜 전에는 이런 것을 볼 수 없었는가?

한이 걸어가는 모든 순간, 모든 곳에서 기적이 일어났다. 적어도 한에게는 그랬다. 그는 무방비상태로 자신의 안과 밖에서 일어나는 모든 것을 목격하고, 경험하고, 그 안으로 빨려들어갔다. 사건은 연쇄작용을 일으키며 걷잡을 수 없이 거대해져갔다. 한은 매번 다음 단계로 건너뛰었다. 이제 그는 자신의 과거와 현재와 그리고 미래를 동시에 직관적으로 이해할 수 있었다. 그는 사물과 인간과 그것을 감싼 힘 속에서 그의 과거와 현재와 미래가 천천히 하늘로 떠오르는 것을 목격했다. 그는 비로소 자신의 삶을 이해할 수 있었다.

자신의 삶을 이해하게 된 한은 자신이 지금까지 얼마나 시시한 고통 속에서 바보 같은 삶을 살아왔는지 깨닫고는 웃음을 터뜨릴 수밖에 없었다. 그는 양손을 가볍게 흔들어보았다. 그러자 그를 둘러싼 세계가 두 손의 움직임을 따라 부드럽게 진동했다. 한은 놀라 손을 주머니에 집어넣었다. 여전히 그는 그의 주위를 걷고 있는 사람들을 분명하게 인식했기 때문에 그들에게 나쁜 인상을 주지 않기 위해 모든 행동을 극도로 조심스럽고 자연스럽게 하려고 노력했다. 그러나 기적은 계속되었다. 다음 걸음에서 한은 이제 자신뿐만 아니라 그를 둘러싼 모든 사람들, 그리고 우주 전체의 과거와 현재와 미래를 완전하게 이해하게 되었다. 미래와 과거와 현재가 흩날리는 꽃잎처럼 바람을 타고 날아올라 사방에서 끝없이 활짝 피어올랐다. 아름다웠다. 그리고 또 아름다웠다. 그러나 타인들에 대한 새로운 인식은 이내 그에게 거대한 기쁨만큼이나 압도적인 슬픔을 안겨주었다. 왜냐하면 모두가 몇초 전의 자신과 마찬가지로 시시한 고통 속에서 신음하고 있었기 때문이다. 그의 눈이 세계의 슬픔으로 가득 채워졌다. 이제 그는 사물과 인간과 그것을 감싼 모든 힘과 자신과 세계와 모든 인간의 과거와 현재와 미래, 그리고 그들의 고통까지 동시에 볼 수 있었다. 그 모든 것은 한꺼번에 몰려왔으나 혼란 속에서 날뛰지는 않았다. 한은 그 모든 것에서 질서와 조화를 느꼈다. 아름다웠다. 그는 눈을 열고 하늘을 바라보는 것만으로도 자신의 마음이 정화되어 기쁨과 사랑과 평화로 가득 차는 것을 느꼈다. 하지만 동시에 사람들의 고통이 그의 어깨를 짓눌렀다. 결국 그는 한 눈에는 기쁨을 한 눈에는 슬픔을 담아 한 눈으로는 웃고 한 눈으로는 울면서 회사를 향해 걸어가기 시작했다. 가끔씩 가슴이 기쁨으로 벅차올라 터질 것 같았고 동시에 슬픔으로 온몸이 죄어들었다. 그러나 대체적으로 평화로웠다. 그는 휴대폰을 꺼내 시간을 확인했다. 점심시간이 끝나가고 있었다. 그의 한쪽 눈이 약간 더 슬픔 쪽으로 침몰했다. 휴대폰은 세상에서 가장 슬픈 기계였다. 그는 그 슬픈 기계를 다시 주머니에 넣고 걸음을 재촉하기 시작했다.

그가 회사에 도착했을 때쯤 기쁨의 파도는 거의 가라앉아 있었다. 회사로 돌아오는 길에 너무 많은 타인의 고통을 목격했던 것이다. 그것들은 모두 같은 원인과 결과를 가진, 같은 조각으로 만들어진 서로 다른 조합에 불과했다. 흥분이 가라앉으면서 그의 마음은 압도적으로 평온해졌지만, 물론 여전히 압도적인 기쁨과 충만한 힘으로 생기있게 흘러넘치고 있었다, 그렇지만, 그래서, 그는 투명한 미소를 짓고 있었지만, 세계를 짓누르는 고통의 질과 양으로 인해 그의 미소에는 우주의 암흑과도 같은 슬픔이 더해졌다. 그는 열아홉살 이후로 지금까지 언제나 허덕이며 다음 공을 쳐내느라 단 한번도 타인의 슬픔이나 고통 따위에 신경을 쓸 틈이 없었다. 그는 기본적으로 자신이 남들보다 더 나쁜 처지에 있다고 생각하지도 않았고 그 반대로 생각하지도 않았다. 그게 그가 남들에게 무심할 수 있었던 이유였다. 그는 건조하여 바삭거리는 도시의 인간이었다. 그런 그 앞에 갑자기 타인들이 고통을 가득 짊어지고 몰려들기 시작했으니 놀란 그의 입술 끝이 슬픔으로 일그러지기 시작한 것은 당연한 결과였다.

사무실 자신의 자리로 돌아가면서 그의 미소는 한층 더 슬퍼졌다. 그는 자신을 꿰뚫고 지나가는 날카로운 슬픔들 때문에 투명인간이 되어버리는 것은 아닌가 걱정했다. 사무실 안을 가득 채운 고통의 밀도 때문에 어떤 기쁨도 그 안으로 끼어들 여지가 없었다. 그 안의 타인들은 천천히 부식되어가는 쇳덩이들 같았다. 숨을 쉴 수가 없었다. 그는 가까스로 의자 위로 무너져내렸다.

그가 오늘까지 작성해야 하는 것은 일분기 대중국 수출실적표와 이사에게 보고할 시장상황에 대한 짤막한 코멘트였다. 별로 어려운 과제는 아니었다. 하지만 지금의 그에게는 불가능한 일이었다. 대중국 수출실적표와 중국의 시장상황이 너무나도 슬프게 느껴졌기 때문이다. 지금 그에게는 종이 한 장, 연필 한 자루, 그리고 모니터 옆에 붙은 낡은 포스트잇까지 모든 것이 사랑하는 연인처럼 풍부한 감정으로 다가왔다. 왜냐하면 그는 그 모든 것의 과거와 현재와 미래를 볼 수 있었기 때문이다. 그는 컴퓨터 자판을 칠 수조차 없었다. 그는 책상에서 팔을 떼고 머리를 쥐어뜯었다. 그리고 호흡을 가라앉히고 눈을 감고 잠깐 동안 명상에 잠겼다. 그러자 차츰 마음의 평정이 찾아오며 그의 머리에 하나의 이미지가 떠올랐다. 그것은 노란 옷을 입은 티베트 수도자들의 모습이었다. 그들은 인적 없는 높은 산 여기저기에 처박혀 수행을 하고 있었다. 한은 자신이 그들을 어디서 봤는지 알았다. 텔레비전 다큐멘터리에서였다. 그들은 하나같이 천진한 웃음을 띠고 끝도 없이 모호한 이야기를 늘어놓았다. 그리고 이제, 한은 그들이 한 말을 전부 이해할 수 있었다. 한은 자신이 그들과 같은 부류의 사람이라는 것을 깨달았다. 물론 말도 안되는 이야기다. 그들은 참된 인식에 이르려면 수십 년간 산속에 처박혀 엄격한 수행을 해야 한다고 말했다. 그런데 한은 고작 점심시간에 쌘드위치를 먹고 산책을 하다가 날아가는 비행기와 풍선을 보고 돌연 모든 것을 깨달았다. 불가능한 일이다. 그런데 그런 일이 일어났다. 그는 자신을 내려다보았다. 그가 입은 양복과 구두와 넥타이 모두가 너무나도 우스꽝스럽고 부자연스럽게 느껴졌다. 그는 티베트의 수도자들과 같은 옷을 입고 있어야 했다. 사무실이 아니라 산속에 있어야 했다. 그는 눈을 뜨고 모니터를 바라보았다. 모니터는 즉시 그를 슬픔에 잠기게 했다. 그는 울음을 터뜨리지 않기 위해 입술을 깨물었다. 그리고 가까스로 인터넷 브라우저를 띄우고 검색창에 티베트를 쳤다. 그러자 수많은 티베트 여행사들이 차례대로 리스트에 떴다. 그는 이미지 디렉터리를 클릭해 커다란 티베트 풍광사진을 하나 찾아냈다. 그는 그것을 화면 가득 채우고 바라보고 또 바라보았다. 조잡한 여행사진에 불과했지만 약간의 균형감각을 되찾을 수 있었다. 하지만 도대체 이제 어떻게 해야 하는가.

그는 마침내 회사를 떠날 결심을 하고 자리에서 일어났다. 그는 자신의 상황을 받아들여야 했다. 포스트잇을 하나 뜯어 거기에 간신히 자신의 조퇴 이유를 썼다. 그는 그것을 들고 과장에게 갔다. 그는 한을 보고 미소를 지었다. 그는 한을 좋아했다. 그도 과장을 보고 미소지었으나 그 미소는 커다란 슬픔에 완전히 침몰해 있었다. 과장이 말했다.

자네 표정이 좀 졸려 보이는데.

한은 말없이 포스트잇을 내밀었다.

과장은 포스트잇을 받아들고 한을 올려다봤다.

왜, 목이 아픈가?

아뇨.

그런데 왜 말로 하면 될 것을 굳이 여기에 적었는가? 어디가 아픈데?

속이 몹시 좋지 않습니다.

점심을 잘못 먹었는가?

그런 것 같습니다.

오늘까지 올리기로 한 보고서가 있는 걸로 아는데.

한은 슬픈 눈으로 과장을 바라보았다. 그는 가까스로 입을 열었다.

집에…… 집에 가서…… 작성해서 메일로 보내겠습니다.

과장의 표정이 딱딱해졌다. 한의 표정은 한층 더 슬퍼졌다. 혹은 좀더 졸려 보였다. 그는 과장의 고통을 이해했다. 정말이지 그는 과장을 껴안고 통곡이라도 하고 싶었다!

마침내 과장이 입을 열었다.

좋아. 기대하겠어. 푹 쉬고 내일 보자고.

한은 가까스로 인사를 한 다음 자리로 돌아와 가방을 챙겨 사무실을 떠났다. 사무실에서 빠져나오자 그를 짓누르던 고통이 좀 덜해졌다. 회사에서 멀어질수록 더 그랬다. 그는 가슴에 손을 얹고 서서히 살아나는 심장을 느꼈다. 날은 여전히 눈이 부셨다. 그는 집까지 걸어갈 작정이었다. 하지만 동서남북 방향을 알지 못했기 때문에 버스정류장으로 가서 벽에 붙은 지도를 살펴보았다. 서쪽이다. 그는 고개를 끄덕였다. 서쪽을 향해 똑바로 걸어가면 집에 도착한다. 걷기 시작하자 한의 마음이 한결 편안해졌다. 오후의 햇살이 한적한 거리를 비추었고 그의 가슴은 또 순식간에 기쁨으로 차올랐다. 어떻게 지금까지 이 모든 기쁨과 슬픔을 느끼지 못하고 살 수 있었는지 도저히 이해할 수가 없었다. 그리고 그런 과거의 자신과 같은, 주위의 사람들을 생각하자 다시 울적해졌다. 그래서 그는 하늘을 올려다보았고 그러자 다시 기분이 좋아졌다. 그의 한쪽 눈은 기쁨으로 점점 더 투명해지고 있었다. 그리고 나머지 한쪽 눈은 슬픔으로 점점 더 침몰하고 있었다. 그러나 그는 아무것도 두렵지 않았다. 그러나 그렇다면 그는 왜 고작 사무실에서도 견디지 못하고 도망치듯 빠져나온 걸까.

아니 난 도망쳐나온 것이 아니다. 나에겐 해야 할 일이 있다.

한은 고개를 끄덕였다. 그는 잊지 않기 위해 그 문장을 되뇌기 시작했다.

나는 해야 할 일이 있다.

나는 해야 할 일이 있다.

나는 해야 할 일이 있다.

그는 계속해서 단호하게 걸음을 옮겼다.

마침내 그에게 익숙한 거리가 나타났을 때 여전히 날이 환했기 때문에 한은 생각보다 회사와 집이 가깝다고 생각했다. 한은 계속해서 '나는 해야 할 일이 있다'라는 문장을 되뇌고 있었다. 그런데 문득 자신이 해야 할 일이 도대체 뭔지 궁금해졌다. 해야 할 일은 커녕 당장 집으로 돌아가 정과 회에게 뭐라고 말해야 할지 그것조차 알 수 없었다. 정과 회를 떠올리자 한은 순식간에 그 둘의 고통에 짓눌려 숨을 쉴 수가 없었다. 그러나 다음 순간 그는 다시 괜찮아졌는데, 왜냐하면 그는 질문에 대한 답을 얻게 되었기 때문이다. 그는 정과 회를 고통에서 벗어나게 할 방법을 알고 있었다! 그것은 그들을 자신과 같은 길로 이끄는 것이다. 그는 그들에게 자신이 봤던 것, 그리고 본 것, 과거와 현재와 미래, 자신과 그들과 세계에 대해서 이야기할 것이다. 그것은 정확하게 설명할 수 없는 것이기 때문에 길고긴, 아름다운 비유로 넘치는 모호한 이야기가 될 것이다. 하지만 어쨌든 그는 해낼 것이다. 그리고 정과 회를 넘어서 더 많은 사람들, 그의 도움이 필요한 모든 사람들에게 달려가 언제까지라도 손을 내밀 것이다. 그러나 그러기 위해서는 먼저 그가 오늘 겪은 일을 완벽하게 이해하고 받아들이는 것이 필요하다. 정과 회도 그와 같은 과정을 거칠 것이다. 그가 매달 벌어들이는 고통으로 가득 찬, 아니 고통 그 자체인 푸른 지폐들, 그의 집, 그의 성실성, 그의 희생, 그따위 것들로는 그 자신과 정과 회를 고통에서 해방시킬 수 없다. 그게 문제의 핵심이었다. 그것들은 문제를 해결하는 것이 아니라 오히려 문제를 악화시켰다. 그런 식으로는 아무도 아무것도 해방될 수 없다. 해방. 그렇다. 자유. 그렇다. 그게 바로 한이 정과 회에게 그리고 자신에게 주고 싶은 것이었다. 바로 그것을 위해 그는 오늘까지도 소처럼 일해왔던 것이다. 그것이야말로 고행이었다. 그렇다. 그는 티베트의 수도자들과 다를 바 없는 고행을 해왔던 것이다. 그건 과연 성스러운 티베트 수도자들의 고행에 맞설 만했다. 하지만 그건 한편 당연한 것이기도 했다. 정과 회는 어쨌든 한을 책임졌다. 정은 매일 한에게 밥을 차려주었다. 고아가 된 한에게 가족이 되어주었다. 그들은 한과 함께 밥을 먹어주었고 그가 감기에 걸리면 두꺼운 이불을 꺼내 덮어주었고 그가 늦은밤 집에 돌아왔을 때 빈집의 황폐한 적막과 마주치지 않게 해주었다. 한에겐 그런 그들을 책임질 의무가 있다. 그건 죽음보다도 무거운 한의 의무이다. 그리고 이제 한은 완전히 새로운 방법으로 그들의 삶을 책임질 것이다. 그는 이제 진정으로 그들을 구원할 것이다.

아파트단지에 도착하자, 그는 다시 격한 감정을 느꼈다. 침몰하는 듯 보이는 빼곡히 늘어선 낡은 아파트들 때문이었다. 방치된 놀이터는 잡초로 가득했고 자동차들은 먼지를 가득 뒤집어쓰고 축 늘어져 있었다. 모든 것이 죽어가고 있었다. 하지만 한은 거기서 아직 남아 있는 희미한 온기를 느낄 수 있었다. 한은 그들의 신선했던 과거와 현재, 그리고 그 모든 것이 사라진 미래까지 한꺼번에 보았다. 그러자 황폐함은 더이상 그렇게까지 고통스럽지는 않았다. 어쩌면 그 놀이터는, 그 아파트는, 좋은 시절을 보내고 이제 평온한 죽음에 이르렀는지도 모른다. 한은 그 좋은 시절을 기억하고 있었다. 그가 처음 이사오던 날의 아파트는 위압적인 인공의 아름다움을 뽐내냈다. 놀이터는 한 또래의 아이들로 소란스러웠다. 그때 한은 자신의 인생이 어떻게 흘러갈지 전혀 모르고 있었다. 그는 시소로 다가가 그것을 쓰다듬었다. 그는 십오년 전 한을 처음 태웠던 바로 그 시소에서 녹슬어 떨어진 왼쪽 세번째 손잡이의 부식의 시작을 발견했다. 그 부식이 어디에서 왔으며 다시 어디로 흘러 가고 있으며 그게 얼마나 놀라운 자연의 마술인가를 느끼자 그 아름다움에 몸이 떨렸다. 그는 시소를 덮은 잡초들을 조심스럽게 걷어내고 손잡이가 떨어져나간 부분을 천천히 쓰다듬었다. 그는 경쾌한 소리를 내며 움직이던 십오년 전 시소의 소리를 들을 수 있었다. 거기 자신과 또다른 아이들이 아무도 자신의 미래를 알지 못한 채로 흥겹게 앞뒤로 흔들리고 있었다. 그리고 다시 십오년 후의, 그리고 더 먼 미래의, 이제는 구름의 일부분이 되어 있을 시소의 분자들과 또 고양이가 되어 있을 시소의 분자들과 또 전자사전이 되어 있을 시소의 분자들을 보았다. 그리고 흩어진 시소의 분자들이 더이상 고통받지 않을 미래를 위하여 자신이 앞으로 해야 할 일도 보았다. 그는 시소를 떠나 집으로 향했다.

아파트 입구로 들어서자 낡아떨어진 페인트와 금간 벽들, 뒤틀린 복도, 깨진 창문, 고장난 등, 그 모든 것이 한을 향해 자신의 생애를 전해주며 손을 뻗었다. 그는 그러나 지금 당장은 그 모든 손들을 잡아줄 수 없었다. 그는 그들을 향해 거듭 사과한 뒤 열쇠를 꺼내 현관문을 열었다.

불을 켜지 않은 실내는 어두컴컴했다. 그는 벽에 걸린 시계를 바라보았다. 그제야 그는 회사에서 나와 얼마나 오랫동안 헤매다녔는지, 자신이 얼마나 지쳤는지를 깨달았다. 그러나 여전히 한의 마음은 기쁨으로 가득했고 머릿속은 깨끗했다. 그는 정과 회에게 전해줄 이야기들을 떠올리며 설렜다. 그 이야기를 끝내는 데는 몇달이 걸릴지도 모르고 몇년이 걸릴지도 모른다. 아니, 끝내는 것은 불가능할 것이다. 하지만 결국 그들은 이해하게 될 것이다. 정과 회는 아침과 마찬가지로 텔레비전 앞에 누워 깊이 잠들어 있었다. 그리고 깊이 잠든 다른 노인들처럼, 마치 죽은 사람들처럼 보였다. 그러나 한은 그들이 살아 있다는 것을, 그것도 아주 많이 살아 있으며 앞으로도 아주 오랫동안 살아 있으리라는 것을 알았다. 한은 텔레비전을 끄고 정과 회 앞에 섰다. 어둠속에서, 이불 밖으로 삐져나온 그들의 팔과 다리는 흘러내린 흰 촛농처럼 보였다. 그러나 그것은 이제 더이상 한에게 비참을 안겨주지 않았다. 한은 그 팔과 다리가 과거에 얼마나 아름답고 생기가 넘쳤는지 볼 수 있었다. 그것은 한에게 이상한 슬픔을 안겨주었다. 그는 젊은시절의 정과 회를 본 적이 없었기 때문이다. 하지만 이제 그는 그들의 젊은시절을 볼 수 있었다. 그들이 한과 같이 젊었을 때, 그들이 어떤 꿈을 가지고 있었으며 그런데 그것들이 어떻게 결국 여기에 이르게 되었는지를, 그리고 앞으로는 어떻게 될 것인지 그 모든 것을 이제 한은 볼 수 있었다. 한은 움직이지 않은 채 아주 오랜 시간 정과 회를 바라보았다. 드디어 한의 한쪽 눈에서 짧은 눈물이, 입에서는 짧은 신음소리가 흘러나왔다. 그는 눈물을 닦고 주위를 둘러보았다. 꺼진 텔레비전 화면에 자신과 정과 회가 왜곡된 상으로 비치고 있었다. 한은 텔레비전 위에 쌓인 고지서들을 발견했다. 그리고 냉장고 위에 쌓인 먼지, 그리고 씽크대에 가득 쌓인 접시들을 발견했다. 오래되어 피로한 형광등 불빛. 그의 낡은 집. 그의 오래된 죽어가는 집. 무너져내리고 흘러내리는 집. 그리고 끝나지 않는 빚. 그의 삶. 더럽고 오래된 삶. 그는 더이상 회사에 나가지 않을 것이다. 그는 이제 그런 방식으로는 아무것도 해결되지 않을 것임을 안다. 그는 앞으로는 그런 식으로 노력하지 않을 것이다. 이제 그에게는 이 희망 없는 현재의 늪이 더이상 아무런 의미도 없었다. 그는 더이상 그런 식으로 노력하지 않을 것이다. 그는 더이상 부차적인 것에 연연하지 않을 것이다. 그는 차라리 이 모든 것을 무시할 것이다. 그는 완전히 다른 전략을 취할 것이다. 그는 그것들에서 의미와 힘을 빼앗아버릴 것이다. 마침내 그것들은 한의 눈앞에서 와해되어 붕괴할 것이다. 그는 정과 회를 그런 길로 이끌 것이다. 그는 더이상 이 모든 것이 아무런 의미도 없는 장소로 정과 회를 이끌 것이다. 세계의 고통은 포화상태에 이르렀고 따라서 세계는 더이상 사소한 노력, 즉 더 많은 노동과 더 많은 전쟁 따위로는 해결될 수 없다. 돈은 돈을 부를 뿐이며 전쟁은 전쟁을 부를 뿐이다. 세계는 근본적인 해결책을 원한다. 만약 모든 인간들이 과거와 현재와 미래를 보게 되고 그것의 연결고리를 이해하게 된다면 더이상 세계는 돈과 피로 더럽혀지지 않을 것이다. 한은 그의 경험을 그렇게 이해했다. 그는 이제 더이상 피로에 가득 차 바스락거리는 도시노동자가 아니었다. 그에게는 이제 가능성과 그것을 뒷받침할 전략이 있었다. 그는 선사시대의 예언자들과 마찬가지로 모든 것을 목격하고 모든 것을 이해할 수 있었다. 그에게 더이상 상상은 꿈이 아니었다. 그는 이 모든 상상을 현실로 만들 것이다. 왜냐하면 그가 바로 그 열쇠를 쥐고 있기 때문이다. 그는 이제 더이상 혼란스럽지 않았다. 그의 가슴은 확신으로 단단했다. 그의 눈은 확신으로 광채가 났다. 그는 정과 회를 향해 손을 뻗었다. 그러나 그들은 움직이지 않았다. 그들은 여전히 잠들어 있었다. 그는 잠시 망설였다. 결국 그는 정과 회가 스스로 깨어날 때까지 설거지를 하며 기다리기로 했다. 그는 재킷을 벗고 넥타이를 풀고 소매를 걷고 씽크대 앞에 섰다. 거기 그릇들이 가득 쌓여 있었다. 그는 꼭대기에 놓인 접시를 향해 손을 뻗었고 그 순간 더러운 물로 가득한 접시 위에 둥둥 떠 있는 검은 것이 음식 찌꺼기가 아니라 커다란 바퀴벌레라는 것을 깨닫고 순간적으로 놀라 펄쩍 뛰었다. 바퀴벌레는 뒤집어진 채로 날개와 발을 파닥거리며 살아남기 위해 안간힘을 쓰고 있었다. 한은 그러나 다음 순간 평정을 되찾고 바퀴벌레를 향해 손을 뻗었다. 바퀴벌레는 본능적으로 한의 손에서 멀리 떨어지려고 노력하며 파닥거렸다. 그래서 그것은 멍청하게도 좀더 죽음에 가까워졌다. 한은 접시를 기울여 물을 따라 버렸다. 바퀴벌레는 바닥에 닿았고 그러나 여전히 뒤집어진 채였다. 한은 바퀴벌레를 툭 쳤다. 마침내 바퀴벌레가 몸을 뒤집었다. 그것은 재빠르게 움직였다. 그러나 한도 마찬가지로 재빠르게 움직였다. 그는 재빠르게 손가락을 바퀴벌레의 더듬이 앞에 갖다댔다. 바퀴벌레는 잠깐 망설이더니 한의 손가락 위로 올라탔다. 그것은 잠시 더듬이를 쫑긋거리고 날개를 파닥이며 남은 물기를 털어내더니 마침내 경쾌한 동작으로 한의 손 위를 기어다니기 시작했다. 한은 손가락을 이리저리 움직이며 바퀴벌레의 산책을 도왔다. 그는 활짝 웃는 얼굴로 바퀴벌레에서 시선을 떼지 못했다. 그는 손을 앞으로 뻗고 정과 회를 향해 돌아섰다. 그들은 여전히 자고 있었다. 바퀴벌레는 한의 손을 타고 끝도 없이 빙글빙글 돌았다.

할머니,

한의 소리에 정이 눈을 떴다. 그녀는 눈앞에 서 있는 한을 발견하고 자리에서 일어났다. 그녀는 한이 이상한 미소를 짓고 이상한 자세로 서 있는 것을 알아챘다. 그녀는 한의 손에서 재빠르게 움직이는 검은 물체가 무엇인지 보기 위해 눈을 비비고 고개를 쭉 뻗고 눈을 가늘게 떴다. 바퀴벌레였다. 정은 너무 놀라 아무 소리도 내지 못한 채 한의 얼굴을 보았다. 그는 미동도 하지 않았다. 여전히 얼굴에는 이상한 미소가 떠올라 있었다. 바퀴벌레가 한의 팔을 타고 기어올라가기 시작했다. 한은 간지러움을 느낄 때마다 가볍게 킥킥 웃었다.

한,

한은 웃음을 멈추고 잠에서 깨어나 자신을 바라보고 있는 정을 발견했다. 그녀는 몹시 당황한 표정이었다. 한은 미소지었다. 바퀴벌레가 한의 목을 타고 기어오르기 시작했다. 그리고 뺨을 가로질러 한의 머리카락 속으로 사라졌다. 한은 두 팔을 뻗고 정을 향해 다가가기 시작했다. 정은 반사적으로 몸을 뒤로 젖히며 손을 휘저었다. 정은 한의 머리카락 속에서 사각거리며 움직이는 바퀴벌레의 소리를 들을 수 있었다. 정은 몸을 떨었다. 그녀의 입에서 신음소리가 흘러나왔다. 회가 잠에서 깨어나 몸을 일으켰다. 그리고 한을 향해 뭐라고 웅얼거렸다. 그러나 한은 듣고 있지 않았다. 바퀴벌레가 머리카락 속에서 기어나와 한의 얼굴을 타고 빙글빙글 돌기 시작했다. 회가 놀라 입을 다물었고, 마침내 한이 입을 열었다. 열린 한의 입에서 무언가 쏟아져나오기 시작했다. 그것은 말이 아니었다. 소리조차 아니었다. 그건 마치 지진과도 같았다. 한이 혓바닥을 움직일 때마다 그를 둘러싼 모든 세계가 흔들리기 시작했다. 정과 회는 서로의 손을 잡았다. 그들은 꼭 잡은 손 너머로 떨리는 서로의 몸을 느꼈다. 두려움으로 가득한 그들의 눈은 한의 입을 떠나지 못했다.

움직이면 움직일수록 이상한 일이 벌어지는
오늘은 참으로 신기한 날이다

어릴 적 아버지는 말했다. 열심히 살아야 한다고. 열심히 살지 않으면 뒤처지고 뒤처지면 끝장이라고 말이다. 난 언제나 그게 개소리라고 생각했는데 돌아보면 결국 그 말대로 살아왔다. 단지 뒤처지지 않는 데 인생을 바쳐온 것이다. 어떤 사람들이 거대한 야망을 이루기 위해 애쓰는 동안 난 단지 삶을 지속하기 위해 애썼다. 이제 와서 이렇게 그 모든 노력을 별것 아니었다는 듯이 말하는 건 아주 쉬운 일이다. 정말이지 아주 쉬운 일이다. 하지만 그렇다고 해서 그 모든 일이 정말로 우스운 일이 되어버리는 일은 결코 일어나지 않는다. 모든 일엔 댓가가 있다. 아버지는 그 댓가가 먼 훗날 느끼게 될 엄청난 성취감이라고 말해주었다. 하지만 난 단 한번도 어떤 성취감도 느껴본 적이 없다. 단지 분노뿐이었다. 이런 이상한 결과에 도달할지 몰랐던 어린시절 나는 아버지의 말을 굳게 믿고 그가 얻어내야 한다고 말한 모든 것을 얻어냈다. 하지만 난 여전히 화가 날 뿐이다. 이상한 일이다. 난 이 문제에 대해서 아버지와 상의해본 적이 없다.

지난 몇년간 가장 많은 시간을 보낸 곳은 이곳 회의실이다. 한방에 모여앉아, 사람들이, 아니 사람들처럼 보이는 뭔가가 꿈틀거리고 있다. 그중의 하나인 A가 지금 뭔가 말하고 있다. 지난 석 달 동안 그녀와 함께 일했다. 첫날 그녀는 자신을 기업 이미지 전략 컨설턴트라고 소개했고 정말 그렇게 씌어 있는 명함을 내밀었다. 그리고 자신이 가진 값비싼 학위들을 쇼윈도우에 진열하듯 내뱉기 시작했다. 공포. 그게 그때 내가 그녀의 눈에서 발견한 것이다. 똑같은 것이 내 눈을 채우고 있었다. 나는 한참 동안 그녀의 눈을 들여다보았다. 어쩌면 뭔가를 기대하면서. 하지만 언제나처럼 아무 일도 일어나지 않았다.

A는 자신이 특별하다고 생각한다. 난 무지는 행복의 충분조건이라고 생각한다.

A는 심지어 자신이 행복하다고 생각한다. 난 무지는 모든 오류의 충분조건이라고 생각한다.

나는 이 모든 것을 알고 있고 그래서 확실히 불행하다.

살아오면서 어떤 특별한, 혹은 다른 눈을 가진 사람을 만나본 적이 없다. 모두가 똑같은 눈을 갖고 있었다. 겁에 질려 마비된 동물의 눈. 그게 내가 언제나 보는 것이다.

그 눈을 본다. 언제나, 매일같이, 거울 속에서, 회사에서, 거리에

서, 심지어 꿈속에서도. 텅 빈, 유리처럼 매끄러운, A의 눈이 내 앞
에 있다. 그 아래 놓인 입술이 움직인다. 끝도 없이 비슷한 말을 쏟
아내는 그녀는 고장난 복사기 같아 보인다. 목소리는 높아지지도
낮아지지도 않은 채 이어진다. 영원히,라는 듯이. 차례로 내 귀에
달라붙어 반복해서 울린다. 나는 도움을 청하는 표정으로 B를 바
라본다. B는 어색하게 웃는다. 하지만 그 웃음에서 내가 발견하는
것 역시 공포뿐이다. 나는 웃지 않는다. 웃기에 나는 너무 피곤하다.
　피곤하다.
　그게 내가 지금 느낄 수 있는 전부다.
　일이 없는 주말이면 침대에 파묻혀 해가 질 때까지 게임을 하다
가 두통이 심해지면 노트북을 닫고 나에 대해서 생각한다. 그 생
각은 보통 새벽까지 이어지고 난 쉽게 잠들지 못한다. 난 나에 대
해서 뼛속 깊이 잘 알고 있다. 그리고 그런 객관적인 전문가의 입
장에서, 모든 것이 내 탓이 아닌 것은 확실하다. 왜냐하면 난 내 의
지로 뭘 해본 적이 한번도 없기 때문이다. 지금까지 모든 것을 타
인의 의지로 해왔다. 가끔은 나 자신이 모든 빛을 투과시키는 얇은
쎌로판지로 생각된다. 나는 타인의 욕망을 대리한다. 그것에 최적
화된 내 자아는 점점 더 얇고 투명해져만 간다. 모든 것은 저쪽에
서 날아와 나를 통과하여 다시 반대편으로 날아간다. 그러는 동안
아무것도 왜곡되지 않는다. 커지지도 작아지지도 않는다. 쉽게 말
해 난 없는 거나 마찬가지다. 난 투명한 인간이다.
　다섯시 이십오분, 블라인드는 반쯤 내려와 있다. 그 앞에는 커다
란 선인장들이 늘어서 있다. 난 A의 옷을 벗긴 다음에 왼쪽에서 다

섯번째 몽둥이처럼 생긴 커다란 선인장을 뽑아서 때리는 상상을
하기 시작한다. 그게 다 A의 반짝거리는 금빛 매니큐어 때문이다.
빛을 받을 때마다 반짝거리는 그 손톱이 내 머리를 아프게 한다.
그 손톱들을 모두 뽑아버리고 싶다. 하지만 나는 그러는 대신 상상
을 이어간다. 내 상상 속에서 A의 몸은 피와 고름으로 가득 차고 젤
리처럼 흐물흐물해진다. 난 손을 뻗어 그 흐물흐물한 살을 만진다.
온몸의 털이 곤두서는 것 같다. 난 그 흐물흐물한 엉덩이를 찢고
뼈를 뽑아내어 그걸 A의 회색 안경에

쑤셔넣어야겠다는

생각을 한다.

도대체 이 모든 분노는 어디에서 오는 걸까.

안다. 난 지나치게 얄팍하다. 쎌로판지 같다. 하지만 나도 내가
쎌로판지가 아니라는 것 정도는 안다. 난 쎌로판 재질이 아니다. 어
쩌면 그게 문제다. 내가 날 쎌로판지라고 믿게 된다면 행복해질 수
있을지도 모른다. 하지만 그럴 수가 없다. 난 쎌로판지가 아니다.
아니 난 쎌로판지조차 아니다. 난 뭔가다. 쎌로판지가 되기엔 너무
두껍고 또 인간이 되기엔 너무 얇은 뭔가다.

그 뭔가가 날 화나게 한다.

주위의 모든 것이 내 분노의 원인이다.

늘어선 선인장들, 회색 안경, 손톱, 흔들리는 붉은 레이저포인트,
흰색 머그잔, 그것들 각각을 난 견뎌낼 수 있다. 하지만 저 모두가

함께 모여 있는 다섯시 삼십삼분의 회의실이 날 미치게 만든다.

다섯시 삼십오분. 부장이 리모컨을 집어 버튼을 누르고, 그러자 순식간에 블라인드가 말려올라간다. 햇살이 탁자를 내리친다. 순간 모두가 놀라 몸을 움찔한다. 미안. 부장이 말한다. 그리고 다시 블라인드가 내려간다. 다섯시 삼십육분. 우린 다시 창백한 백열등 아래 있다. A와 눈이 마주친다. 공포. 여전히 그게 그녀의 눈을 가득 메우고 있다. 순간 분노가 밀려오기 시작한다. 난 거의 자리에서 일어날 뻔한다. 차라리 그랬다면 좋았을 거다. A를 선인장으로 흠씬 때려주었다면 훨씬 좋았을 거다. 뭔가 일어나고, 뭔가 달라진다. 그랬다면 훨씬 나았을 거다. 하지만 난 그러지 않고 참아냈다, 언제나처럼. 부장이 시간을 확인한다. 다섯시 삼십칠분. 오분간 휴식. 사람들이 밖으로 나간다. 하지만 난 움직이지 않은 채 선인장을 바라본다. 다섯시 삼십팔분. 난 혼자 있다. 블라인드를 노려보며 그 너머를 상상해보려고 애를 쓴다. 햇살이 몰려오고 다시 사라지는 모습을 상상하려고 애를 쓴다. 다섯시 삼십팔분의 노을을 머리에 그려보려고 애쓴다. 하지만 잘되지 않는다. 다섯시 삼십구분. 곧 사십분, 사십일분……

다시 회의가 시작되었을 때 난 더이상 아무 생각도 할 수 없었다. 탁자 위에는 A의 반짝거리는 손톱들이 뒹굴고 있었다. 그것들은 선인장 같기도 하고 삶아진 돼지의 발 같기도 했다. 문득 난 내가 점점 더 화가 나고 있다는 걸 깨달았다. 눈을 감자 주위가 조용해졌다. 눈을 뜨자 부장이 날 보고 있었다. 언뜻 화가 난 듯 보이는 그의 눈은 그러나 A와 마찬가지로 공포로 가득했다. 난 눈을 좀더 크게 떴다. 좀더, 찢어질 만큼 크게 떴다. 하지만 역시 공포 외엔 아무것도 보이지 않았다. 모두가 날 보고 있었다. 갑자기 숨이 막혀왔다. 커다란 셀로판지가 내 머리를 감싸고 있는 것 같았다. 부장의 손에는 펜이 들려 있었다. 난 그 펜으로 나를 보는 사람들의 눈을 찌르고 싶어졌다. 왜냐면 모든 눈이 나를 찌르고 있었기 때문이다. 누군가 나를 위해서 뭔가를 해주기를 기대했다. 왜냐하면 난 죽어가고 있는 듯했기 때문이다. 하지만 아무도 그러지 않았다. 아무도 그래주지 않았다.

*

엘리베이터의 문이 닫히려는 순간 복도 끝에서 B가 튀어나왔다. 눈이 마주쳤고, 아주 잠깐, 문이 닫혔다. 이어 잘 닦인 문에 비친 것은 내 얼굴이었다. 나는 얼른 고개를 돌렸다. 다시 문이 열리자 나타난 일층 홀에는 오후의 햇살이 깊숙이 파고들어 있었다. 황금빛 햇살 속에 오가는 사람들의 모습은 순진하고 슬퍼 보였다. 주머니에 든 휴대폰이 울리기 시작했다. 부장이었다. 난 휴대폰을 손에 쥐고 경비원을 향해 다가가기 시작했다. 그도 나를 발견하고 나를 향해 다가오기 시작했다. 그는 웃었다. 나도 웃었다. 그가 내 손이 닿는 거리에 왔을 때 난 그의 손에 휴대폰을 쥐여주었다. 잠깐만 맡아주세요. 난 부드럽게 말했다. 절대 받지는 마시고요. 그는 어리둥절한 표정으로 손에서 진동하는 휴대폰과 내 얼굴을 번갈아 바라보았다. 난 다시 걷기 시작했다.

문을 열자 눈에 들어온 것은 거리를 꽉 채운 사람들이었다. 사람들은 흘러나온 고름처럼 노을로 물든 거리를 가득 채우고 있었다. 갑자기 거리가 나를 향해 무너져내리는 것 같은 느낌이 들었다. 깜짝 놀란 난 바닥에 주저앉을 뻔했다. 아니 그랬어야 했다. 주저앉았어야 했다. 하지만 그러지 않았다. 난 견뎌내었다. 서서히 거리가 다시 평소의 모습으로 되돌아왔다. 난 도망치듯이 커피숍 사이로 뻗은 좁은 골목으로 들어섰다. 예상대로 거긴 아무도 없었다. 멀리 빨간 바탕에 흰 글씨로 커다랗게 '국밥'이라고 씌어진 간판이 보였다.

지난 한 달간 거의 매일 저 국밥집에 갔다. 버려진 듯한 그곳의 분위기가 마음에 들었기 때문이다. 모든 것이 멈춰져 있거나—시계, 죽어 있거나—화병의 꽃, 돌이킬 수 없이 망가져 있었다—텔레비전. 바깥에서 매일 새로운 상점이 생겨나고 간판을 바꿔달고 다시 없어지고 또다시 생겨나며 끊임없이 사람들을 불러들이는 동안 거긴 죽은 개의 무덤처럼 주인을 빼고는 아무도 찾지 않았다. 그래서 밖에서 볼 때 거긴 단지 죽어가는 것처럼 보였다. 하지만 거기서 볼 때 바깥은 단지 경련하는 것에 불과했다. 늦은 밤 거기서 혼자 국밥을 먹으며 난 태어나 처음으로 평화를 느꼈다. 그래서 내가 일요일 저녁에 거기 갔던 거다. 난 뜨거운 것을 먹으며 울고 싶었다. 아무에게도 들키지 않고 말이다. 일요일 밤 아홉시 반의 그 국밥집이라면 가능해 보였다. 그건 내가 오랫동안 계획하고 있던 일이었다. 그러니까 내가 그 집에 두번째 갔을 때 말이다. 문을 밀고 들어서자 가게는 텅 비어 있었다, 언제나처럼. 주방에서 여자의 하얀 머리가 유령처럼 스윽 떠올랐다. 냉장고 위에 놓인 텔레비전의 왼쪽 삼분의 일 지점에서는 넓은 회색 선이 위에서 아래로 끊임없이 그어지고 있었다. 여자 아나운서의 얼굴이 그 회색 선을 사이에 두고 두 조각으로 일그러지고 있었다. 난 자리에 앉았다. 주방에서 신발 끄는 소리와 작게 흥얼거리는 노랫소리가 들려왔다. 날씨 예보가 시작되었고, 잠시 후 여자가 국밥을 내려놓았다. 난 올라오는 김을 그냥 쐬고 있었다. 여자가 다시 신발을 질질 끌며 주방으로 들어갔다. 난 숟가락을 들었다. 눈물이 났다. 난 참으려고 손등을 깨물었다.

그날밤 집으로 돌아와 오랫동안 생각했고 몹시 울고 싶다는 결론에 도달했다. 특히, 뜨거운 것을 손에 쥐고 울고 싶었다. 그래서 갔다. 일요일 저녁이었다. 가게는 닫혀 있었다. 입구에는 교회 스티커가 붙어 있었다. 여자가 믿는 신은 나를 구원하기를 거부했다.

다음날 그곳에 다시 찾아갔다. 여자에게 교회에 다니느냐고 물었다. 여자는 그렇다고 했다. 난 그 다음날, 또 다음날, 또 다음날에도 갔다. 여자가 자기 이야기를 하기 시작했다. 그건 텔레비전 연속극에나 나올 것같이 아주 진부한 이야기였는데, 바로 그 진부함이 날 사로잡았다. 내 인생에서 한번도 일어난 적 없는 진부한 고통이 여자의 삶을 꽉 채우고 있었던 것이다. 왜냐하면 여자는 가난했고 또 제대로 배우지 못했기 때문이다. 여자는 일요일마다 교회에 가서 울면서 기도한다고 했다. 그러면 가슴에 있는 주먹만한 덩어리가 쑤욱 내려간다고 했다. 그건 원래 배에 있는데 기도를 하지 않으면 점점 더 커지면서 가슴으로 올라와 결국은 목을 꽉 막는다고 했다. 그런데 기도를 하면 그게 작아지고 내려가면서 뱃속으로 사라져버린다고 했다.

어느날 여자는 나에 대해서도 기도한다고 말했다. 난 뭘 기도하느냐고 물었다. 내가 좋은 여자랑 결혼하여 행복하게 살기를 기도한다고 했다. 난 여자의 눈을 봤고 그게 진심이라는 걸 알았다. 하지만 여자의 기도가 이루어질 거라고 전혀 생각할 수 없었다. 여자는 계속해서 나와 결혼하게 될 좋은 여자에 대해서 말했다. 아무래도 여자는 내가 결혼하게 될 좋은 여자를 부러워하는 것 같았다. 아니, 가능하다면 자기가 그 여자가 되고 싶어하는 것 같았다. 그래서 난 정말로 그렇게 하면 어떨까 생각해보기도 했다. 나랑 결혼하면 여자는 행복해질 수 있을지도 모르겠다. 그렇다면 우리가 결혼하지 말아야 할 이유가 뭔가?

가게는 여느 때처럼 텅 비어 있었고 오래된 기름 냄새가 났다. 뭔가 내 팔을 잡았다. 여자의 손이었다.

—뭐 하고 서 있어? 안 들어올 거야?

여자는 가짜 털로 덮인 갈색 조끼를 입고 있었다.

—뭐 먹을래?

—아무거나요.

—동태 사왔는데 동태찌개 해줄까?

여자가 내 어깨를 툭 쳤다.

—무 썰어넣고, 매운 고추랑, 두부도 넣고, 어때?

그리고 또 한번 내 어깨를 툭 치더니 주방으로 사라졌다. 난 자리에 앉아 탁자에 손을 올려놓았다. 탁자는 끈적끈적했다. 휴지통도 마찬가지였다. 주방에서 노랫소리가 들려오기 시작했고, 문득 내가 여전히 화가 나 있다는 걸 떠올렸다.

검고 뜨거운, 아니 무색무취의 투명한, 유리로 된 작은 구슬 하나가 내 몸속에 들어 있었다. 몸을 움직일 때마다 그 구슬이 데굴데굴 구르며 날 조금씩 무너뜨리고 있었다. 그 구슬이 뭔지 안다. 공포다. 나를 둘러싼 모든 것이 날 두렵게 하고 그래서 난 화가 난다. 왜냐하면 이해할 수가 없으니까. 이해할 수 없는 것이 날 떨게한다. 그리고 지금 내가 가장 이해할 수 없는 건 바로 저 여자다. 난이곳에 오지 말았어야 했다. 저 여자의 이야기를 듣지 말았어야 했다. 그런 건 텔레비전이 보여주는 것으로 만족해야 했다. 하지만 보고 말았다. 삶이 바닥부터 흔들리고 있다. 자꾸만, 난 울고 싶다. 두께를 가지고 싶다. 무게를, 색깔을 가지고 싶다. 하지만 그건 불가능하다. 나는 보호되어왔기 때문이다. 저 여자와 저 여자의 삶과 같은 것으로부터. 그게 내 어머니와 아버지가 내게 해준 것이다. 해롭고, 더럽고, 불길한 정적으로부터, 그러니까 세계 전체로부터 나는 보호되어왔다. 그게 내 삶이다. 아니, 그런 건 삶이 아니다. 그럼 도대체 뭐란 말인가?

갑자기 나를 둘러싼 공간이 차곡차곡 접히는 것 같은 느낌이 들었다. 그러니까, 가게 전체가 나를 향해 무너져내리는 것만 같았다. 난 겁에 질렸다. 하지만 참아낼 것이다…… 아니, 더이상은 못하겠다. 난 더이상 견디지 못하고 일어났다. 일어나 움직이기 시작했다. 주방을 향해 말이다. 주방은 몹시 더러웠다. 마치 태어나서 한번도 이를 닦지 않은 야생동물의 입속 같았다. 반대편에 여자가 보였다. 여자는 나를 등지고 선 채 설거지를 하고 있었다. 형광등 불빛 아래 여자의 흰 머리카락이 투명하게 흔들렸다.

화가 난다.

더이상 이 분노를 차곡차곡 몸속에 쌓아만 둘 수는 없다. 그랬다간 내 몸이 터져버리고 말 테니까. 도마 위에는 썰다 만 파가 놓여 있었다. 그 옆에는 고춧가루가 있고, 가스레인지 위에서는 붉은 국물이 끓고 있었다. 여자가 나를 발견하곤 미소지었다. 그리고 뭔가 말했다. 하지만 난 더이상 들리지가 않았다. 아니 듣고 싶지 않아요. 당신의 입이 만들어내는 소리를 더이상 듣고 싶지 않아요. 그 목구멍을 없애버리고 싶다고요. 여자가 내 쪽으로 다가왔다. 난 여자의 얼굴을 보았다. 여자가 뭔가 말하려고 했고, 난 얼른 여자의 슬리퍼를 보았다. 다시 여자의 얼굴을 보았다. 그리고 다시 슬리퍼를 보았다. 다시 여자의 얼굴을 보았다. 난 점점 더 빠르게 여자의 얼굴과 발을 오갔고, 그건 마치 응, 응, 응, 고개를 끄덕이는 것만 같았다. 여자가 나를 향해 손을 뻗었고, 난 소리쳤다. 잡지 마요! 여자가 뒤로 물러섰다. 난 재빨리 도마에 놓인 칼을 집었다. 순간 여자의 눈이 부채처럼 펼쳐졌다.

난 땅을 파듯이 칼을 휘둘렀다.

여자의 몸이 휘어졌다.

난 발기했다.

무시무시한 소리와 함께 여자의 목에서 피가 뿜어져나오기 시작했다. 나는 얼른 왼쪽으로 물러섰다. 여자는 입을 오므리려고 애썼다. 아니 뭔가 말하려고 했다. 커다랗게 부릅뜬 눈이 죽어가는 별처럼 빛을 잃어가며 흔들렸다. 난 그것을 들여다보았다. 작은 벌레를 들여다보듯이 자세히 들여다보았다. 아무것도 없었다. 공포조차 보이지 않았다. 난 가랑이 사이에 한 손을 올려놓았다. 여자가 내 쪽으로 발을 떼었고 순간 찌익, 하는 소리를 내며 여자의 신발이 미끄러졌다. 바닥으로 쓰러지기 직전 여자의 눈이 내 눈에 박혔다. 난 칼을 떨어뜨렸다. 떨어진 칼과 나란히, 여자가 누웠다. 난 우왕좌왕하다가 재킷 위로 피가 흘러내리는 것을 발견했다. 난 놀라 재킷을 벗어던졌다. 다시 여자를 보자 더이상 여자는 없었다. 살과 피뿐이었다. 그리고 난 여전히 화가 나 있었다. 난 당황했다. 이런 식으로 해결될 수 있는 게 아니었어? 난 당황한 채 돌아섰고, 그대로 얼어붙었다. 문밖에 사람이 서 있었다.

*

문앞에 섰을 때 그게 어린 남자애라는 걸 알아챘다. 난 가만히 선 채, 아이가 도망치기를 기다렸다. 하지만 아이는 움직이지 않았다. 나도 움직이지 않았다. 아이도 움직이지 않았다. 나도…… 아니, 난 문을 활짝 열었다. 아이가 뒤로 물러섰다. 아이는 작고 더러웠다. 생각한 대로였다. 그런데 놀랍게도 아이의 눈에서는 공포를 찾을 수가 없었다. 심지어 뭐라고 말을 했다.

―뭐라고?

―지금 여기 문 닫았어요?

―뭐라고?

―할머니 안 계세요?

난 멍하니 아이를 바라보았다.

—문 닫았냐고요!

—아……

아이가 날 빤히 보았다. 아이는 분명히 나를 무서워하지 않았다. 난 아이가 연기를 하고 있을 가능성, 한편 은밀하게 한 손으로 휴대폰의 일과 일과 구를 누르고 있을 가능성에 대해서 생각했다. 하지만 아이의 두 손은 비어 있었다.

—아저씨 누구세요?

—난……

—할머니는요?

—지금 안 계신다.

—그럼 지금 밥 먹을 수 없어요?

—밥?

—네, 밥요.

—여기서 지금 밥을 먹겠다고?

아이는 대답 없이 눈을 굴렸다.

—그건 뭐냐? 정말 먹겠다는 거냐?

아이는 대답 없이 날 빤히 보았다.

난 아주 잠깐 망설였다.

—들어와.

그렇게 말하는 것과 동시에 아이가 가게로 뛰어들었다. 그러곤 자리에 앉아 가방을 연 뒤 만화책을 꺼내 머리를 박았다.

—백반 하나 주세요.

—뭐라고?

—아 씨, 왜 아까부터 자꾸 두 번씩 물어봐요?

—미안.

—근데 오늘 반찬 뭐예요?

—뭐라고?

—반찬요! 반찬!

—반찬이라니?

—어휴, 됐어요.

—너 여기 자주 오냐?

—매일요.

—나도 매일 오는데 왜 못 봤지?

아이가 만화책에서 눈을 떼고 날 보았다. 전 원래 낮에 오거든
요. 그리고 다시 만화책에 고개를 박았다.

—근데 오늘은 왜 이렇게 늦었냐.

—친구 집에서 게임하다가 왔거든요.

—아.

난 망설이다가 주방으로 들어갔다. 여전히 시체가 있고 피가 가
득했다. 그러고 보니 가게 안은 온통 피냄새였다. 그런데 아이는 모
르는 것 같았다. 피냄새가 뭔지 모르나? 난 냉장고 옆에서 에프킬
라를 발견하여 마구 뿌렸다. 아이는 여전히 만화책에 고개를 박고
있었다. 난 냉장고에서 사이다를 한 병 꺼내 아이에게로 갔다.

—여기 매일 온다고 했지?

—네.

─왜?

─왜냐니요?

─여기 할머니가 네 할머니냐?

─아뇨.

─근데 왜?

아이가 얼굴을 찡그리며 고개를 들었다.

─밥 먹으러 오는 거예요. 딴 데 가면 비싸잖아요. 여기서 먹고 쿠폰 내면 천원 거슬러주거든요.

그렇게 말하고 아이가 미소지었다.

─쿠폰?

─네, 쿠폰요.

─아……

─이 사이다 아저씨 거예요?

─아니, 너 먹어.

─진짜요?

─어, 근데 너 몇살이야?

─중학교 일학년요. 근데 이거 사이다 좀 따주시면 안돼요?

난 일어나 주방으로 갔다. 에프킬라를 한번 더 뿌리고 병따개를 찾기 시작했다.

─컵도 갖다주세요.

병따개는 카운터 금고 위에 있었다. 그것과 컵을 들고 자리로 돌아와 병을 따고 컵에 사이다를 부었다.

─먹어라.

―감사합니다.

　―근데 여기서 이상한 냄새가 나지 않니?

　―무슨 이상한 냄새요?

　―아냐, 아무것도 아니야.

　―무슨 냄새가······

　―중학교 일학년이라고?

아이가 고개를 끄덕였다.

　―이 근처 살아?

아이는 대답하는 대신 날 빤히 보았다.

　―왜 그렇게 쳐다보니?

　―아무것도 아니에요.

　―부모님은 뭐 하셔?

　―일 나가요.

　―무슨 일?

　―······몰라요.

　―부모님이 무슨 일을 하는지 모른다고?

아이는 대답을 하지 않았다.

　―근데 쿠폰은 왜 받는 거야? 맞벌이 부부 아이 지원책 같은 건가?

　―네?

　―요즘은 정부에서 모든 아동들에게 밥값을 지원하나보지? 복지국가 행세를 해보겠다 이건가?

　―그런 거 아니에요!

—그럼 뭔데?

아이는 망설였다.

—됐다, 대답하기 싫으면……

—가난해서 주는 거예요! 돈 없는 애들 굶지 말라고 주는 거라고요!

난 사이다를 향해 뻗던 손을 멈췄다.

—아…… 미안.

—됐어요.

—진짜야. 미안해. 진심이야.

—됐다니까요. 그러는 아저씨는 뭐 하는데요.

—나는 회사 다닌다.

—무슨 회사요?

—그냥 회사.

—그냥 회사가 어디 있어요.

—말해도 모를걸.

—아, 후진 데구나.

—맘대로 생각해라.

난 사이다를 컵에 따라 한 모금 마셨다. 아이가 날 봤다.

—왜?

—아저씨 좀 이상해요.

—내가? 왜?

—표정이 체한 사람 같아요.

—그래?

—오늘 뭐 먹으셨어요?

—쌘드위치 한 조각, 그리고 커피. 커피는 네 잔이다.

—그게 다예요?

—뭐가?

—오늘 하루종일 그거 먹은 게 다냐구요.

—어.

—배 안 고파요?

—안 고픈데.

—난 고픈데. 나 밥 언제 줘요?

난 대답 대신 아이를 바라보았다.

—할머니 언제 오세요?

여전히 아이의 표정에는 두려움 같은 건 없었다.

—할머니 언제 오시냐니까요?

난 어떤 표정을 지어야 할지 몰랐다. 그래서 계속 체한 표정을
짓고 있었다.

—할머니 언……

—안 와.

—네?

—안 온다고.

그때였다. 아이의 표정에 언뜻 두려움이 스친 것이 말이다. 난
그걸 놓치지 않았다. 아이가 내 눈치를 보며 자리에서 일어나려고
했다.

—어딜 가려고?

아이가 다시 앉았다. 약간 겁먹은 표정. 바로 그거다.

─저기……

─있잖아, 나 오늘 회사 그만뒀다?

─네?

─왠지 알아?

아이가 고개를 저었다.

─근데 너 콜라 마실래?

─저 사이다도 아직 다 안 마셨는데요……

─아니 맥주 마실래? 맥주 마셔봤니?

아이가 고개를 흔들었다.

─그래? 그럼 오늘 한번 마셔봐.

난 냉장고에서 맥주를 한 병 꺼내 다시 자리에 앉았다.

─어디까지 말했지?

아이는 말이 없었다.

─맞다, 왜냐면 말이다, 왜 내가 회사를 그만뒀냐면, 지겨워서 그랬어. 오늘에서야 깨달았지 뭐야. 내가 얼마나 회사를 지겨워하고 있었는지 말이야. 왜 몰랐는지 알아? 무서워서 그랬어. 뭐가 무서운데? 나도 몰라. 아무튼 그냥 무서웠어. 난 무서워서 내가 회사원을 하기 싫다는 것도 몰랐어. 공포가 무슨 뜻인지 알아? 무섭다는 거야. 프랑스어로 공포가 뭔지 아니? 난 알아. 내가 왜 프랑스어를 배웠을까? 프랑스 여자를 한번 꼬셔보려고 그랬지. 난 진짜 프랑스 여자랑 자보고 싶었어. 그래서 삼개월 동안 프랑스어를 배웠다. 일주일에 세 번씩 새벽 네시 반에 일어나서 학원에 갔다. 정말

대단하지 않니? 그런데 그게 다 무서워서 그런 거야. 난 프랑스 여자가 무섭거든. 아냐 난 프랑스가 무서워. 어, 맞아, 난 프랑스가 무서워. 아니야, 미국이 더 무섭지. 일본도 무서워. 아니 영국이 더 무서워. 하지만 가장 무서운 건 북한이야. 그렇지 않냐? 북한은 여기서 걸어서도 갈 수 있어. 그런데 거기서 매일매일 우릴 다 죽이려는 계획을 세우고 있다잖아. 아니야? 아냐, 어릴 때 할아버지가 그랬어. 우릴 다 죽이고 싶어한대. 무섭지 않아? 안 무서워? 어째서? 난 무서워. 너무 무서워. 그런데 북한보다 더 무서운 건 뭔지 알아? 서울이야. 난 서울이 너무너무 무서워. 어떻게 안 무서울 수가 있어. 내가 매일 아침 눈을 뜨는 곳인데 어떻게 안 무서울 수가 있어? 넌 서울이 안 무서워? 난 무서운데? 왜 넌 안 무서워?

난 말을 멈추고 아이를 보았다. 이제 아이의 표정은 공포가 다였다. 그렇다면 됐다. 이제 우리는 같은 표정을 짓고 있는 거니까.

— 왜 그렇게 겁먹은 표정으로 날 보는 거냐? 내가 무서워? 서울은 안 무서운데 내가 무서워? 미국은 안 무서운데 난 무서운 거야? 네 아빠는? 네 엄마는? 학교는 어때? 니 집이 안 무서워? 난 죄다 너무 무서웠어. 학교가 집이 엄마가 아빠가 회사가, 맞아, 누나가 너무 무서웠단 말이야. 그런데 어떻게 난 이렇게 죄다 내가 무서워하는 것하고 같이 잘도 지냈을까? 정말 신기하지 않아? 그런데 난 어떻게 그 무서운 회사를 그만둘 생각을 했을까. 그건 말이야, 오늘의 회의로 돌아가보자. 난 내가 싫어한다고 착각하는 — 물론 사실 무서워하는 거겠지 — 여자의 엉덩이에서 뼈를 뽑아내서 그 여자의 안경에 찔러넣고 싶다는 생각에 잠겨 있었다. 그런데 갑자기 블

라인드가 올라간 거야. 그리고 그 순간, 햇빛이 회의실을 가득 채운 순간 그런 생각이 들었어.

모든 게 완전히 무의미하다.

왜 그런 생각이 들었을까? 왜 하필 이제 와서? 왜 니 나이쯤에 난 그걸 깨닫지 못했지? 왜 이제야 깨달은 거야? 난 그게 너무 억울해! 이제 와서 뭐를 해? 난 정말 보고서를 잘 써. 내가 얼마나 프레젠테이션을 잘하는 줄 알아? 근데 알아? 난 프레젠테이션이 싫어! 회의가 싫다고! 근데 알아? 사실 싫어할 필요도 없는 거였어. 왜냐하면 그건 아무것도 아니거든. 그냥 아무것도 아닌 거야. 근데 난 그게 뭐가 대단한 거라고 생각했지 뭐냐! 왠지 알아?

무서우니까!

이쯤에서 아이는 울기 시작했으나 나는 상관하지 않았다.

—난 정말 운도 없지. 그리고 넌 정말 행운아다. 이렇게 너한테 삶의 비밀을 말해주는 사람도 있고 말이다. 그래서 말인데, 너 그렇게 게임이나 하고 만화책이나 읽다간 결국 니 자식도 무료쿠폰을 들고 이런 거지 같은 식당을 전전하게 만들 거다. 하지만 그게 나은지도 모르겠다. 날 봐. 나처럼 이렇게 산다고 해서 아무것도 좋은 것은 없다. 그게 중요하다. 결국 다 이렇게 비참해지고 말지. 어떤 사람은 이유도 없이 비참하게 살해당하고 어떤 사람은 살인자가 되어 인생을 망친다. 아무도 벗어날 수가 없다, 알겠냐? 이게 삶이라는 거다. 그리고 여기에 너 같은 애를 위한 자리는 없어, 알아?

자, 그러면 넌 이제 어떻게 살아갈 작정이냐? 이런 세상에서 어떻게 살아남을 작정이냐? 응? 대답을 하란 말이다!

아이는 대답하지 못했다. 아이는 울고 있었다. 눈물이, 그 투명한 액체가 아이의 부드러운 뺨을 타고 흘러내리고 있었다. 난 그걸 보았다. 하지만 내 마음은 조금도 움직이지 않았다. 난 여전히 나였다. 그리고 그게 날 화나게 했다. 난 맥주병을 향해 손을 뻗었다. 난 여전히 나에 불과했다. 그다음 순간에도, 그다음 순간에도 마찬가지였다. 난 정말 지겹도록 나 자신이었다. 맥주병을 잡은 순간 아이의 눈이 태양처럼 빛났다. 난 바로 그것을 겨냥하여 맥주병을 휘둘렀다. 벌어진 아이의 입에서 끔찍한 소리가 흘러나오기 시작했다. 그건 산 채로 태워지는 마녀가 부르는 노래처럼 들렸다. 내가 한 생각은 그 끔찍한 소리를 멈춰야 한다는 것뿐이었다.

*

문을 열자 어머니와 아버지가 서 있었다.

—무슨 일이냐.

아버지가 말했다.

—왜 그렇게 젖었냐.

어머니가 말했다. 난 대답 대신 신발을 벗었다.

—밖에 비가 오냐.

내가 계속해서 대답하지 않자 아버지는 한숨을 쉬더니 쏘파로 가 앉았다. 난 거실을 가로질렀다. 누나가 쏘파에서 몸을 일으켰다.

—비 안 오는데.

어머니가 나를 쫓아오며 창밖을 확인했다.

—그건 그렇고.

어머니가 집게손가락으로 내 팔을 꾹 눌렀다.

—왜 집에 온 거냐? 응? 왜? 돈이 떨어졌니? 회사에서 잘렸어? 사기를 당했니?

난 어머니를 보았다. 바셀린을 바른 입술이 눈이 부시게 번들거렸다.

귀가 막혔냐!

물론 내가 그렇게 젖은 것은 다른 방법이 없었기 때문이다. 그 이름도 모르는 불쌍한 아이의 머리를 맥주병으로 으깬 뒤 나 또한 피와 맥주와 땀으로 흠뻑 젖어버렸다. 거울을 본 순간, 이 자리에서 즉시 자살하는 것 말고는 방법이 없다는 걸 깨달았다. 그러고 나서 울기 시작했는데 그건 내가 벌인 일을 자책하거나 죽은 사람들에게 미안해서가 아니라 이제 내 인생은 끝장이 났다는 걸 깨달았기 때문이다. 하지만 좀더 깊이 생각해보자 역시 아직은 모든 것이 모호했다. 일단 내가 왜 그런 짓을 저질렀는지가 그랬다. 알지도 못하는 일을 그렇게나 많이 벌였다는 것이 특히 이상했다. 보통 난 아무 일도 하지 않기 때문이다. 아주 잘 아는 일을 겨우겨우 해나갈 뿐이다. 그런데 오늘은 계속해서 모든 것을 자꾸만 하기만 했다. 그런데 움직이면 움직일수록 이상한 일이 벌어지는 오늘은 참으로 신기한 날이다. 난 생각을 거듭하며 거울에서 눈을 떼지 못했다. 마침내 난 내가 거의 영원토록 생각할 수 있다는 것을 깨달았다. 왜냐하면 생각이란 단어를 이어붙이는 것에 불과하기 때문이다. 단어의 조합은 무한하다. 그러니까 난 영원히 생각할 수도 있다. 그 영원의 어딘가에서 난 감옥에 있을지도 모르겠다. 난 끝내 다 생각하지 못할 것이다. 하지만 정말 중요한 생각을 할 수 있는 건 오직 이 순간뿐이다. 너무 오랫동안 노려보았기 때문에 거울 속의 내 얼굴이 천천히 일그러지기 시작했다. 지금도 밖에는 여전히 수많은 빛이 거리를 통과해 나아가고 있을 것이다. 그리고 그 빛의 몇조각, 버려진 몇조각이 불행하게도 여기 나와 함께 있었다. 그것은 사물을 향해 맹렬하게 부딪쳤고, 흡수되었고, 어떤 것은 튕겨나와 다시 내 곁에 있었다. 다시 부딪치고, 다시 튕겨나와, 결국 끝이 날 때까지, 남지 않을 때까지, 사라질 때까지, 죽음에 아니 암흑에 이를 때까지, 그 자기파괴적인 움직임은 계속되었다. 어쩐지 그게 나와 비슷하다고 느꼈다. 거울 속의 난 이제 더이상 인간의 모습이 아니었다. 거울을 물들인 몇가닥의 얼룩에 불과했다. 난 거울을 걷어찼다. 거울은 전형적인 소리를 내며 부서졌다. 흩어져나온 조각이 한줌 남은 빛을 반복해서 반사해내며 얼마간 더 반짝였다.

돌아서면 다시 피의 바다였다. 언뜻 본 아이는 머리끝부터 발끝까지 동태찌개를 뒤집어쓴 것 같았다. 삐죽 튀어나온 흰색은 동태의 뼈, 흰 맥주 거품은 동태의 알이다. 거무스름한 얼룩은 지느러미, 흩어져나온 살과 그 위에 뿌려진 고춧가루…… 이런 생각을 필요 이상으로 깊이 길게 하다보면 결국 이 모든 것을 사실이라고 믿게 되어 난 곧 숟가락을 들고 저 거대한 매운탕을 향해 달려들지도 모르겠다. 왜냐하면 지금 여기서 현실과 상상은 더이상 분리되지 않기 때문이다. 두 시체를 중심으로 모든 것이 회오리치듯 빨려들어가는 것이 보였다. 그렇다면 여기 어딘가 다른 곳으로 이동할 수 있는 구멍이 입을 벌리고 있는지도 모르겠다. 난 그 길로 이곳을 빠져나가서 내 방에 도착할 수 있을지도 모르겠다. 그러면 난 아무런 책임도 지지 않은 채로 다시 전의 삶으로 돌아갈 수 있을지도 모른다. 내가 원하는 게 그건가? 아니, 난 돌아가고 싶지 않다. 난 다른 곳으로 가고 싶다. 다른 사람이 되고 싶다. 그게 내가 원하는 거다. 난 중얼거리면서 옷을 벗기 시작했다. 그리고 벗은 옷을 들고 씽크대로 갔다. 주방용 세제를 넣고 물을 틀자 순식간에 분홍빛 거품이 부풀어올라 씽크대를 타고 바닥으로 흘러내려 피와 섞여 하수구로 흘러들어가기 시작했다……

……채로 잠이 든 거냐!

난 깜짝 놀라 눈을 떴다. 어머니가 날 노려보고 있었다. 누나와 아버지도 날 보고 있었다. 난 도망치듯 내 방으로 들어갔다.

방은 일년 전과 완전히 똑같았다. 난 재빨리 옷을 벗고 서랍장을 열었다. 팬티와 바지와 티셔츠가 각각 세 개씩 똑같은 것으로 들어 있었고, 싱그러운 오렌지 냄새가 났다. 난 그것들을 한 장씩 꺼내어 몸에 걸치고 벗은 옷은 쓰레기통에 넣었다. 거울을 보자 난 하루종일 집에서 빈둥거린 것처럼 보였다. 잠깐 망설이다가 바닥에 누웠다. 그리고 신음소리를 내며 조금씩 위쪽으로 기어올라가기 시작했다. 방은 좁았으므로 곧 벽에 머리를 부딪쳤다. 일어나자 책상이 보였다. 거기에는 내가 고등학교 시절 붙여놓은 유명한 사람들이 했다는 말들이 아직도 여기저기 붙어 있었다. 난 유명한 사람들의 말을 좋아했다. 죄책감을 안겨주기 때문인데, 왜냐하면 난 항상 그들이 주장하는 것과는 반대되는 삶을 살아왔기 때문이다. 확신을 가져라. 자신을 사랑하라. 도전하라. 믿으라. 하고 싶은 것을 하라. 미래가 눈앞에…… 있다…… 반면 난 언제나 의심했고 날 사랑하지 못했고 불신했고 하고 싶은 것을 미루었고 미래는 마치 내 눈앞에서 침몰하고 있는 것만 같았다.

난 일부터 백까지 세고 자리에서 일어나 문을 열었다. 가족들은 쏘파를 빙 둘러싸고 서 있었다. 날 보더니 깜짝 놀라는 표정을 지었다. 난 호주머니에 손을 넣은 채로 그들에게 다가갔다. 그들은 아무 말도 하지 않았다. 난 할 수 없이 먼저 말을 걸었다.

─무슨 일 있어?

─아무것도 아냐.

누나가 대답했다.

─뭐가?

누나가 손을 저었다.

─아니라니까. 배고프다. 엄마 밥 다 됐어?

─되어간다.

어머니는 그렇게 말하고는 매우 뻣뻣한 걸음으로 부엌으로 갔다. 아버지가 리모컨을 들어 채널을 바꾸었다. 누나가 자리에 앉았다. 둘은 아무 말도 하지 않고 텔레비전을 보기 시작했다.

텔레비전 화면에는 다리미로 다린 것 같은 얼굴의 중년 여성이 꽉 채워져 있었다. 여자의 귀에서 커다란 진주귀고리가 흔들렸다. 송여사, 후회 안할 자신이 있어? 그러자 똑같이 다리미로 다린 것 같은 얼굴의 중년 여성이 클로즈업되었다. 후회 같은 소리 하고 있네. 여자는 손을 치켜들었다. 손에는 커다란 반지가 끼워져 있었다. 그때 멀리서 한 여자가 뛰어오는 것이 보였다. 그 여자가 외쳤다.

어머님!

난 아버지를 보았다. 아버지는 넋이 나간 듯한 표정으로 텔레비전을 응시하고 있었다. 누나도 마찬가지였다. 그 표정과 자세, 둘다 약간 미친 사람들 같았다. 어머니가 밥이 다 되었다고 소리를 쳤다. 그러자 아버지가 꿈에서 깨어난 듯한 표정으로 나를 보았다. 누나도 그랬다. 나는 조금 기분이 이상해졌다. 아버지가 리모컨을 내려놓았다. 누나가 일어나고 그다음 아버지가 일어났다. 그리고 나란히 식탁을 향해 걸어가기 시작했다.

식탁 한가운데에는 커다란 생선 한 마리가 누워 있었다. 그건 누렇게 그을려 있었고 배에는 칼자국 세 개가 나란히 그어져 그 틈으로 흰 살이 가득 부풀어올라 있었다. 어머니는 양손에 접시를 들고 있었다. 아버지와 누나는 여전히 맛이 간 표정으로 자리에 앉은 채모든 것에 상관하지 않겠다는 듯이 숟가락을 들어 밥을 퍼 입에 쑤셔넣기 시작했다. 어머니는 계속해서 손에 접시를 들고 있었다. 잘먹겠습니다. 난 나도 모르게 그렇게 말했다. 어머니는 아무 말도 없었다. 아버지가 생선을 젓가락으로 쑤시기 시작했다. 그걸 보자 토

할 것 같았다. 나물을 입에 넣었다. 거기선 이상하게도 피냄새가
났다.

　—잘 지내니?

　그건 누나였다. 난 가만히 있었다. 혼잣말 같았기 때문이다. 잘
지내니. 어, 잘 지내. 오, 나도 그런데. 오, 놀랍군. 아냐, 그렇지 않
아. 왜 그렇지? 우린 한 사람이니까, 동일한 근황을 가질 만해. 오,
그렇군. 오, 그렇군. 오, 우리는 또 한번 동일한 문장을 반복하고 있
어. 오, 그것은 그럴 만해, 우리는 동일한……

　—잘 지내냐니까!

　다시 누나였다.

　—뭐라고?

　—잘 지내냐고!

　—아, 나한테 묻는 거였어?

　—그럼 누구한테 묻냐? 엄마한테 물을까? 엄마 잘 지내?

　어머니는 대답 대신 두통에 시달리는 표정을 지었다.

　—미안해. 나야, 뭐, 잘 지내지. 누나는?

　—난……

　누나가 웃었다.

　—아우, 말 안할래……

　난 다시 묻지 않았다. 누나는 웃으면서 눈을 굴려 아버지의 눈치
를 보더니 다시 나를 보았다.

　—사실…… 난 요즘 많은 생각을 하고 있어.

　—무슨 생각?

—니 생각.

—왜?

—얼마나 힘이 드는 일이겠니 너에게 살아간다는 것은?

그렇게 말하더니 누나는 손을 뻗어 내 턱을 쓰다듬었다.

—누나……

—그래, 아주 힘이 들 거다 너희에게 살아간다는 것은!

아버지였다.

—그리고 그건 다 너희들 탓이다!

순간 자리에 앉으려던 어머니가 다시 일어났다. 어머니는 식탁을 등진 채 천천히 물을 마셨다. 난 꼭 쥔 채로 떨고 있는 어머니의 왼손을 보았다. 몇초 뒤 돌아선 어머니의 얼굴은 파같이 파랬다.

—요새 젊은것들이란! 정말이지 하나같이 나약하기 짝이 없다! 하지만 어쩔 수 있겠냐! 난 이미 늙고 힘이 쭉 빠졌다. 그러니 너희들이 이제 와서 날 잡아먹겠다고 해도 막을 도리가 없다! 운명이다!

그렇게 소리친 아버지는 오른손 검지를 치켜들어 천장을 가리켰다. 우린 모두 그곳을 봤다. 거긴 아무것도 없었다. 어머니는 냉장고 문을 열고는 그 안을 들여다보기 시작했다.

누나는 여전히 날 보며 웃고 있었다.

손은 살짝 뻗은 채였다.

짖고 싶다.

개가 될 수 있을 만큼.

개처럼 짖고 싶다.

누나가 입에 김치를 넣었다.

그리고 그것을 삼킨 뒤 혓바닥으로 입가에 묻은 고춧가루를 핥았다.

난 가만히 있었다.

좀더 상황을 지켜봐야 했다.

누나가 말했다.

—내가 요즘 무슨 일을 하고 있느냐고 물었지? 그래, 난 요즘 돼지가 되기 위해 노력중이야. 왜냐하면 보다시피 다들 나를 돼지 취급하기 때문이지. 내가 돼지 취급을 받는 건 내가 돈도 벌지 않고 결혼을 하지도 않기 때문이겠지. 하지만 난 불평하지 않아. 왜냐하면 원래 인생이란 힘든 것이고 모든 것은 내 탓이니까. 그런데 돼지가 된다는 것은 얼마나 힘든 일이니, 적어도 서른두살의 여자에겐 참으로 벅찬 일이야. 그건 그렇고,

동생, 우리는 모두 널 몹시 그리워하고 있다. 도대체 왜 집을 나간 거니? 혹시 그것도 나 때문이니? 혹시 너도 내가 취직이나 결혼을 했으면 좋겠니?

누나가 말을 멈추고 생선을 입으로 가져갔다. 그리고 씹기 시작했다. 난 누나를 자세히 살펴보았다. 누나는, 돼지가 되기엔 너무 날씬했다. 그리고 돼지가 되기에는 너무 똑똑했다. 사실 난 누나가 정말 위대한 사람이 될 거라고 생각했다. 힐러리 로댐 클린턴같이 말이다. 그런데 어쩌다가 돼지가 되기로 꿈을 바꾸었는지 모르겠다.

어머니가 냉장고 문을 닫았다. 그리고 누나에게서 멀리 떨어져 앉았다. 우리는 아주 느린 속도로 밥을 먹기 시작했다.

*

우린 모두 알고 있었다. 나쁜 일이 일어나고 있다는 걸 말이다. 스며든 물이 배를 가득 채우고 있다는 걸 말이다. 하지만 모른 척했다. 물이 이마 끝까지 차올라 숨이 막혀 죽어가는 동안에도 우리는 모른 척하고 예의바른 표정을 지으며 밥 위에 김을 얹을 것이다. 난 부끄러워 눈을 내리깔았다. 그나마 다행이었다. 내가 아직부끄러움을 느낄 줄 안다는 게. 나는 생선을 찢어 떨어져나온 흰살을 입속에 넣고 씹었다. 그건 죽은 아이의 손가락 같은 질감이었다. 하지만 난 꾹 참고 씹어삼켰다. 견뎌내었다. 견뎌내는 것이라면익숙하다. 삶이란 견뎌내는 것이다. 어떤 사람들은 삶에 대해 매우이상한 견해를 가지고 있다. 그건 삶을 즐긴다는 견해이다. 하지만도대체 누가 이런 고통을 즐길 수 있단 말인가. 단지 견딜 수 있을뿐이다. 살아남아야 한다. 그래, 살아남고 싶다. 누구보다도 끝까지. 사람들이 나보다 먼저 죽는 것을 보고 싶다. 바로 내 눈으로 보고 싶다. 천천히 혹은 빠르게, 쉽게 혹은 힘들게 죽는 것을 보고 싶다. 그래서 죽였다. 내가 사람을 죽였다고 말해도 아버지는 놀라지않을 것이다. 이라크에서는 매일 수백명이 죽어간다. 하지만 아버지는 이라크에 가본 적이 없잖아? 죽는 건 운명이다. 아버지는 항상 그렇게 말했다. 왜? 어째서? 아버지는 이라크 사람인 친척이 없잖아? 아버지는 전쟁을 겪어본 적이 없잖아? 누굴 쏴 죽이는 것에대해서 나보다 잘 알지도 못하잖아? 나도 총 쏘는 법 정도는 안다.

그리고 나도 전쟁을 겪어본 적이 없다. 익숙하지 않다, 그런 거. 하지만 이제 좀 다르다. 난 이제 있다. 난 죽여봤다.

그리고 죽여본 사람으로서 난 죽음에 대해 인간은 아는 것이 전혀 없다고 확신한다. 하지만 여전히 인간은 죽음을 만들어낼 수가 있다. 그것도 아주 많은 죽음을, 아주 멋진 죽음을. 훌륭하고, 무자비한, 아름다운, 별처럼 빛나는 죽음까지도 인간은 모두 다 만들어낼 수 있다. 그리고 그래도 여전히 인간은 죽음에 대해서 아는 것이 하나도 없다. 그러니까 지식이란 사실 아무런 쓸모가 없는 것이다. 정말이지 안다는 건 시시한 일이다. 만약 인간이 죽음을 안다면—이해한다면, 그건 세상에서 모든 죽음이 사라진 뒤가 될 것이다. 그리고 여전히 난 모른다. 모르기로 한다.

난 아버지를, 아버지의 눈이 커지는 것을 보았다. 내가 울고 있었기 때문이다. 손등으로 눈물을 닦았다. 미처 닦지 못한 눈물이 뺨을 타고 흘렀다. 아버지가 내 눈물을 이해하지 못한다는 걸 난 알았다. 그가 **움직이고** 있었기 때문이다. 그는 씹고 있었다. 숨쉬고 있었다. 그는 움직이기 위해 몰랐고, 몰랐기 때문에 움직이는 것이다. 그러니 난 이제 안다. 몰라야 한다는 것을 말이다. 아무것도 생각하지 말아야 한다. 거울은 들여다보지 말아야 한다. 텅 빈 식당에는 가지 말아야 한다. 생각 따위 하지 말아야 한다. 그렇다. 밤엔 화내지 말고 잠들었어야 했다. 나쁜 생각이 들면 자위를 했어야 했다. 주말에 혼자 국밥집에 가지 말았어야 했다. 주말엔…… 주말엔…… 난 더이상 참지 못하고 말했다.

—저 오늘 사람을 죽였어요.

—그럴 줄 알았다!

아버지가 소리쳤다. 과연 예상한 대로였다. 이어 젓가락이 날아왔다. 그건 예상치 못한 거였다. 젓가락은 나 대신 어머니의 손목을 때리고 바닥에 떨어졌다. 어머니가 비명을 질렀다.

—그럴 줄 알았다고! 그럴 줄 알았다고!

아버지가 소리쳤다.

—그게 왜 내 탓이란 말이야!

어머니가 소리쳤다.

—네가 악마를 낳은 거지!

—그게 어째서 악마란 말이야!

—사람을 죽였다잖아!

—사람을 죽인 게 어쨌단 말이야!

—니 가랑이 사이에서 살인자가 나왔단 말이다!

—그게 어쨌단 말이야!

어머니가 아버지를 노려보았다.

—도대체 그게 어쨌단 말이야! 그게 도대체 나랑 무슨 상관이란 말이야! 어째서 그게 내 탓이란 말이야!

—시끄러워요!

누나가 소리쳤다.

—내가 돼지가 되어가는 게 불쌍하지도 않아!

놀랍게도 누나는 정말로 돼지가 되어가고 있었다. 뺨에는 핑크빛이 더해졌고 손등에 살이 오르고 있었다. 엄마가 누나를 노려보다가 숟가락으로 엉덩이를 힘껏 때렸다.

누나가 돼지처럼 울부짖었다.

우리는 못 들은 척했다. 하지만 손에 든 젓가락이 떨리고 있었다. 누나의 엉덩이에서 분홍빛 꼬리가 꿈틀거리는 것이 보였다. 난 젓가락을 떨어뜨렸다. 아버지는 벌어진 입을 다물지 못했다. 어머니는 손목을 잡고 떨었다. 그리고 누나는 계속해서 꼬리를 움직였다. 그렇게 저녁식사가 끝이 났다. 하지만 우리는 아직 모두 거기 있었다.

커피를 마셔야겠다!

어머니였다.

—너도 마실 거냐?

어머니가 물었다.

—저 커피 안 마셔요.

—왜?

—잠이 안 와서……

—수면제는?

—수면제라니?

아버지가 물었다.

난 동시에 두 가지 질문에 대답할 수 없었기 때문에 그냥 가만히 있었다.

—잠이 오게 하는 약 말이에요.

어머니가 대답했다.

―잠이 오게 하는 약이라니? 세상에 그런 약이 어디 있어?

―그런 약이 왜 없어요?

―잠이 오는 약이라니!

아버지가 날 노려보았다.

―난 정말 이해가 안 가!

난 가만히 있었다.

―난 정말 이해가 안 가!

아버지가 다시 한번 외쳤다. 난 자리에서 일어났다. 그 순간이었다. 아버지가 내 뺨을 때린 건 말이다.

―너 말이다! 난 니가 이해가 안 간다고!

그 순간이었다. 내가 아버지의 뺨을 때린 건 말이다. 그러자 아버지가 다시 내 뺨을 때렸다. 나도 다시 아버지의 뺨을 때렸다. 찰싹, 찰싹, 찰싹…… 하는 소리에 맞춰 아버지의 뺨이 고기빵처럼 붉게 부풀어오르기 시작했다. 내 뺨도 마찬가지였다. 아버지는 이를 드러내고 으르렁거렸다. 코에선 코피가 흐르고 있었다. 내 코도 마찬가지였다. 뭔가 웃겼다. 그래서 웃었다. 그러자 아버지가 내 머리를 때렸다. 아주 세게 말이다. 난 바닥으로 굴러떨어졌다.

―그렇지만 전 하나도 안 죄송해요!

난 굴러떨어진 채로 소리쳤다.

하나도!

전혀!

확신해!

―난 태어나서 한번도 누굴 때려본 적이 없어요. 그러니까 아버

지가 처음이란 말이에요. 난 화를 내본 적도 없어요. 단 한번도요! 그리고 난 지금 후회해요. 그러지 말았어야 했어요. 왜냐하면 사람을 죽이게 되니까요.

난 일어나 거실로 갔다. 아버지는 어리둥절한 표정으로 식탁 앞에 서 있었다. 그 모습이 웃겨서 난 웃었다. 하하하하하. 그러자 아버지의 표정이 일그러졌다. 난 더 크게 웃었다. 아버지는 분노로 온 몸을 부들부들 떨기 시작했다. 곧 목에서 경련을 일으키며 쓰러질 것 같았다. 그런 채로 아버지가 나를 향해 다가왔다. 난 기다렸고, 예상대로, 아버지가 팔을 휘두른 순간 난 그걸 꼭 잡았다. 아버지가 고함을 지르며 몸을 뒤틀었다. 하지만 난 놓치지 않았다. 놀랍게도 난 아버지보다 힘이 셌다. 어머니가 비명을 지르기 시작했다. 그리고 갑자기 기억이 끊겼다. 정신을 차려보니 난 바닥에 넘어져 있었다.

—됐어요…… 이제 그만……

내가 일어서려 하자 아버지가 날 다시 걷어찼다. 난 다시 바닥으로 굴러떨어졌다. 에잇. 에잇. 아버지는 그렇게 중얼거리며 날 발로 찼다. 에잇. 에잇. 난 계속 맞고 있었다. 머리가 흔들릴 때마다 바닥이 무너져내리는 것만 같았다. 하지만 난 참았다. 에잇. 에잇. 창을 통해 들어온 흐릿한 달빛이 날 비추고 있었다. 내 그림자는 박자에 맞춰 흔들거렸다. 다른 모든 것들은 움직이지 않았다. 그야말로 밤이었다. 난 생각했다. 밤은 분노하기 좋은 시간이다. 그리고 밤은 지금이다. 난 팔을 뻗어 아버지의 다리를 움켜잡아 힘껏 잡아당겼다. 쿵, 하는 소리와 함께 아버지가 바닥에 넘어졌다. 난 자리에서 일어났다. 아버지는 양손으로 머리를 감싸쥐고 입을 크게 벌리고 있었다. 난 잠깐 동안 가만히 서서 아버지를 보았다. 무슨 말을 하려나 궁금했기 때문이다. 하지만 아무 말도 하지 않았다. 단지 입을 벌리고 있었다. 난 아버지의 다리를 양손으로 잡고 텔레비전 앞으로 끌고 갔다. 텔레비전 좋아하시죠! 아버지가 신음했다. 난 아버지의 윗몸을 일으켜 텔레비전에 박아넣었다. 좋으시겠어요! 이제 영원히 보시겠네요! 순간 반짝임과 함께 불꽃이 터졌다. 불꽃은 아버지의 옷깃 사이로 내려앉았다. 끝! 난 그렇게 외쳤다. 끝! 그리고 뒤를 돌아보는데,

　—악!

그건 내가 지른 비명이었다. 눈을 뜨자 내 위에 어머니가 앉아 있었다.

　—어머니!

난 소리쳤다.

어머니는 한 손에 꽃병을 들고 있었는데 거긴 장미꽃이 가득 꽂혀 있었고 피가 묻어 있었다. 난 왼쪽 머리를 만져보았다. 뭔가 축축했다. 손을 떼어 눈앞으로 가져오니 피였다. 어머니의 양 입가는 말려올라가 있었다. 하지만 웃는 것은 아니었다. 어머니의 허벅지가 꿈틀거리는 것이 느껴졌다. 어머니의 손이 흔들릴 때마다 몇송이의 꽃이 조용히 바닥으로 내려앉았다. 다시 어머니가 꽃병을 휘두르려 할 때 난 재빨리 어머니의 손목을 잡아챘다. 내가 너무 세게 잡아챘기 때문에 어머니의 손목은 부러졌다. 어머니가 울부짖었다. 난 어머니를 발로 찼다. 다시는 나를 사랑할 수 없을 만큼 세

게 찼다. 어머니가 다시 울부짖었다. 꽃병이 사방에 꽃을 뿌리며 굴러가고 있었다. 난 얼른 달려가 그것을 집었다. 그리고 계속해서 울부짖는 어머니를 올라타 어머니의 허리를 내 가랑이 사이에 꼭 끼워넣었다.

—어머니!

어머니는 대답하지 않았다.

—어머니!

—네 마음대로 해라!

어머니가 소리쳤다.

—죄송해요!

난 소리쳤다.

—하지만 전 마음이 없는걸요!

꽃병을 휘둘렀다.

어머니가 울부짖었다.

—그만해! 앞이 보이지가 않는다!

—하지만 전 빛이 두려워요! 저를 어둠속에서 꺼내지 말지 그러셨어요!

어머니는 아무 말이 없었다. 난 꽃병을 휘두르려다 말고 멈추었다. 어머니의 오른쪽 이마에 조그맣게 죽음이 달라붙은 것이 보였다. 그건 곧 어머니의 온 얼굴을 가득 덮은 뒤 가슴을 타고 내려가 순식간에 온몸을 덮었다.

난 일어났다.

주위는 믿을 수 없이 조용했다. 창 너머로 쏟아져들어온 노란 불빛이 온 집 안을 가득 채우고 있었다. 몹시 아름다운 빛이었다. 그 빛이 천천히 스며들어 내 몸을 가득 채우기 시작했다. 하지만 난 여전히 나였다. 지겨울 정도로 나 자신이었다. 분노는 여전히 내 몸을 꽉 채우고 있었다. 난 천천히 식탁을 향해 움직였다. 누나는 식탁 위에 앉아 접시에 든 음식들을 닥치는 대로 입에 쑤셔넣고 있었다. 김칫국물이 누나의 얼굴을 피처럼 적시고 있었다. 씹고 또 삼키는 소리, 살아움직이는 것이 만들어낸 그 소리를 견딜 수가 없어 나는 귀를 막았다. 문득 누나가 고개를 들어 나를 보았다. 크게 뜬 눈의 한가운데 박힌 검은 눈동자엔 공포가 가득했다. 난 누나를 향해 다가가기 시작했다. 누나가 움켜쥔 한 손을 나를 향해 뻗었다. 거기엔 뭉개져 형체를 알 수 없게 된 생선 살이 가득 들어 있었다. 나는 그 손을 향해 입을 벌렸다. 뭉개진 살이 내 혀에 닿는 것이 느껴졌다.

매장

그것은 이렇게 시작한다. 사막 끄트머리에 있는 바스토우 근처를 달릴 때 약기운이 돌기 시작했다.[*] 혹은 이렇게 시작한다. 앨리스는 언니와 함께 강둑에 앉아 아무것도 안하고 있는 것이 매우 지루해지기 시작했다.[**] 혹은 이렇게 시작한다. 미국식 아침식사를 먹는다. 잘게 썬 양배추와 토마토, 두툼한 고기패티를 흰 빵에 얹는다. 기름진 것을 먹는다. 탁자 위에 가지런히 놓인 둥근 접시들, 올리브, 베이컨, 피클과 캠벨 사의 깡통 수프, 그것들의 다른 이름은 서울이다. 서울은 카길 사의 소고기패티를 얹은 흰 밀가루빵이며 그것의 다른 이름은 지옥이다. 그것이 지옥인 이유는 영혼이 없

[*] Hunter S. Thompson, *Fear and loathing in Las Vegas*, Harper Perennial 2005, 3면.
[**] 루이스 캐럴, 남기헌 옮김 『신기한 나라의 앨리스』, 책세상 2006, 10면.

기 때문이다. 도시는 영혼이 없다, 인간에게 영혼이 없듯이, 풍경은 의미없이 걸려 있고, 더이상 하늘은 색의 변화로 시간을 가리키지 못한다. 계절은 가을을 가리키지만 나는 그것을 볼 수가 없다. 대신 보이는 것은 펼쳐진 아파트들이다. 그것들은 현대회화처럼 여기저기 걸려 있기도 하고 누워 있기도 하고 반쯤 부서져 있기도 하고 반복되기도 하고 깜빡거리기도 하고 떠오르기도 한다. 흔들린다. 그것은 어쩌면 간판들이다. 나트륨등과 네온라이트, 혹은 인쇄된 깃발들이다. 나무에 걸린, 먼지가 가득한 흰색 깃발은 불빛을 받아 노랗게 흔들리고 그 아래로 차가 달려나간다. 풍경이 나를 상처입힌다. 상처받지 않기 위해 나는 재빨리 그것을 다른 것으로 교환한다. 교환되는 사이 그것은 좀더 아름답고 또 단순해진다. 펼쳐진 흰 방처럼, 혹은 음악처럼. 노래가 반복된다. 나무가 다가오고 다시 멀어진다. 깃발이 펄럭이며 내 머리 위로 조금씩 먼지를 흩뿌린다. 나무는 병들어 있거나 잘려 있다. 정류장에는 버스가 한 대 서있다. 나는 천천히 그것을 지나친다. 지하철역 건너편으로 백화점이 보인다. 그 커다란 흰 건물은 이미 닫혀 있다. 똑같은 노래가 다섯번째 흘러나오기 시작하고, 멈춰선 곳에서 길은 다섯 갈래로 나뉜다. 그 중심에 있는 원형광장의 중앙에는 꽃으로 된 탑이 서 있다. 꼭대기부터 차례로 흰색과 붉은색과 노란색의 꽃으로 장식되어 네 개의 조명이 비추는 그 피라미드형 탑은 거대한 장례식용 화환 혹은 새벽 두시의 맥도널드의 골든 아치 같아 보인다. 갑자기 꽃이 조금씩 사라지는 것처럼 느껴진다. 아니 실제로 내가 바라보는 가운데 꽃이 차츰 사라지기 시작한다. 먼저 흰 꽃이 한 송이씩 사라진다. 그다음은 노란 꽃이다. 신호가 바뀌고 몇대의 차가 달려간다. 그것들은 꽃의 탑을 빙글빙글 돌아 이쪽으로 혹은 저쪽으로 달려나간다. 지하도 입구에는 두 사람이 누워 있다. 둘 다 잘 펼쳐놓은 종이박스 위에 누워 있다. 한 명은 머리가 길고 한 명은 모자를 쓰고 있다. 한 명의 플라스틱 바구니에는 삼백원이 들어 있고 다른 한 명의 바구니엔 천원이 들어 있다. 한 명은 다리가 하나 없고 한 명은 맨발이다. 나는 주머니에 손을 넣는다. 머리가 긴 사람이 눈을 뜬 채 나를 올려다보는데 나는 그냥 지나친다. 지하도 한복판에서 천장을 올려다본다. 그 위에 꽃의 탑이 있을 거라 난 짐작한다. 그러니까 천장이 무너지면 나는 꽃에 파묻힐 수도 있을 것이다. 지진으로 파괴된 튤립 농장을 본 적이 있다. 늦은 밤 뉴스 채널에서였다. 기자들이 사진을 찍고 있었다. 좁은 화분을 뛰쳐나온 꽃들은 어떤 것은 죽고 어떤 것은 어떻게든 살아남을 것이다. 가만히 내버려두면 아름다운 숲이 될지도 모르지만 사람들은 내버려두지 않을 것이다. 열네 개의 출구를 통해 지하철, 백화점, 대학교, 대형마트와 연결되어 언제나 사람들로 넘치는 지하도는 늦은 밤이라 그런지 졸고 있다. 하지만 여전히 공기는 미지근하고 더러워서 꽉 닫힌 겨울의 고등학교 교실을 떠오르게 한다. 튀긴 닭과 떡볶이, 김밥과 오뎅의 냄새가 조금씩 섞여 있다. 지도를 들여다본다. 열네 개의 출구를 하나씩 확인한다. 튀긴 닭과 떡볶이, 김밥과 오뎅의 냄새가 위 속으로 스며든다. 나는 여전히 지도를 들여다보고 있다. 날카로운 두통이 이마를 파고든다. 나는 고개를 든다. 무너진 천장에서 쏟아져내리는 흙더미와 붉고 흰 꽃처럼 뭔가가 머릿속으로 굉장한 소리를 내며 쏟아져내리기 시작한다.

구성주의적 관점에서 봤을 때 서울은 강남구 신사동 사백칠십삼다시칠번지에 있었다. 해체주의적 관점에서 봤을 때 서울은 용산구 이태원동 오십칠다시십이번지에 있었다. 하지만 지정학적 측면에서 봤을 때 서울은 평양에 있었으며, 심리학적 측면에서는 은평구 뉴타운에 있었고, 낭만주의적 관점에서 봤을 때 그것은 롯데월드에 있었다. 그리고 이 모든 것을 종합해볼 때 서울은 뉴욕 주 뉴욕 시 파크 애버뉴와 렉싱턴 애버뉴 사이에 있는 이스트 씩스티쎄컨드 스트리트에 있었다. 이 모든 것을 고려하여 우리는 서울의 지도를 그려보았다. 완성된 지도는 미국식 아침식사의 모양을 하고 있었다.

37, 42,

똑같은 노래가 서른일곱번째 흘러나오고, 그건 정말로 똑같은 노래처럼 느껴진다. 그게 내 귓속을 가득 채우는 사이 두통은 더 심해진다. 두통이 더 심해지는 사이 노랫소리가 더 커진다. 딛고 있는 땅이 내가 보는 앞에서 방향을 바꾸기 시작한다. 방향을 바꾼 그곳은 내가 한번도 가본 적이 없는 도시다. 그것은 스톡홀름과 평양의 공통점이다. 꽃의 탑은 이제 보이지 않지만 여전히 나는 그것에 대해서 생각하고 있다. 아파트, 지하철, 꽃의 탑, 그리고 보라색으로 변하며 조금씩 사라지는 꽃에 대해서 나는 생각한다. 보이지 않는 것이 들리고 들리지 않는 것이 보이면 모든 것을 다 믿어버리 거나 아무것도 믿지 않게 되어버린다. 미치지 않기 위해서라면 단지 느끼는 것만을 느끼는 편이 낫다. 어떤 소리와 어떤 이미지 그리고 어떤 생각은 무시하는 편이 좋다. 보이지 않는 막대기가 천천히 이마를 꿰뚫는다. 물론 막대기는 없다. 나는 피 흘리지 않는다. 피 흘리는 대신 두통이 좀더 심해진다. 나는 계속 걷는다. 똑같은 노래가 마흔두번째로 흘러나온다.

우리, 나와 y는 지도를 그리고 있었다. 겨울이었고, 거기는 홍대 앞의 한 까페였다. 붉은 탁자 위에는 아프리카의 한 도시 이름을 한 커피가 놓여 있었다. 길을 하나 그을 때마다 y는 커피를 한 모금 마셨다. 탁자 왼편에는 펜이 가지런히 놓여 있었다. 커다란 스피커에서는 똑같은 노래가 마흔세번째 흘러나오기 시작했다. 날씨는 음산하고, 탁자는 바로 그런 식으로 붉었다. 우리는 침묵했고, 라디오의 토론 프로그램에서는 캘리포니아의 재정적자에 대해서 이야기하고 있었다. 그것은 미국의 의료보험제도에 대한, 혹은 국립 공원의 곰과 새에 대한 이야기이기도 했다. 그러니까 그것은 미국식 아침식사에 대한 이야기였다. 다시 말해 서울에 대한 이야기였다. y의 팔꿈치에는 커다란 멍이 들어 있었다. 그건 그날의 음산한 날씨와 또 탁자와 같은 색을 띠고 있었다. 다시 말해 그건 살짝 익힌 쇠고기 덩어리같이 붉었다. 하나의 선을 그으면 좁은 골목길이 지도 위에 태어났다. 두 개의 선을 그으면 하이웨이가, 이어서 광장과 빌딩, 강과 공원이 지도 위에서 천천히 태어났다. 우리는 지도

로만 이루어진 한 권의 책을 만들 생각이었다. 그것은 서울에 대한 책이 될 거야. y가 말했다. 그것은 잡지이자 일종의 여행기가 될 거야. 여행기이자 소설이며 소설이자 인터뷰집이며 인터뷰집이자 일기며 일기이자 사진이며 사진집이자 시집이며 시집이자 백과사전이 될 거야. 하지만 결국 그것은 책이 아닐 거야. 그러니까 그건 어쩌면 영화일지도 몰라. 혹은 커피일지도 모르지. 혹은 구두일지도 모르고, 혹은 거울일지도 몰라. 그 거울은 우리가 한번도 보지 못했던 어떤 것을 비추게 될 거야. 그건 너무 이상해서 보는 사람들은 모두 눈이 머는 편이 나을 거야.

미국식 아침식사

미국식 아침식사는 파크 애버뉴와 렉싱턴 애버뉴 사이의 이스트 씩스티쎄컨드 스트리트에 놓여 있었다. 거기에는 커피 대신 진저에일이, 오렌지주스 대신 포도맛 쿨에이드가, 스크램블드에그 대신 카길 사의 소고기패티가 들어 있었고 따라서 전체적인 인상은 죽은 박물관과 비슷했다. 그 죽은 박물관의 또다른 이름은 서울시 서남부 제2차 재개발지역이었다. 박물관 입구에는 붉은 두 개의 깃발이 걸려 있었다. 첫번째 깃발에는 살고 싶다, 두번째 깃발에는 반대한다,라고 씌어 있었다. 시야에 들어온 모든 건물들이 천천히 무너져내리고 있었고, 반복해서, 포클레인은 길게 목을 빼고 울부짖었다. 부서진 씨멘트 아래 드러난 철골 구조물은 붉게 녹이 슬어 모두 피를 흘리는 것 같았다. 비명소리는 텅 빈 건물의 곳곳에서 흘러나왔고, 이따금, 바람이 아주 세게 불었다. 나는 부서진 플라스틱 바구니, 물에 젖은 달력, 흙이 묻은 잠옷을 따라 걸었다. 찢어진 플라스틱 저금통, 녹이 슨 에프킬라, 중국산 유아용 장난감들을 따라 걸었다. 열다섯살인 나는 그곳이 세계의 끝이라고 생각했다. 다섯살 때도 그랬다. 스물다섯살인 나는 이제 끝이 아닌 세계를 어디서도 발견할 수가 없다. 상점은 닫혀 있거나 부서져 있었다. 곳곳에 둘러쳐진 높은 담장 안으로 커다란 기계들이 움직이고 있었다. 사라진 사람들, 바람, 부서진 건물의 잔해, 비명소리, 바람, 나는 아직도 죽은 박물관의 일층 첫번째 전시관의 입구 근처를 헤매고 있는 것이 분명했고 하지만 벌써 길을 잃었다. 그곳은 강북구 재개발 지역 같기도 하고 혹은 대치동의 재개발구역 같기도 했다. 그곳은 뉴욕 같기도 하고 평양 같기도 했다. 지도에 따르면 나는 북쪽으로 향하고 있었다. 하지만 난 아무래도 남쪽으로 향하고 있는 것 같았다. 거기는 서울시 서남부라고 씌어 있었지만 사실 나는 달의 표면, 혹은 폭격을 당한 드레스덴을 기어오르고 있는 것 같았다. 어쨌거나 확실한 건 이제 도시가 지나치게 파괴되는 것에는 전쟁이라는 이유조차 필요없다는 점이었다.

쏘프트머신

우리가 그동안 만들어온 월간 『예쁜 기계』와 주간 『기계』, 격주간 『기계인간』은 모두 실패했다. 따라서 우리의 새로운 잡지 또한 실패하리라는 걸 알고 있다. 우리는 지난번에도 실패했듯이 이번에도 또 실패하게 된 것이다. 왜냐하면 우리는 파괴를 두려워하기 때문이다. 분명한 사실은 우리가 가난하다는 사실이다. 그리고 더욱 확실한 것은 우리가 계속해서 돈이 없을 것이라는 사실이다. 따라서 우리 누구도 결혼을 하고 자식을 낳지 않을 것이다. 왜냐하면 상황은 점점 더 나빠질 것이고 우리는 자식에게 부랑자라는 직업을 선사하고 싶지 않기 때문이다. 아마도 우리는 우리의 자식을 사랑할 것이다. 그리고 바로 그런 이유로 우리는 결국 우리의 자식을 증오하게 될 것이다. 우리는 결국 정신적/물질적 빈곤을 벗어날 방법을 찾아내지 못했다. 결국 세계를 바꿀 수 없었으므로(그리고 앞으로도 계속해서) 우리는 이제 그만 세계를 끝내려고 한다. 그 방법은 더이상의 번식을 중단하고 집단학살과 자살을 병행하여 인류 전체가 멸종에 이르는 것이다. 우리는 앞으로 유럽과 일본, 중국과 미국의 무정부주의자 네오나치 스킨헤드 극우파 극좌파 테러리스트 젊고 매혹적인 파씨스트 들과 연합하여 전세계적인 자살투쟁 결혼 반대 번식 중단 캠페인을 벌여나갈 것이다. 우리는 당신들의 좆을 모두 잘라버리고 자궁을 막아버릴 것이다. 우리는 이 모든 것을 윌리엄 에스 버로우즈의『와일드 보이즈』로부터 상상해내었고, 즉 이것 또한 카피에 지나지 않는다는 것을 인정한다. 우리가 속한 도시가 그런 것처럼, 우리가 카피인 것은 당연하다. 어쩌면 잡지의 제목을『연약한 기계』에서『카피 기계』로 바꾸는 것이 나을지 모르겠다. 아니 당장 그러고 싶다. 그러니 여기서 우리는『연약한 기계』를 접고,『카피 기계』를 시작하기로 하겠다.

까페에서 나왔을 땐 이미 어두웠다. 각각 그린 지도를 가방에 넣고 나와 y는 걷기 시작했다. 우리가 그리던 지도가 실제로 거기 커다랗게 펼쳐져 있었다. 시간 속에 펼쳐진 그 지도 위를 우리는 걸었다. 오후 두시, 좁은 골목길은 상점으로 가득했고 그 가득한 상점을 사람들이 가득 채우고 있었다. 다른 옷 다른 생김새 다른 목적에도 불구하고 모두가 돈을 쓰고 있다는 점에서 평등했다. 목에는 천천히 먼지가 차올랐고 그것이 마셨던 커피와 뒤섞여 이상한 것이 되어가고 있었다. 토하고 싶기도 했고, 뭔가 먹고 싶기도 했다. 날씨가 점점 더 이상해지고 있어. y가 말했다. y의 손에 들린 아이스크림이 녹고 있었다. 오후 두시였는데 세상은 이미 밤의 끝 같았다. 바람은 서늘하고 동시에 미지근했다. 햇살은 뜨겁고도 차가웠다. 드문드문 비가 내리고 있었다. 그리고 멀리서부터 날이 밝아오기 시작했다. 우리는 계속 걸었다. 우리는 이상한 오후 두시의 지도 속에 들어 있었다.

우리는 자꾸만 우리가 늙었다는 생각이 드는데 그건 사실이다. 우리의 엄마 아빠는 이미 우리보다 어린 여자아이들과 남자아이들을 좋아하고 그들은 매일 텔레비전에 나와 예쁘게 웃고 춤을 추어 우리의 피곤한 엄마와 아빠 들을 위로해준다. 기사에 따르면 그들은 하루에 열다섯 시간의 춤 연습과 노래 연습을 한다고 되어 있다. 반면 우리의 하루는 어떻지? 오늘도 우리는 책을 한 권도 읽지 않았다. 그게 우리가 책을 쓰는 이유이다. 지금까지 우리는 다섯 권의 잡지와 일곱 권의 소설과 시집 그리고 한 권의 철학개론서와 두

권의 크고작은 악보를 만들었다. 그리고 그건 단 한 권도 팔리지 않았다. 그리고 그건 당연하다. 아무도 책을 읽지 않는다. 사람들은 크고작은 모니터를 들여다보고 있고, 하루종일, 그건 당연하다, 왜냐하면 아름다우니까. 사람들은 이미지가 문자에 비해서 우월하다고 생각한다, 갈수록, 그건 당연하다, 왜냐하면 아름다우니까. 전봇대에 걸려 있는 플래카드처럼, 거리로 몰려나온 사람들처럼, 여기저기 헐리는 건물들처럼, 잘리는 나무들처럼, 현대예술처럼, 백화점들처럼, 누군가 말했듯이, 자연은 아름답고, 인간은 운다.

y가 말한다.

세상을 끝장내기 위해서 가장 먼저 해야 할 일은 책을 없애는 일이다. 가장 나중에 해야 할 일도 마찬가지로 책을 없애는 일이다. 아파트와 전자칩, 자동차를 제외한 모든 것은 의미를 잃었다. 의미를 잃은 모든 것을 우리는 없애버릴 것이다. 사람들을 없애는 건 가장 쉽다. 왜냐하면 사람들은 이제 모두 씰리콘 재질로 되어 있기 때문이다. 이젠 받아들여야 한다. 세계는 이미 오래전에 사라져버렸고, 일반적 견해와 달리 끝은 오고 있다기보다는 오래전에 지나갔다는 것을 말이다. 끝나지 않은 것은 책, 그리고 인간들뿐이다.

y가 말을 멈추고, 들고 있던 녹음기를 나에게 주었다. 난 그걸 가방에 넣었다. 집으로 돌아가면 나는 여느 때처럼 녹음된 것들을 확인할 것이다. 거기엔 언제나 온갖 소리들이 뒤섞인 채로 박제되어 있었다. 이해되고 분류되기에는 너무 많은 온갖 것들이 거기에 못

박힌 채 비명을 지르고 있었다. 살지도, 죽지도 못한 어떤 시간들이 거기 고여 있었다. 그건 충격적일 정도로 지루했다. 몇번을 확인해봐도 그랬다. 빠른 속도와 느린 속도로 혹은 동시에 네 개나 다섯 개의 플레이어로 확인해봐도 마찬가지였다. 그럼에도 불구하고, 나는 그걸 소중히 간직했다. 기억하고, 기록했다. 빠르게, 혹은 느리게, 혹은 왼쪽에서, 혹은 뒤로, 혹은 앞으로, 소리를 반복해서 뜯어내었다. 끊임없이 이쪽에서 저쪽으로, 원래의 자리에서 다른 곳으로, 자리를 바꾸었다.

어떠한 사회계층이든 또 어떤 세대든 자진해서 세계를 포기하지는 않는 법이다. 세상을 포기하도록 강요당하는 경우에도 그들은 흔히 아름다운 철학과 동화와 신화를 만들어내고,[*]

우리는 더이상 책을 읽지 않는다. 단지 쓴다. 그건 오래전 우리가 처음으로 만든 책 『카피 기계』에 씌어 있는 문장이었다. 책을 쓸 때 우리는 책을 읽지 않는다. 단지 말한다. 아니 말하기보다는 뱉어낸다. 뱉어내기보다는 뜯어낸다. 남은 것이 하나도 없을 때까지. 흔적과 자취마저 지워질 때까지. 책을 쓰기 위해서는 많은 말들이 필요하고 그렇다면 뭔가를 말할 수 있을지도 모른다고 생각했다. 그 많은 말들 중에 단 한 개의 단어라도 남게 되지 않을까 기대했다. 아파트, 콘크리트와 철골 구조물, 미국식 아침식사가 아닌 다른 뭔

[*] 아르놀트 하우저, 반성완 옮김 『문학과 예술의 사회사 3』, 창비 1999, 155면.

가를 만들어낼 수 있을 거라고 생각했다. 하지만 그런 일은 벌어지지 않았다. 우리가 한 일은 단지 책을 쓴 것뿐이다. 인쇄된 종이가 책장을 가득 채웠지만 몇권의 책 말고는 우리가 만들어낸 것은 아무것도 없었다. 여전히 우리는 세계를 끝장낼 방법을 알 수 없었고 상관없이 세계는 끝 너머로 이어지고 있었다. 스피커에서는 같은 노래가 여든번째 흘러나오고 있었다. 시간은 오후 두시 삼십오분을 가리키고 있었고 그러나 모든 것은 밤의 끝처럼 잠들어 있었다. 우리는 철제의자에 앉아 껌을 씹으며 지나가는 버스를 바라보았다. 우리는 기다렸다. 뭔가를. 하지만 그건 오지 않았고 단지 배가 고파졌다. 같은 노래가 아흔세번째 흘러나오고 있었다. 같은 노래가 아흔네번째 흘러나오고 있었다. 지나가는 버스를 배경으로 해가 졌다, 혹은 떠올랐다. 사람들은 언제까지 이런 식으로 살아갈 수 있을까? 아마도 죽음 이전까지, 아니, 그 너머까지도. 난 더이상 책을 쓰지 않을 거야. y가 말했다. 그럼 뭘 할 건데 이제? 내가 물었다. 자기소개서를 쓸 거야. 서른 개의 상장기업을 골라놓았어. 우리집은 가난하지 않아. 그러니까 난 학원에 다닐 수 있어. 나는 <u>취직을 할 거야</u>. y는 똑같은 말을 세 번 반복했다. 더이상 아무것도 녹음되고 있지 않았다. 더이상 아무 일도 일어나지 않고 있어. 우리가 좋아하던 까페는 지난달에 망했다. 우리가 좋아하는 서점과 레코드가게도 문을 닫았다. 우리가 쓴 책은 아무도 읽지 않는다. 실패하지 않은 건 끊임없이 지어지는 아파트뿐이다. 우리는 그동안 연애도 하지 못했고 새옷을 사지도 못했다. 텔레비전을 보지도 못했고 그러니까 우리는 세상에 대해서 아는 바가 하나도 없게 되었다. 저쪽의 해는 뜨는데 우리의 해는 가라앉고 있다. 사람들은 어퍼이스트 싸이드로 몰려가는데 우리는 여전히 브루클린의 배드포드 애버뉴를 헤매다니고 있는 거야. 사람들이 원하는 뉴욕은 우리가 가보았던 그 뉴욕이 아냐. 사람들은 우리가 만든 아침식사를 먹지도 않을 거야. y는 짜증을 내고 있었다. 그렇다면 차라리 그 짜증을 책으로 만들자. 짜증으로 이루어진 책을 만들자. 내가 말했다. 어쩌면 모든 게 다 짜증 때문인지도 몰라. 길 가던 남자가 길 가던 여자를 죽인 것도, 버스를 기다리던 여자가 같이 버스를 기다리던 남자를 차도로 밀어넣은 것도, 낫을 든 할아버지가 그걸 휘둘러버린 것도, 개가 집을 나간 것도, 어쩌면, 내 머리가 이렇게 아픈 것도.

아직도 머리가 아파?
y가 물었다.

병원에 갔어. 머리가 아프다고 말했지. 그러자 의사는 벤조다이아핀 계열의 약을 처방해줬고, 모호한 표정을 지으며 주사를 한 대 놔주었어. 병원은 시내에서 멀리 떨어져 있었고 거긴 나무가 아주 많았어. 돌아나오는 길에 본 하늘에서는 피가 흘러내리고 있었어. 온 도시를 피가 뒤덮고 있었는데 마치 누군가 도시 전체를 피 속에 파묻고 있는 것 같아 보였어. 그건 참으로 아름다운 매장식이었어. 그런데 그 도시는 서울이 아니라 평양이었어. 평양에 가본 적 있어? 아니, 한번도. 어, 난 평양에 있었어. 평양은 넓은 길과 지하철, 불꺼진 아파트가 늘어선 도시였어. 다음날 나는 다시 병원에 갔어.

내가 본 것을 말했어. 그러자 의사는 나를 정신과로 올려보냈어. 정신과에서는 몇가지 검사를 하고 나에게 똑같이 벤조다이아핀 계열의 약을 처방해줬어. 내 두통은 차이가 없었어. 여전히 나는 평양에 있었어. 아파트, 지하철, 그리고 넓은 길을 보았어. 깊은 곳에 있는 지하철에는 아주 빠르게 에스컬레이터가 움직였어. 하지만 가장 큰 문제가 뭔지 알아? 종일 귓속에서 똑같은 노래가 흘러나온다는 거야. 나는 이제 그 노래를 다 외울 정도야. 작곡이라도 해야겠어. 가사는 이미 붙였어. 제목은 러시아 구성주의야. 뻬쩨르부르그, 나의 도시. 뻬쩨르부르그 첨탑들 삼각형들 길가의 부랑자들 낡은 교회들 내려앉은 교회들 사라진 교회들 버려진 건물에서 쫓겨난 부랑자들과 아이들이 살던 교회들.[*]

서울,

서울, 나의 도시.

서울 십자가들 삼각형들 길가의 부랑자들 낡은 아파트들 내려앉은 아파트들 사라진 아파트들 버려진 건물에서 쫓겨난 부랑자들과 아이들이 살던 아파트들,

을 지나 나는 계속 걸었어. 노을은 여전히 도시를 파묻고 있었어. 난 사람들이 보고 싶어졌어. 머리는 계속 아팠지만 이제 그런 건

[*] Kathy Acker, *Don Quixote*, Grove Press 1986, 41면.

아무 상관도 없었어. 마치 헤드폰을 눌러쓴 것처럼 노랫소리는 더 커졌고 그 외에는 아무것도 들리지 않았어. 거리엔 정말 많은 사람들이 있었어. 퇴근하는 사람들, 학원으로 가는 사람들, 옷 파는 사람들, 술 파는 사람들, 웃는 사람들, 짜증내는 사람들, 화가 난 사람들, 바쁜 사람들, 어, 너무너무 바쁜 사람들, 그런데 나는 하나도 바쁘지 않았고, 그래서, 내키는 대로 아무데나 갔어. 어둠이 짙게 깔리고 거리는 더 차가워졌지. 어쨌거나 하늘이 보였어. 아주 잘 보였어. 나는 얼마전 읽은 책에 대해서, 그러니까 전쟁에 대해서, 전쟁이 끝난 뒤의 서울의 도시재건계획에 대해서 생각했어. 책에서 봤던 백년 전 서울의 지도와 사진을 떠올렸어. 그러자 사람들로 가득 찬 화려한 번화가는 책에서 봤던 사진 속 폐허로 바뀌어 있었어. 멀리 이순신 동상이 보였고 그 아래 검은 옷을 입은 전경 둘이 보였고 그 둘은 똑같은 걸음걸이로 내 쪽을 향해서 다가왔어. 왼쪽으로 차들이 다가오고 있었고 오른쪽으로 멀어졌어. 나는 건널목을 건너서 청계천으로 내려갔어. 거기는 길게 자란 풀로 가득했어. 하늘에는 버터를 발라 구운 핫케이크 같은 보름달이 흐릿하게 빛을 내고 있었어. 나는 계속 걸었어. 위쪽으로 보이는 빌딩들은 비현실적으로 아름다웠어. 나는 드디어 내가 미쳤다고 생각하기 시작했지. 그것 말고도 많은 생각을 했어. 먼저 나는 책에 대해서 생각했어. 그리고 음악에 대해서 생각했어. 내 귓속을 파고드는 수많은 음에 대해서, 그것을 문장으로 옮기고 싶다는 생각을 했어. 내 옆에서 흐르는 검은 물에 대해서 생각했어. 아파트에 대해서 생각했어. 그리고 무엇보다 서울에 대해서 생각했어. 너, 너의 도시, 타인들로 이루어진, 타인의 성지, 모든 것이 타인들을 위해 존재하는 한 도시에 대해서 생각하기 시작했어. 그곳에서 강물은 흐르고 싶기 때문이 아니라 흐르는 것처럼 보이기 위해서 흘렀어. 길은 어디든 갈 수 있는 것처럼 보여주기 위해서, 다리는 새로 설치한 네온라이트를 뽐내기 위해서 존재했어. 사진 찍히기 위한 가로등, 흔들리기 위한 수풀, 그리고 플라스틱 커피잔과 타인을 의식하는 서너 개의 산책을 난 보았어. 아이들은 스스로를 위해서가 아니라 부모를 위해서, 대화는 서로가 아니라 훔쳐듣는 쥐를 위해서 존재했어. 모든 것들엔 아름다움 대신 겁에 질린 눈이 붙어 있었어.

죽은 박물관의 마지막 관람실에 전시된 것은 세계의 끝이었다. 비명소리, 땅을 파헤치는 포클레인, 끝없이 흩날리는 붉은 흙더미가 보였다. 그것들은 여러 개로 뭉쳐져 현대음악을 만들어내었고 배경으로 펼쳐진 풍경에서는 현대회화가 탄생했다.

결국 이곳에서 사람들은 단 한순간도 자신을 위한 삶을 살지 못했다. 매순간 삶은 타인들에게 증명되기 위해 갱신된다. 단지 살아남기 위해서. 지금 쓰이는 이 글과, 저 책, 그리고 무엇보다 끊임없이 지어지는 아파트를 위해서, 부서지고, 다시 생겨나는 서울은 이미 혁명의 땅이다. 사람들의 눈은 모두 미래에 고정되었고, 그래서 천천히 시력을 잃어가면서도 아무도 그것을 눈치채지 못한다. 터질 듯 부풀어오른 꿈과 환상이 도시를 지탱한다. 꿈의 장면은 디즈니랜드, 밤마다 잠들지 못하게 하는 악몽, 새벽의 버스와 지하철,

광고판에 붙은 청사진, 구호, 그리고 깃발들, 네온라이트로 이루어져 있다. 그 꿈은 벽에 걸린 스크린 속에서 반복해서 재생된다. 돌아서면 탁자 위에 미국식 아침식사가 놓여 있다. 깨끗한 창 너머로 보이는 것은 아파트다. 그것은 살아 있다. 새하얗게, 태어나는 중이다, 영원히. 사람들이 꿈에서 깨어나지 않는 것만큼, 환상이 터질 듯 부풀어오르는 시간, 모든 것이 딱 그만큼 영원해진다. 이제 도시는 시간 밖에 있다.

시간의 최종모델은 거울이 거울을 비추는 것이다.[*]

거울이 도시를 비추고, 그 위로 빛이 내려앉는다. 쏟아져내리는 빛 속에서 다시 거울이 도시 전체를 반사한다. 이제 도시는 반사된 상에 불과하다. 거울이 놓여 있는 것은 하나의 흰 방이다. 방은 다른 방과 마찬가지로 커다란 창, 거울, 탁자, 미국식 아침식사로 구성되어 있다. 거울을 들여다보면 거기 비치는 것은 내가 아닌 어떤 거리다. 거울 속에서, 나는 그 거리에 속해 있다. 여전히 시간은 오후 두시이고 같은 노래가 반복된다. 여전히 계절은 지옥이고 그 계절의 습기가 도시를 조금씩 미치게 만든다. 해는 새벽의 달처럼 차갑게 빛나고 그런 해 아래에서 누군가 누구를 칼로 찌르는 일이 벌어져도 상관없을 것이다. 모두들 잔뜩 흥분한 채 그것을 축제인 양 즐기는 것도 물론 가능할 것이다. 구름에서 부서져나온 먼지가 거

* Kathy Acker, 같은 책 51면.

리로 흩어져 사라지는 동안 숫자가 높아지고 낮아지고 이쪽에서 저쪽으로 쉴새없이 흘러가는 동안 그것을 멈추지 않기 위해 아니 멈추지 못한 채 계속해서 사람들이 멀어지고 가까워지는 동안 문이 열렸다가 닫히며…… 더이상 나는 이해하지 않는다, 영혼이 없으므로, 그리고 그 점에서 나와 도시는 평등하다. 우리는 같은 두통으로 고통받으며, 영혼이 없다. 필요한 것은 더 많은 환상과 고통, 그리고 그걸 위로해줄 마취제이다. 다시 거울이 거울을, 도시가 도시를 비춘다. 모두가 모두를 반사한다. 더이상의 언어는 필요없다. 우리에겐 거울이 있다. 도시는 이제 지도 밖에 존재한다. 내 곁에, 공간 밖에 존재한다. 꿈과 테러로 둘러싸인 채, 거울 속에서 영원하다.

매장*

　새벽 두시의 맥도널드, 피곤한 사람들이 계단을 기어오른다. 미지근한 색깔의 타일이 파도처럼 흔들린다. 식은 빵 사이에 시든 야채가 피곤한 사람들만큼 늘어져 있다. 그것을 입속에 쑤셔넣는다. 똑같은 노래가 아흔아홉번째 흘러나오기 시작한다. 불빛 속에서 춤을 추듯 이리저리 흔들리며 떠다니는 먼지를 입안에 넣고 사탕처럼 빨고 싶다는 생각이 든다.

* Burial, "In McDonals", *Untrue*, 2007.

앙팡 스키조

김영찬

죽음의 씨앗, 눈먼 자의 탐욕
시인들은 굶주리고 아이들은 피흘리네
―핑크 플로이드

1. 그녀는 어쩌자고

내가 미치게 그냥 놔둬. 내가 죽게 내버려둬.

김사과의 소설을 접하는 이라면, 아마도 조금은 당혹스러워해야
할지도 모른다. 그 까닭을 더듬어보자면 이렇다. 무엇보다 김사과
의 소설에는 피비린내 나는 폭력이 흥건하다. 엄마는 아빠를 죽을
때까지 개 패듯 두들겨패는가 하면(아빠는 그러다 진짜로 개가 된
다!), 아들은 아버지의 머리를 텔레비전에 처박는다. 멀쩡해 보이
던 인물들은 아무 이유 없이 무서운 살인자로 돌변해 사람을 칼로
난자하고, 맥주병으로 아이의 머리를 터뜨리며, 여자친구를, 도움

을 청하는 할머니를, 엄마를, 다양한 방법으로 살해한다. 말 그대로 잔인한 폭력과 '묻지마 살인'의 향연이다. 대체 이들, 왜 이러는 것인가? 작가는 어쩌자고 아무렇지도 않게 저 어이없는 폭력과 살인의 역겨운 스펙터클을 이다지도 꼼꼼히 전시하고 있는 것인가? 상식적인 독자라면 당연히 이런 의문을 품음직도 하다.

소설 안으로 더 들어가보자. 의문은 계속된다. 소설 자체를 내파(內破)하는 저 방향 잃은 분노와 공포의 에너지는 대체 어디에서 오는 것인가. 왜 저들은 하나같이 이유없이 미쳐날뛰며 어지러운 분열증적 광기로 소설을 찢어놓는가. 그리고 저 미친 살인기계들이 어울리지 않게 시시때때로 토해놓는 관념적 언어의 정체는 대체 무엇인가. 작가는 어쩌자고 그래도 '소설'(!)을 읽어보려고 마음먹은 착한 독자들을 배신하고 다짜고짜 이런 달갑지 않은 역겨움을 선사하는 것인가. 그리고 마지막. 이것이 '문학'인가?

물음이 좀 장황했다. 여하튼 이것이, 김사과 소설을 읽는 독자들이 어쩔 수 없이 품게 되는 의문일 터다. 그러나 따져보면 사실은 이렇다. 이 의문들은 물론 지극히 당연한 것이지만, 그것이 불러일으키는 저 혼란스러운 의문의 한가운데에 바로 김사과 소설만의 특출한 문제성이 있다. 김사과 소설을 다른 것이 아닌 바로 그것이게끔 하는 고유한 개성과 의미는 그렇게 상식과 정상(正常)을 벗어난 곳에서, 이를테면 비정상과 탈(脫)의미의 형태로 존재한다. 해서, 우리는 이렇게 말해볼 수도 있겠다; 이것은 우리가 일찍이 본 적이 없는 소설이다.

그러나 그렇게 말해버리고 만다면, 그건 절반은 옳지만 절반은 그르다. 왜냐하면 우리는 이 기이한 소설의 선조(先祖)를 (지금은 부당하게 잊혀가고 있는 중이지만) 이미 알고 있기 때문이다. 절망적인 공상과 관념에 빠져 지내다 어느날 난데없이 죽은 쥐를 보고 돌아버려 강도질 끝에 사살당하는 인물의 이야기를 우리는 기억한다. 김기진의 소설 「붉은 쥐」(1924) 얘기다. 미숙한 관념성과 어설픈 작위의 소산이라 비판받은 이 소설은 이후 카프(KAPF) 문학운동의 진전에 빠르게 묻혀버렸지만, 그것은 실은 현실에 대한 들끓는 분노와 분열증적 광기가 '소설'이라는 이성과 미(美)의 장막을 찢고 터져오른 최초의 사례였다. 그후 70년이 흘러서 나온 백민석의 소설 『헤이, 우리 소풍 간다』(문학과지성사 1995)는 또 어떤가. 거기에서 우리는 대중문화 아이콘 뒤에 숨어 부글거리는 정체 모를 광기와 폭력, 그리고 그것을 실어나르는 분열증적 언어와 해체적 문법의 에너지를 목격한 바 있다. 김사과의 소설은 한국문학에서 일찍이 본 적 없는 것이지만, 따져보면 저 분열증적 계보의 유전자를 세(世)를 격(隔)해 물려받은 것이기도 하다. 모든 새로운 것은 반복을 통해서만 출현한다. 김사과는 멀리 김기진과 백민석을 그렇게 반복한다. 그의 소설은, 저들이 앓았던 광기와 분노를 지금 이곳 한국사회에서 다시 한층 과격하게 앓는 소설이며, 저들의 분열증적 폭력을 소설의 육체마저 조각내면서 더한층 과격하게 실천하는 소설이다. 어떻게? 하나씩 살펴본다.

2. 저들은 왜

도대체 이 모든 분노는 어디에서 오는 걸까.

김사과의 소설에는 과잉(excess)의 에너지가 넘쳐난다. 그 과잉의 배후는 분노의 파토스다. 소설의 인물들이 어느 순간 정신을 놓아버리고 무서운 살인자로 돌변하는 것도 그들 안에서 돌연 치받아오르는 분노 때문이다. 분노는 그렇게 그들의 의식을 점령한다. 가령 남편에게 이유없이 구타당하던 엄마는 갑자기 정신이 나가 아빠를 삽으로 때리며 "피가 흥건한" 분노를 표출하고(「영이」), 여자친구가 자기처럼 고추장을 먹지 않는 데에 분노한 '나'는 그녀의 몸에 고추장을 쏟아 발라 "붉은 찰흙으로 빚은 인형"으로 만들어버린다(「과학자」). 선생님의 훈계를 들으며 "개새끼 죽여버릴 거야"라고 중얼거리며 그를 칼로 찌르는 상상을 하는 「준희」의 '나'도, "주위의 모든 것이 내 분노의 원인"이라는 깨달음 끝에 연쇄살인자로 돌변하는 「움직이면 움직일수록 이상한 일이 벌어지는 오늘은 참으로 신기한 날이다」(이하 「움직이면」)의 '나'도 그렇다. 그들은 모두 분노라는 바이러스의 감염자들이다. 김사과의 인물들은 그렇게 끓어오르는 분노의 에너지를 폭력적으로 분출한다. 그 분출의 방식은 (차마 다시 말하기 힘드니) 그냥 앞에서 열거한 대로다,라고만 말해둔다.

소설의 인물들이 이처럼 분노의 파토스에 잠겨 있다는 점은 사실 그 자체로 놀랍거나 도발적인 것은 아니다. 문제는 그 분노가, 우리가 보아온 여타 소설들에서 보통 그래왔듯이(또 그래야 한다고 생각하듯이) 상식적인 방법으로 표출되거나 승화되지 않는다는 점이다. 그것은 오히려 승화를 결단코 거부한다. 그 분노는 앞뒤 돌아보지 않고 스스로를 끝까지 밀어붙인다. 그것은 인물들로서도 어쩔 수 없는 일이다. "안먹으면죽어버릴꺼야"라고 소리치며 여자 친구의 목을 조르는 「과학자」의 '나'는 "정말로 어쩔 수가 없었다"고 고백하며, 「준희」의 '나'도 말한다; "여전히 나는 화가 납니다. 여전히 나는 괴롭습니다. 벗어날 수가 없습니다." 그리하여 어쩔 수 없는, 브레이크 없는 그 분노는 자신의 숙주를 파괴하고, 주변의 인물들을 파괴한다.

이 지점에서 자연스레 생겨나는 우리의 물음을 마침 「움직이면」의 '나'가 대신 물었다. "도대체 이 모든 분노는 어디에서 오는 걸까." 김사과의 소설이 일러주는 것은, 이 모든 분노의 배후에는 어김없이 '공포'가 있다는 사실이다. 공포가 분노를 불러온다. 무엇에 대한 공포인가?

검고 뜨거운, 아니 무색무취의 투명한, 유리로 된 작은 구슬 하나가 내 몸속에 들어 있었다. 몸을 움직일 때마다 그 구슬이 데굴데굴 구르며 날 조금씩 무너뜨리고 있었다. 그 구슬이 뭔지 안다. 공포다. 나를 둘러싼 모든 것이 날 두렵게 하고 그래서 난 화가 난다. 왜냐하면 이해할 수 없으니까. 이해할 수 없는 것이 날 떨게 한다.(「움직이면」)

공포는 모든 것에 대한 공포다. 원인은 주위의 모든 것에 있고, 삶 자체에 있다. 김사과의 소설에서 구체적으로 그것은 "벌어져서는 안되는 일들이 참으로 쉽게 벌어지는"(「영이」) 폭력적인 세상에 대한 공포이며, "희망 없는 현재의 늪"(「정오의 산책」)을 강제하는 철창 같은 씨스템에 대한 공포다. 그것은 동시에 그 씨스템 속의 삶이 결국은 "어둡고 차갑고 습기 가득한 외딴 지하실"에서 "천천히 썩어가기를 기다리는"(「이나의 좁고 긴 방」) 삶이리라는 예감에서 오는 공포이며, 모두가 똑같이 "겁에 질려 마비된 동물의 눈"(「움직이면」)을 하고 있는 사람들에게서 다름아닌 자기자신을 보게 되는 데에서 오는 공포다. 공포는 그렇게 영혼을 잠식하고, 나아가 육체로까지 전이된다.("열쇠를 꺼내는 영이의 손이 비명을 지른다", 「영이」)

김사과의 인물들을 사로잡는 저 공포의 속살을 뒤져보면, 거기에 숨어 있는 것은 바로 자아의 해체 혹은 존재의 망실에 대한 두려움이다. 예컨대 「나와 b」에서 "나 무서워서 죽을 것 같아"라는 '나'의 고백. 그것은 자기 존재가 지워질지 모른다는, 혹은 지워지고 있다는("니가 나를 까먹으면 어떡하지?" "거울을 봤는데 내가 안 보이는 거야") 두려움의 표현이다. 그밖에 「과학자」「준희」「이나의 좁고 긴 방」「정오의 산책」「움직이면」 등 거의 대부분 소설의 인물들이 하나같이 그와 방불하다. 그들이 자신이 알든 모르든 씨스템 속에서 뒤처지거나 무시당하거나 질식당하고 있다는 자의식의 고통에 시달림이 그 하나의 방증이다. "난 없는 거나 마찬가지다. 난 투명한 인간이다"(「움직이면」)라는 고통스러운 자기인식이

일러주는 것도 바로 그것이며, "우리는 아무것도 아니다"(「나와 b」)라는 체념적인 자기선언도 실은 이에서 멀지 않다.

문제는 그 공포와 고통이 끝나지 않을 것이며 영원히 거기에서 벗어날 수 없을 것이라는 절망에 있는 터, 분출하는 저들의 분노와 폭력은 어찌 보면 이 모든 절망적인 공포에 대한 조건반사와 같은 것이면서, 동시에 그것을 폭력적으로 잠재우고 초월하기 위한 광적인 선택이다. 다음에서 보듯, 자기의 의식을 아예 찢어버리는 광기와 악몽을 자발적으로 떠안은 것도 물론 같은 맥락이다.

내가 미치게 그냥 놔둬. 내가 죽게 내버려둬. 오늘을 견디면 내일이 올 뿐인데. 또 같은 날이 올 뿐인데. 차라리 미쳐버리는 게 낫지 않겠니?(「영이」)

그렇게 해서 내 영혼이 백의 백 제곱의 백 제곱의 백 제곱 정도로 분열된다고 해도 나는 갈 거예요. 상관없어요, 갈 거예요. 왜냐하면

이 악몽은 절대로 끝나지 않을 테니까요. 이건 끝이 없을 테니까요. 할머니는 사라지지 않을 테니까요. 나는 절대로 벗어나지 못할 테니까요. 왜냐하면 나는

그러고 싶지 않으니까! 나는 이런 게 좋으니까!(「이나의 좁고 긴 방」)

영원히 끝나지 않을 악몽에 어쩔 수 없이 내몰린 그들은, 스스로가 내처 자신을 악몽의 한가운데로 몰아간다. 어차피 벗어날 수 없는 지옥일진대, 그들이 선택한 길은 차라리 그 자신이 지옥이 되는

것이다. 김사과 소설이 보여주는 것은 그렇게 스스로 지옥이 된 자의 섬뜩한 의식풍경이다.

3. 텍스트 스키조

결국 세계를 바꿀 수 없었으므로(그리고 앞으로도 계속해서) 우리는 이제 그만 세계를 끝내려고 한다.

그리고 거기, 분열증이 함께한다. 애당초 억압적인 씨스템의 폭력에 의해 강제되었으나 끝내는 몸소 "피가 흥건한 기쁨"으로 끌어안는 인물들의 악몽은 한마디로 분열증의 세계다. 무엇보다 소설의 인물들이 하나같이 환각(환상이 아니다)에 시달리거나, 환각 속에서 살거나, 끝내 환각에 삼켜진다는 것이 그것을 방증한다. 엄마에게 삽으로 개처럼 두들겨맞던 아빠가 진짜로 개가 되어버리고(「영이」), 돼지처럼 음식을 입에 쑤셔넣던 누나도 진짜로 돼지가 된다(「움직이면」). 여자아이는 자신이 살해한 할머니와 집에서 태연하게 대화를 나누고(「이나의 좁고 긴 방」), 세상은 그들을 향해 몸을 기울여 조금씩 무너져내린다(「이나의 좁고 긴 방」「움직이면」). 제 몸을 통과해 구슬처럼 꿰어버린 어떤 거대한 힘을 느끼고 세상의 모든 것을 따라 흐르는 밝은 빛의 흐름을 보게 되는 것도, 와중에 어떤 '깨달음'을 얻고 자신을 메시아라고 상상하는 것(「정오의 산책」)도 모두 같은 맥락이다. 「영이」에서 또 하나의 '나'(순이)를 만들어내는 영이

의 망상은 그런 의미에서 은희경 소설의 저 유명한 '보여지는 나'
와 '바라보는 나'의 분열의 (말 그대로) 분열증적 버전이라 할 만
하다.

　그들이 만들어낸 환각과 망상이, 그렇게 그들을 지배한다. 그들
은 상징질서를 찢고 들어오는 실재(the Real)를 말 그대로 대면하
고, 그 안으로 빨려들어간다. 그렇게 보면 그들은 임상적 의미에서
분열증자(schizophrenic)들이다. 그들 머릿속에서 춤추는 망상이
그들을 짓이기고, 자아를 찢어 흩뿌려놓는다.("그는 더이상 그가
아니었다. 물론 그는 여전히 그 자신이었다. 하지만 동시에 그 누구
도 아니었고 동시에 그 모든 것이었고 동시에 그 자신이었다", 「정
오의 산책」) 그뿐만이 아니다. 환각과 망상은 애초 그 주인을 벗어나
그와 무관한 타자까지도 삼켜버린다. 그리고 그렇게 환각과 망상
은 그 자신이야말로 진정한 현실임을 선언한다.

　김사과 소설은 이 망상이 자기를 주장하고 자기를 실현하는 '망
상현상학'의 드라마다. 그 드라마의 한가운데, 환각에 삼켜지고
망상에 지배된 인물들은 생경한 관념과 논리를 끊임없이 토해내
며 제정신을 잃고 활보한다. 그들은 세상을 구원(!)하기 위해 식
칼을 휘두르며, 고추장과 본드를 퍼먹고, 찌르고, 불사르고, 죽인
다. 그리고 그 근원에는 씨스템 안의 삶에 대한 공포와 분노가 있
음을, 우리는 앞에서 확인했다. 김사과 소설에서 공포와 분노는 저
분열증의 원인이자 결과다. 결국 그렇게 증상의 안에서 살게 된 그
들 스스로 제어할 수 없는 그들의 무차별한 폭력은 그 증상의 발현
이자 자기실현이다. 그리고 대개의 분열증자가 그러하듯, '욕망'

이 아닌 '충동'(drive)이, 그들을 몰아간다. 상징질서 안에 제자리를 찾지 못한 저들은, 아니면 차라리 그러기를 거부한 저들은, 욕망과는 무관한 존재들이거나 욕망하기를 포기한 존재들이다. 그러니 욕망의 주인이 되지 못한 그들의 진짜 주인은, 그들 스스로 알지 못하는 '충동'이라는 '심술궂은 작은 악마'(에드거 앨런 포우)다. 무차별한 살인행각을 벌이는 '나'가 이렇게 말하는 것도, 그렇게 보면 지극히 당연하다; "내가 왜 그런 짓을 저질렀는지, 알지도 못하는 일을 그렇게나 많이 벌였다는 것이 특히 이상했다"(「움직이면」).

김사과 소설의 세계는 그렇게 환각과 망상이, 충동과 폭력이 어지럽게 춤추는 처절한 분열증의 세계다. 소설의 외양이 얼핏 거칠고 정돈되지 않은 듯 보이는 것도, 날것의 언어가 낭자한 것도 실은 거기에 그 까닭이 있다. 이를테면 그것은, 인물들이 빠져드는 분열증의 텍스트적 표현이다. 믿기지 않을지 모르지만, 작가가 그려놓은 저 분열증의 세계는 그만큼 정교하고 치밀하다. (김사과 소설의 폭력성에 불편해하는 이들이 흔히 지적하는 것처럼) 인물들의 살인과 폭력이 아무 상관 없는 무고한 타인들을 무차별적으로 겨냥하는 것도, 실은 그런 맥락에서 이해할 수 있는 것이다. 다시 말해 김사과 소설에서 인물들의 잔인한 폭력을 유발한 원인은 다른 데에 있지만(거슬러올라가면 그 원인은 억압적인 씨스템이다), 폭력은 그 원인을 겨냥하지 않는다. 달리 말해, 폭력의 편지는 목적지에 도달하지 못한다. 그것은 오히려 방향과 목적을 잃고 선량한 식당주인에게로, 무구한 아이와 할머니에게로, 영문을 모르는 식구들에게로 향한다. 이 방향 잃은 폭력의 무차별성에 진저리칠 수는 있어도, 이들은 대체 왜 이러는 것인가, 하는 물음을 이들에게 물어서는 안된다. 왜냐하면 이들 분열증자의 주인은 자기자신이 아니라 바로 '충동'이기 때문이며, (라깡이 통찰하듯) 충동은 저 자신의 실현에만 몰두할 뿐 '대상'에는 전혀 관심이 없는 종자이기 때문이다.

김사과 소설은 그렇게 분열증에 충실하다. 앞에서 나는 그의 소설을 지배하는 것이 분노의 파토스라 했지만, 이런 맥락에서 달리 말할 수 있을 것이다. 분노는 있으되, 그것은 애초의 원인에 집착하지도 않으며, 인물들에게 끝까지 귀속하지도 않는다. 그것은 오히려 인물들을 초과해 텍스트 전체에 떠다닌다. 그리고 그 분노는 인과성을 무시하고 전혀 엉뚱한 대상에 이르러 분출한다. 김사과 소설에서 발생하는 저 기이한 현상은, 들뢰즈라면 아마도 '정서적 탈실체화'라고 불렀을 그런 사건이다. 다시 말해 김사과 소설에서, 분노는 텍스트를 앞으로 밀어나가는 일종의 '정서적 강도(intensity)'(들뢰즈)가 되어 스스로를 증식하면서 텍스트에 편재한다. 그리고 그것은 텍스트를 지배하고, 부풀리며, 파열시킨다. 그런 의미에서 김사과 소설은, 말 그대로 분열증적 텍스트다.

이 모든 의미에서, 우리는 일단 김사과의 인물들을, 그리고 그의 소설을, 아니 차라리 그를, 앙팡 스키조(enfant schizo)라 불러보자. 그리고 물어보자. 그로써 작가가 겨냥하는 것은 무엇인가. 이 작가는 우리에게 왜 이 진저리나는 폭력적인 분열증의 세계를 들이밀고 있는 것인가. 대답 대신 소설의 장면 밖에서 느닷없이 작가-서술자의 목소리가 노출되는 이상한 대목 하나. 좀 길지만, 옮겨보면 이렇다.

　아빠가 술을 마시면 엄마는 욕을 하고 아빠는 엄마를 때리고 둘은 싸운다. 한 문장으로 쓰면 될 것을 나는 왜 이렇게 많은 문장을 쓰고 있나. 왜냐하면 백 문장에는 백 문장의 진실이 있고 한 문장에는 한 문장의 진실이 있기 때문이다. 당신의 고통과 나의 고통이 다른 것처럼, 열 시간의 고통과 십분의 고통이 다른 것처럼, 백 문장의 진실과 한 문장의 진실은 다르다. 이것은 아주 고통스러운 광경이기 때문에, 한 문장—삼초간의 고통이 아니라 천 문장—삼천초의 고통을 안겨줘야 한다. 그래야만 당신도 느낄 수가 있기 때문이다. 나는 읽는 당신을 원하지 않는다. 느끼는 당신을 원한다. 아주 오래 느끼는 당신을 원한다. 당신은 아주 오래 느껴야 한다. 한번 더 사는 것처럼 느껴질 만큼 오랫동안 말이다. 그래야 영이가 당신 마음속에 오래도록, 영이가 죽고 내가 죽은 뒤에도, ‘영원히’ 살아남을 것이기 때문이다.(「영이」)

　여기에서 작가의 생목소리가 느껴지는 것은 어쩔 수 없다. 소설을 읽는 우리들이 저 분열증의 세계에 어느덧 감염되어 스스로 분열증을 앓는 듯한 착각에 빠져드는 것도, 무자비한 폭력에 고통스럽게 진저리치는 것도, 실은 모두 작가의 저 ‘불순한’ 의도 때문이다. 짐작건대 김사과에게 소설은 그런 것일지도 모른다. 이를테면 소설은 이 폭력적인 세계의 폭력적인 증상이며, 그것을 고통스럽게 앓는 것이며, 독자에게 그 고통을 선사하는 것이다. ……그렇다면, 우리는 이 이야기를 어떻게 들어야 할 것인가?

4. 이런 이질생성, 그리고

내 이야기를 듣지 않는 놈들은 다 죽어버리겠다. 왜냐하면 내가 말하고 있으니까.

김사과 소설의 인물들과 텍스트 전체가 앓는 분열증의 근원이, 정상성의 외관에 감추어진 한국사회 씨스템의 억압성과 폭력성에 있음은 짐작하기 어렵지 않다. 김사과 소설은 그러한 한국사회의 '정상적인 실패'의 증상을 자신의 분열증을 통해 극렬하게 앓는다. 그럼으로써 그녀는 예컨대 학교와 같은 이데올로기 국가장치(알뛰쎄르)를 비롯한 사회 전체 씨스템의 정상적 작동에 내재하는 근원적인 폭력성을 때로는 직설로써, 때로는 암시로써 문제삼는다. 이때 소설의 반응이 하필 분열증일 수밖에 없는 것은, 그 견고한 씨스템은 결코 변하지 않을 것이며 희망도 출구도 없으리라는 작가의 절망이 그만큼 절실하기 때문이다.

흥미로운 것은 김사과 소설에서 분열증이 애초 억압적인 씨스템의 산물이되 종국에는 거꾸로 그것에서 벗어나려는 격렬하고 자기파괴적인 도주 혹은 구원의 제스처로 반전된다는 사실이다. 김사과 소설의 파괴와 피비린내 나는 폭력은 그로부터 분출한다. 단순하게 말하자면, 그것은 희망없는 씨스템에 대한 자기파적 거부의 표현이다. 인물이 스스로를 파국으로 몰아가는 것처럼, 텍스트도 피와 폭력의 아수라에 자신의 몸을 내던진다. 김사과의 분열증자들에게 억압적인 씨스템의 거부가 초자아를 발작적으로 거부하는 형태로 나타나듯, 김사과 소설은 같은 맥락에서 그 모든 방식으로 (굳이 이른다면) '소설적 초자아'를 거부한다. 「정오의 산책」에서 '한'의 다음 진술을 김사과식 소설전략의 자기지시적 알레고리로 읽을 수 있는 여지는 그런 의미에서 충분하다.

이제 그에게는 이 희망 없는 현재의 늪이 더이상 아무런 의미도 없었다. 그는 더이상 그런 식으로 노력하지 않을 것이다. 그는 더이상 부차적인 것에 연연하지 않을 것이다. 그는 차라리 이 모든 것을 무시할 것이다. 그는 완전히 다른 전략을 취할 것이다. 그는 그것들에서 의미와 힘을 빼앗아버릴 것이다. 마침내 그것들은 한의 눈앞에서 와해되어 붕괴할 것이다.(「정오의 산책」)

이쯤이면 가늠할 수 있을 것이다. 김사과의 소설전략은, 이를테면 지구를 '언인스톨'하는 박민규 소설 『핑퐁』(창비 2006)이 내세운 전략의 분열증적 버전이다. 물론 좀더 직설적이고, 좀더 폭력적이다. 김사과 소설은 2000년대 한국소설이 슬그머니 놓아버렸던 현실과의 싸움의 긴장을 그런 방식으로 불러들인다. 그것은 한국사회의 현실에 절망적인 분노로써 반응하고 분열증으로써 싸우는 소설이다. 특히 '분노 자본'(지젝)의 소멸로 특징지어지는 2000년대 이후 한국소설의 환경을 돌아보면, 김사과 소설은 이 모든 측면에서 특이한 돌연변이다. 우리는 어쩌면 이를, 그간 한국문학에서 억압되어왔던 '분노 자본'의 폭력적 귀환이라고 일컬을 수도 있을 것이다.

　김사과 소설의 이 특이성이 2010년대 한국소설의 새로운 변화의 징후와 관련될지 아니면 돌출적인 돌연변이에 그치고 말지는 아직은 알 수 없다. 그렇지만 무릇 모든 이질생성의 충격이 새로운 진화를 불러온다는 사실만큼은 분명하다. 그리고 이 작가에게 그 가능성은 충분히 열려 있다. 소설을 내파하는 김사과의 시적 열정이 또다른 차원에서 소설적 냉정과 행복하게 결합하기를 요구하는 것도 그런만큼 부당한 청탁은 아닐 것이다.

　그러니 말해보자. 이 작가 김사과, 두렵고도 반갑다.

金永贊 | 문학평론가

| 수록작품 발표지면 |

영이 … 2005년 제8회 창비신인소설상 당선작

과학자 …『문학사상』 2009년 6월호

이나의 좁고 긴 방 …『현대문학』 2007년 3월호

준희 …『창작과비평』 2006년 가을호

나와 b …『창작과비평』 2008년 겨울호

정오의 산책 …『문학동네』 2008년 가을호

움직이면 움직일수록 이상한 일이 벌어지는 오늘은 참으로 신기한 날이다
…『자음과모음』 2010년 봄호

매장 …『문학동네』 2009년 겨울호

영이

초판 1쇄 발행 • 2010년 12월 6일
초판 9쇄 발행 • 2021년 11월 9일

지은이/김사과
펴낸이/강일우
책임편집/이상술
펴낸곳/(주)창비
등록/1986년 8월 5일 제85호
주소/10881 경기도 파주시 회동길 184
전화/031-955-3333
팩시밀리/영업 031-955-3399 · 편집 031-955-3400
홈페이지/www.changbi.com
전자우편/lit@changbi.com

ⓒ 김사과 2010
ISBN 978-89-364-3716-9 03810